小夜曲

SERENADE

00:22 — 03:56

U0523105

广东旅游出版社
中国·广州

愿你平安喜乐。

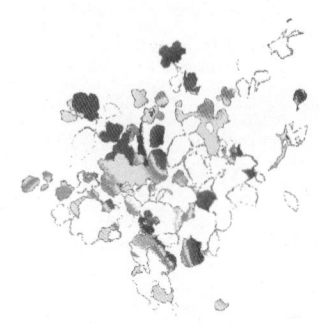

学校附近在施工，一栋高楼拔地而起。

前几天，敲击金属的声音听着还像千米开外消防队的集合铃声，到今天就仿佛是斑鸠快要震碎耳边的玻璃窗的扑棱声，或者像监考老师走下讲台，叩响桌子叮嘱"答完卷了再检查几遍"那么近了。

赵远阳却好似没有听见般，耳朵还有片刻的堵塞。

水漫进教室窗户，灌进他的鼻腔和嘴里，他渐渐就要失去意识了。

突然，赵远阳恍惚了一下，茫然地扭头看向窗户——哪有什么水？

他不是在海里吗？

过了一会儿，赵远阳才反应过来——这个梦太真实了。梦的最后是无穷无尽的黑色海水，像一个黑洞般的旋涡，将他的身躯撕成了碎片。

赵远阳低头看向桌上的试卷，白色的纸上印着几个黑色的大字——禹海一中开学分班考试·语文。

现在距离交卷还剩十多分钟，许多同学还在赶作文。可是赵远阳在一个小时前就答完了试卷，将试卷上的每个空格都填满了。忽略字迹，这是一份完美的答卷。

他飞速答完题后,便安稳地趴课桌上睡觉了。

这会儿老师走过来,站在他身旁看了一会儿他的卷子,脸上露出难以置信的表情。这学生的答卷,怎么完美到和标准答案差不多?

赵远阳心知肚明,为什么这份答卷会这么完美。一中是整个禹海市最好的高中,进来必须至少具备这两个条件中的一个:要么成绩非常拔尖,要么家里非常有钱。

只要钱到位,什么都好说。赵远阳是后者,眼前这份完美的答卷,来自他那"可亲可敬"的周叔叔——周淳。

考试前一周,周淳把试卷的答案给了他,让他全背下来,似乎为他着想般道:"远阳啊,你爸妈刚走……他们对你寄予了厚望,希望你出人头地,长大后继承公司。周叔叔也一样!希望你这次分班考试分数考高一些,进入尖子班,以后好好学习,争取成才,继承你爸的家业。"

当时的他,别提多感激周淳了。

赵远阳做了个梦。

梦里,他背了整整一周,一字不漏地把答案背了下来。拿到作文题目后,他还花钱请人替自己写了一篇标准的满分作文。结果考试时一个没收住,全给答上了!

接着他以年级第一名的成绩进了一中的火箭班。但人人都知道他的成绩不正常,禹海市就这么大,多的是知道他老底的人,风言风语立刻就压不住了。

纸包不住火,班上开始传他是作弊进入火箭班的,一众优等生看他的眼光都不对了。

没办法,赵远阳只能在之后的每次考试前都找周淳要答案。刚开始周淳不赞同:"你这样不学好,以后怎么继承你爸妈的公司?"

赵远阳则笑嘻嘻道:"周叔叔,你又不是不知道我不是那块料,公司你来管就成了。"

003

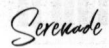

周淳听后，斥责道："胡闹！公司是你爸妈一辈子的心血！远阳，叔叔可以暂时帮你照看着，等你长大了，这些东西都是要还给你的。"

除此，他还跟老师申请不做作业。也不知是周淳事先打点好了，还是老师真的看他"聪明"，从不管他，上课睡觉也不说他。他还从不上晚自习，下午放学后就直接溜掉，和朋友去俱乐部打台球。他才不管别人怎么想，他成绩漂亮，别人眼红也没用。

铃声一响，赵远阳这才回过神来。他拿起笔，想把机读卡上的答案擦掉，台上另一位监考老师却眼尖地发现了，制止他："同学，考试结束了，再动笔就算你作弊了！"

赵远阳像没听见般，从容地用 2B 铅笔另一头的橡皮擦把填好的机读卡的选择题答案擦了个干干净净，老师呵斥也不管用。

"同学！"监考老师见他不听话，直接站起来，大步走到他身边，"你这样算你作弊，听见没有！是没有分数的！"

赵远阳无辜地笑了笑，摊开手来，机读卡上除了橡皮的黑色碎屑，就什么都没有了。

老师皱着眉看着他的机读卡，又看了一眼他那副无所谓的神情，疑惑不解道："你为什么擦掉选择题答案？"

赵远阳还是笑，不以为意道："不想考太高分。"他说话时头仰着，眼神真诚，嘴角的笑却是开玩笑般吊儿郎当。

赵远阳说的是实话，可监考老师根本不相信，只觉得这个学生肯定有问题！看着监考老师怀疑的神色，赵远阳笑得更开心了，眼睛都眯了起来。

看，他说的明明是实话，人家却不肯相信。

等试卷都收好了，两个监考老师把赵远阳的试卷单独抽出来。一个老师道："你看他这个答案，是不是和标准答案一样的？这试卷是宋老师你出的吧？你来看看。"

宋老师只扫了一眼就道:"要么他以前做过这套题,要么他……"他盯着赵远阳的机读卡,上面还残留着浅浅的铅笔印迹。他认真地研究了一番,接着不可思议道,"连这些选择题也全是对的,他为什么擦掉?"

"是吧?你也怀疑他作弊?刚才考试时我注意过,他一直在埋头答题,速度非常快。擦掉选择题,可能真的是怕考太高的分数?"老师说完,自己都露出了不可思议的神色。

宋老师低头凝视考生的名字,思索两秒才道:"这样,回头我查一下他考进来的分数,下午咱们多留意一下这个考生!"

赵远阳跟着学生们往校门口走,周淳就在保卫室那里等他。

他一出来,周淳就高声叫住了他:"远阳,周叔叔在这儿!"

周淳是他父母公司的第二股东,也是赵父最好的兄弟。父母忙于事业,对赵远阳疏于照顾,周淳反倒更关心他一些,这么一对比,周淳便显得更可亲了。父母走后,周淳更是体贴入微,就连这种考试,都要亲自来接他。

"今天你曹阿姨做了你喜欢吃的豉汁凤爪、松鼠鳜鱼……"他人长得和善,笑容和蔼,一口一个"远阳",不知道的,还以为他是赵远阳的父亲。但赵远阳看见他时,毫不掩饰眼底的厌恶。

在周淳将手臂伸过来时,赵远阳一拳挥向他的鼻梁。

周淳整个人都傻了,瞪大眼睛盯着突然停住、没有揍下来的拳头,怔忪不已。

周围人多,见有人寻衅滋事,学生们惊慌失措地自动散开。学校的保安抽出警棍,大喊一声:"怎么回事?!"

周淳根本没能反应过来,错愕又震惊。

赵远阳吃错药了?!他怎么要打自己?

周淳下意识要还手,手都抬起来了,最后硬生生顿在半空中。他将

005

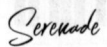

脸上的怒色压下去，勉强挤出一个宽容的笑来："远阳，你有什么事跟叔叔好好说……怎么能对叔叔动粗呢？"周淳攥住赵远阳的手腕，就是这个动作，让赵远阳浑身一僵。

在那个很长的梦里，他"死"的时候，周淳就是这么拽着他跳海的。手臂上的触感像冰冷的蛇，让他头皮发麻，海水仿佛一瞬间铺天盖地而来，灌进他的鼻腔、嘴巴、耳朵，令他窒息，浑身冰凉。

"别叫得这么亲切！打你脏了我的手。"赵远阳不耐烦地打断他的话，眼中狠厉乍现，"滚，别让我再看见你。"说完，他便拨开围观人群，快速挤了出去。

周淳一句"考得怎么样"还未来得及说出口，就看见赵远阳招手拦了辆出租车离开了。

校园保安过来问他情况，他却摆手说："家里孩子闹脾气，没动手呢，就闹闹，没事。"周淳回到车上打电话，开口就问："赵远阳是不是知道了什么？！谁嘴上没把门！"

上了出租车，司机问赵远阳到哪儿时，他半晌想不出来，最后报了家里的地址。

车上在放一首老歌，赵远阳的精神还有些恍惚，脑海里断断续续地浮现梦里的片段。

这时的禹海市，在许多地产投资者眼里是一块大肥肉，房价飞速上涨。在这里扎根的赵父、赵母，到这一年，已经累积下惊人的财富了。

赵远阳是未成年人，双亲去世，一群亲戚虎视眈眈，要抢他的监护权。可是不知为何，几个月过去了，他的监护权却始终没个定论。就好像有人刻意拖着，不愿轻易移交他的监护权。

当时赵远阳听说周叔叔愿意收养自己，心里非常感动。周淳家里还有一对子女，妹妹和赵远阳年龄相仿，但是两个孩子性格不合。每当周思思和他闹矛盾时，周淳都是站在他这边的，父女俩一个唱红脸，一个

唱白脸，好不热闹。

赵远阳的监护权问题拖了近四个月时间，最后突然出现一个可以说是陌生人的男人，要来接管他。

赵远阳只在外公的葬礼上见过他一面，不知道这男人是从哪里冒出来的。男人说外公死前托他照顾自己，还让他当心周淳。

赵远阳自然是无条件相信周淳的，可是不知道这男人有什么能量，无视了他的意愿，强硬地把他的监护权塞给了另一个远房亲戚。

结果这个远房亲戚从头到尾没有露过面，男人便提出要抚养赵远阳，但赵远阳并不乐意和一个几乎可以说是陌生人的男人住在一起。

可霍戎对他非常有耐心，无论他做什么都不生气，每天都来接他放学。他却总是提前翘课离校，去周叔叔家住。

男人来周淳家里接赵远阳，赵远阳从来不肯跟他走。

要说这世界上还有谁无条件地对他好，就只有霍戎了。可惜的是，直到梦中身死，他才明白这点。

梦里的赵远阳，因为周淳的挑拨，对霍戎说了非常过分的话，说完才知道后悔。可赵远阳爱脸面，不肯道歉，还把人推得远远的。

后来赵远阳又想去找霍戎。霍戎的好，赵远阳全记得，他不是没良心的人。

可赵远阳就是因为某些原因迈不过心中的那道坎。后来他又听说霍戎似乎领养了其他人，他便逐渐放弃了。现在想来，究竟是谁造成了梦里这样的局面？

赵远阳认真地思考过，是他的过错，也是霍戎的自尊心使然。虽然霍戎毫无底线地对他好，但他的重话，或许真的让他失望了。

而周淳，才是离间他们的罪魁祸首。

他本该好好和霍戎相处，不该对霍戎说那么过分的话。

想到在那个过于真实的梦中，周淳拽着他跳海前说的那些话，他的额头浮出汗珠，咬着牙关。

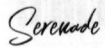

司机从后视镜里发现后座的人似乎在发抖，拳头都握紧了，指节也发白，仿佛在极力忍耐着什么深仇大恨。

但是比仇恨更深的，是他的愧疚。

出租车到达目的地，赵远阳付了钱下车，输入密码打开门。

家里的别墅是十年前买的了，在禹海最好的地段，承载了赵远阳非常多的回忆。前段时间，每天都有认识或不认识的人来他家里对他示好，给他送这样那样的礼物，明里暗里都是想要他监护权的意思。

赵远阳不堪其扰，周淳便适时提出："到周叔叔家来住！正好躲个清静，你曹阿姨给你做你喜欢吃的。"

他不太喜欢周家兄妹，可谁忍受得了一群豺狼般的亲戚日日夜夜敲门骚扰？他一同意，周淳就让人来帮他收拾，把他家值钱的物件全卷走了。

赵远阳一开始还不知道，后来看见曹阿姨脖子上戴着他母亲的项链，便问了一句。曹阿姨眼神闪烁地回答："我看你妈妈戴过，觉得好看，就去订了一条一样的。"

听见这样的回答，他也没起疑。现在想想，他还真是蠢，蠢得无可救药。此类事情不胜枚举，倘若他多多留心，就会发现不对劲。

明明霍戎跟他说过许多次，周家人不可信，可他就是不肯相信，觉得亲眼看见的比他的话可信多了。

他的父母都走后，家里的保姆、司机不是被解雇，就是被周家占为己有。他们家的司机肖叔，现在每天接送周淳上下班，还要去接送在外面和同学聚会的周思思，以及出去跟闺密打牌的曹小慧，可以说是专为周家服务了。

然而车是他赵家的，聘请司机的钱，也一直是他这个半大的孩子在支出。

进了家门后，赵远阳做的第一件事情就是换掉密码。他信任周淳，

连家里的密码都告诉了周淳,最后周淳把他家的东西搬空了不说,周思思还直接带了人来他家别墅里搞聚会,并且逢人就说,这是她家的别墅。

他已经好久没回来过了,一开门便是扑面而来的灰尘。里头空荡荡的,一丝人气都没有,冰箱也是空的。他打电话点了个外卖,从橱柜里翻出两盒奥利奥,打算先垫垫肚子。

上午只考一门,放学早,下午却要连考数学和英语这两门。

他躺在熟悉的旧床上,合上眼。

赵远阳没调闹铃,于是不出意外地睡过头了。

一觉醒过来,已经是下午四点钟,现在去考试也来不及了。

这样正好,他不想顺着周淳的意思来。周淳想用这种方式养坏他,梦里让周淳如意了,现实里断然是不可能了。

赵远阳没去考试,周淳去学校便扑了个空。他满肚子怒火,想把赵远阳抓起来打一顿。可忍气吞声了那么多年,他深知不能在这个关头置气。

一听周淳要去找赵远阳,周思思立刻不满地大声反对:"爸,他跟你闹这么大脾气,还打了你,你怎么还得求着他啊?!要我说,咱们就别管这个白眼儿狼了,养不熟!"

"思思,爸爸跟你说了多少遍了,哪怕是装也得装像一些。他脾气大,你顺着他的意思来他就觉得没劲,就不会跟你斗了。"

周淳在生意场上摸爬滚打多年,这种小孩子家家的心思他摸得透透的,适时地传授经验给女儿。但是这天的赵远阳,着实让他摸不透了。

"可是他居然想打你!他算哪根葱?他凭什么打你啊?你对他那么好!他爸妈死了你还让他来咱们家住。"周思思不高兴地发脾气,连前面开车的司机肖叔都不禁望了望后视镜,心说:这对父女可真够极品的,算计着人家的家产,嘴脸还这么难看。

他平日里在车上不知听到了多少不该听的。这周家人,就是两面

009

三刀的典范。昨天周太太跟闺密打电话,还说什么"要不是看在他那些家产的分上,谁乐意惯着他啊"……

还有这周家小公主,上次周思思跟女同学闹了矛盾,女同学找了校外的人要收拾她,赵远阳看见了,不计前嫌地救了她。

周思思却觉得让赵远阳看见了自己狼狈的一面,很没面子,反倒四处跟朋友抹黑他:"他爸妈都不在了,我爸爸把他接回家,把他当亲儿子对待,给他的零花钱比给我的多几倍,还为了他骂我。结果呢,他嫌零花钱少,嫌房间小,嫌饭菜难吃,嫌这嫌那,明明是个男孩子,比我还娇气!"她藏起他们一家对赵远阳的龌龊心思,认为自己的父亲对他那么好,他理应付报酬。

周淳要去找赵远阳,还要低声下气地给赵远阳道歉,哄他回来,周思思是一万个不乐意。可她不乐意也没辙,周淳很多事情也不瞒她,她知道赵远阳有父母留下的巨额遗产,还有公司绝对控股的股份,这些股份,他们周家是势必要拿到手的。

周淳当年和赵远阳的父亲一同创办了公司,到头来,还不只是个小股东?她非常不甘心。周家虽然有钱,可算不上大富,比起赵家来差远了。赵家请得起司机和保姆,他们家却只能请一个做饭兼打扫的阿姨,凭什么?赵远阳手中的那些股份和遗产,都是他们应得的!

把周思思送到家,周淳在车上给一中校长打了个电话,说明了情况,最后得到了满意的承诺。

他估摸着赵远阳在别墅,到了后,他熟练地按了大门密码,却提示他输入错误。

错误?他惊愕不已,怎么会?难道赵远阳改了密码?!邪了门儿!他又按了几次,都提示密码错误。他无可奈何,只能按门铃,还让司机按了几声车喇叭。

赵远阳听见了,却不想搭理。他不想跟周淳虚与委蛇,索性晾着

他，看他一脸窝火却还得强撑笑意，边拍门边喊道："远阳，饿了吧？跟周叔叔回家，你曹阿姨做了饭，有什么事咱说开了行吗……"

赵远阳就在上头看着，觉得非常有意思，只差没拍手大笑。周淳想要他的钱，就不得不哄着他，他无论怎么对周淳，对方都得忍着。

不过周淳的耐性也是够好，在赵远阳家楼下待到天色黑了，看见二楼灯光亮着，便高声道："远阳，叔叔明天来接你去买学习用品，后天要上学。我跟你们校长说好了，缺考没事，咱还是读最好的！"

赵远阳听得心中冷笑，一口一个"最好的"，却是麻痹神经的毒药，害人匪浅。

刚上车，周淳便气急败坏地踹了下座椅。

这兔崽子，死兔崽子，给脸不要脸！

见司机没动，他便喝了一句："愣着干吗？开车啊！"

肖叔发动汽车时，听见后座的周淳打了个电话。

"陈哥，是我啊，好久不见，哈哈……嗐，就是有事求您办，不是什么大事，价钱好说，好说。"这通电话，是打给禹海一个不入流的地痞流氓的。要收拾赵远阳，还用不着太大的阵仗。

"是这样的，家里有孩子闹脾气，不听话，您呢，就让几个手下等会儿半夜去爬他家水管，进去……不，不，不，不杀人，随便偷些东西，吓唬吓唬就好，最好把他给吵醒了，再恐吓几句。"

电话那头问："还给吓醒？万一他报警怎么办？多大岁数的孩子？"

周淳咧开嘴笑，眼神却是森冷的："十几岁，小孩子家家，他哪里敢报警？报警你就让手下掏刀，保管治得服服帖帖的。"

赵远阳睡眠浅，一睡着，梦里全是霍戎的脸。他沉入黑色的海水里，过了一会儿，海水不见了，霍戎抱着他冰冷的身体，没哭，手指抚在他失去生机的脸庞上，轻声道："阳阳，我们回家。"

011

赵远阳猛地惊醒过来，几乎是下意识地摸了一下自己的脸，烫的。他闭上眼，深吸两口气，看了一眼手表，半夜三点了。

他坐起身，准备下楼接杯热水喝，却蓦地听见阳台外面有些异样的响动。

那种响动，不是风声，也不是老鼠、虫子弄出的窸窣声。他本能地察觉到危险，便快速锁了窗户，紧接着进入衣帽间，翻箱倒柜地找出一个木盒子来。

赵远阳按了屋子里的报警器，悄无声息地通知了小区保安。他躲在房间暗处，看见窗帘垂落的阳台窗户外面，翻进来了几个人影。还不少，足足有三个人，看身形都是成年男人。他眉头一挑，小偷？

他们小区的安保一直很好，几乎没有发生过偷窃案。或者说，哪怕小偷知道这里肥羊多，也不会选择来这里偷窃。一来住这里的人非富即贵，惹不起；二来到处有安保和监控，不好下手。

他站在暗处，看见外面那三个贼，以用钥匙开锁的速度，撬开了阳台的推拉门。

赵远阳突然想到了什么，汗毛竖立——这几个小偷不是撬锁，而是正大光明拿钥匙开的锁！

三个小偷进来后，非但没有避开他的床，反倒借着从外面透进来的光在床上胡乱地摸索了几下，动作顿了顿后，直接掀开被子。

"咦，这房间里根本没住人！"

"会不会在其他房间？这别墅房间挺多吧？咱们逐个找。"

听见他们小声的对话，赵远阳立刻就明白过来了，这三人根本不是什么小偷，而是专门冲着他来的！

他捏紧手里的刀子，手心出了汗，心中居然有些兴奋。长久以来，他脑子里的那根弦已经绷到极限，急需发泄。

三人准备离开房间，去其他房间搜寻。他们打开房门时，其中一人鬼使神差地回头看了一眼，却冷不丁对上了一双眼睛。在黑漆漆的房间

里，那双眼睛那么亮，像是燃起的两团邪火。

被发现的那一刻，赵远阳迅速按响了报警器。

霎时，屋子里的灯全开了，灯火通明的一瞬间，响起刺耳的警报声，足以将一般小偷吓破胆。

屋里的报警器共有两个按钮，一个是无声的，一个是有声的，小区里的家家户户都装了这样的报警器，但多年来，这还是第一次半夜响起警报声。

三人的眼睛被灯光刺疼了，惊慌失措地摸出小刀，仓皇得不知道该对着哪里。

赵远阳手里也有一把刀，对准他们："连我家是做什么的都没打听清楚，就来偷东西？"

他冷声道："把刀扔了，蹲到那儿去。"他用脚尖指了指墙角。警报声里，他的神态、语言和动作就和演电影似的，叫人怔了一瞬。

三人面面相觑："你拿把水果刀，就想威胁我们？"

他们还真不知道这家人是做什么的，只是老大拿了钱，让他们来这里吓唬一个小孩子，他们自然要完成任务。

结果这孩子倒是有几分胆色，面不改色跟他们几人对峙。

赵远阳当着三人的面，反手朝自己胳膊上划了一道，鲜血直接流淌出来。

"什么情况？"

"你有病吧？！你划自己干什么？"

三人这才意识到这孩子是个不好对付的，拿刀的手不免紧了紧："你别过来！你不怕死吗？！"

"对，我不怕死。"只见赵远阳走向三人，把手里的刀塞到其中一人手里，"拿好啊，这可是证据。"他说着，冷静地剥掉手上戴着的薄膜手套。

"什么……什么证据？"那人彻底吓傻了，连思考都不会了，盯着

013

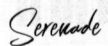

手里这把还有热度的刀子，手都在颤抖。

赵远阳拍拍他的肩，似笑非笑："持刀入室抢劫，故意伤人啊！"说完他便捂住自己胳膊上鲜血淋漓的伤口。这时，听见警报声的小区保安突然破门而入。

入室抢劫的三人被当场制服，等警察过来时，便看到受害者躲在浴室里发着抖，鲜血顺着臂膀流下来。他眼眶通红，活脱脱一副被吓破胆的样子。

警察先带他去医院治疗，而后做笔录时，赵远阳一句话也说不清楚，只重复说自己害怕，重复说那一刀刺向他时，他有多么害怕。哪怕罪犯的证词已说出了真相，也没人会相信他们口中的真相。人们都同情弱者，三个劣迹斑斑的混混，和一个父母双亡、无依无靠的小孩子，人们会更相信谁？

再说了，他一个半大少年，哪儿来的狠劲，当着几个混混的面划伤自己？

警方分别审问三名嫌疑犯。持刀入室抢劫，外加故意伤人，可不是什么小事情，可嫌疑犯一口咬定说："我们没有伤害他，他自己伤害的自己。"

警察又问他："人家孩子为什么伤害自己？"

嫌疑犯回答说："他想陷害我。"

"为什么陷害你？"

嫌疑犯绕糊涂了，答道："我哪里知道？他家不是黑心资本家？"

审问的警官冷哼一声，将笔往桌上一摔："人家家里老实本分，是做生意的！"

受害者的档案已经查过了，往上数三代，赵远阳家里都是老实人，更别说他家里亲近一些的亲人都去世了。档案上写得清清楚楚，这孩子的母亲在四个月前病逝，父亲第二天不知所终，再往前数半年，孩子的

外公也去世了。

半年前,外公去世后,律师宣读了一份遗嘱,赵远阳便继承了外公留下的巨额财产。

遗产里有一栋位于 B 国首都的房产,房子是老破小,不算值钱,值钱的是房主多年来的收藏品——赵远阳的外公是个收藏家,也是实业家,毕业于著名理工学校的电力工程系。他一生都在和机械工程打交道,有过非常不得了的经历和成就。晚年时,他迷恋上了收藏艺术品,收藏名画、雕塑、铜像,等等。

赵远阳得到了一把钥匙,继承了这些收藏品,但他还不懂这些东西的价值,也没人跟他说过这些东西价值几何。可就在前几天,他做了一个很长的梦,似乎在梦里过完了一生,他这才知道那些玩意儿有多么值钱,才知道有多少人惦记这些东西。之所以这么多年,钥匙都安稳地保存在自己这里,完全是因为有霍戎保护着自己,保护着这些珍贵的遗产。

早年,赵母执意要嫁给穷小子,外公不同意,于是父女关系决裂,赵母便跟着赵父漂洋过海,回到禹海开始打拼。父女关系决裂后,二人十几年没见过面,但赵远阳的外公只有这么一个女儿,也只有赵远阳一个外孙,察觉自己时日不多,便把外孙接到身边来。

外公是个严谨而讲究的人,住在国外。他人很有意思,不像一般的老头子。他的生活方式像个贵族,一日三餐都近乎奢侈。早餐从龙虾沙拉开始,一个人的午餐也要有六七道菜肴,晚餐则更多,餐桌上只能是当季的食物,还得有当天的鲜花,餐具则是昂贵的骨瓷,还有价格不菲的古董茶具。

他学识渊博,给赵远阳讲他的传奇经历,讲他的收藏品。赵远阳那会儿充满好奇心,对传奇的故事很感兴趣,于是一老一少很合得来。

负责给赵远阳做笔录的是一位女警官,或许是少年害怕的神色激起了她内心深处的母性,所以一直在柔声安慰他:"好孩子,没事了,没

015

事了。"

其实当时那种情况,有更好的处理方案,譬如按了报警器后,就该待在安全屋里不出来。他房间的衣帽间连接着安全屋,除非用炸药,否则无法从外边进去。这是最为稳妥也最安全的方式,他却偏偏不用,反倒铤而走险。

不过赵远阳没那么狠,手臂上只是轻伤,要是警察再晚来一些,他这伤就要痊愈了。

赵远阳在医院度过了一个晚上,翌日清晨,得到消息的周淳来医院接他。

在外面等赵远阳出来时,周淳边喝水边打电话:"陈哥,你的人是怎么办事的?!我只说了让你吓唬他,没让你伤人啊!居然还闹到派出所来了!"

电话里那人说:"谁知道那几个怎么回事?!竟被抓进去了,现在还要坐牢!"

对方不知道,周淳就更不知道了,心里怒骂着蠢货一帮,还不得不承受他们的巨额敲诈。他把这笔账全算在赵远阳身上。

赵远阳出来时,周淳见他十分虚弱的样子,便佯装出一副担忧的模样:"远阳,伤到哪里没有?跟周叔叔回家,别住别墅了,不安全。"对他来说,虽然过程曲折了些,但目的达到了就行,别人坐不坐牢跟他没关系。

赵远阳却捂着伤口摇头:"我没什么事,我跟警察叔叔说了,我这几天住酒店,过几天我哥就来接我。"他对待周淳的态度,没了昨天那种深刻到骨子里的厌恶,只是谈不上亲近,和以前相比差得太远了。

周淳一愣:"哥哥?什么哥哥?你哪里来的哥哥?"

赵远阳是他从小看着长大的,赵家人和他亲如一家,他从来不知道赵远阳有个哥哥。

他笑起来:"我亲哥。"

原本赵远阳一个未成年人,想独自住进酒店是一件很麻烦的事,但是现在有警方的帮助,他很顺利地就入住了酒店。

那名给他做笔录的女警官亲自把他送到房间,问他:"你哥哥什么时候来呢?"

女警官看过少年的档案,他可以说是无亲无故,哪里来的什么哥哥?但少年坚持说有,说对方一定会来。

赵远阳说话时,语气笃定,就好像盼着他来盼很久了。

对赵远阳而言,和他家戎哥重修旧好才是最重要的,对周家人,他丝毫不在乎。

九月一日,赵远阳去学校上课了,分班考试结果就贴在一进校门的张贴栏上,一大群新生将张贴栏围得水泄不通。

赵远阳在同龄人里算比较高的,他准确无误地看见,自己的名字出现在(一)班的名单上。

赵远阳走进教室,看见黑板的角落已经贴了一张座位安排表。座位是按照学号来安排的,而学号则是按照成绩来细分的。赵远阳这个走后门进来的学生,自然沦落到了最后一排的墙角。

梦里发生的一切,就像是发生在平行时空里一般,带他看清了今后会发生的事情。赵远阳凭借作弊来的成绩,拿到了光荣的"1"号学号。尽管总体走向没有发生变化,这种小细节却偏离了齿轮。

 周思思也在这个班上,赵远阳记得,有关答案的事周思思也知晓,但是周淳为了自己的孩子好,并未告诉周思思。

但赵远阳偏要蠢笨地去周思思面前炫耀,告诉她,她敬爱的父亲有多偏心自己。

周思思一开始也很气,但她很快就想明白了个中缘由。她平日成绩虽然还不错,但只称得上是中上,加上她好强,不愿赵远阳超过自己,

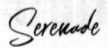

于是她偷偷去赵远阳的房间，把答案用相机拍了下来。

但她要聪明得多，不像赵远阳，一字不漏地把答案全答上了！

这次，赵远阳数学和英语缺考，第一名的宝座就落到了周思思头上，班上有些是她实验初中的校友。

周思思在学校还挺出名，她的成绩是什么水准，以前都考多少分，一打听就全出来了。

赵远阳进教室的时候，便看见一群人围着周思思在讨教："思思，你怎么考这么高的分啊？你是不是暑假请了家教啊？"

"是啊，是啊，你有什么学习技巧？跟我们分享一下呗！"

她丝毫没有感到不自在，反倒佯装谦虚地微笑："就是随便复习了一下。这才刚开学，学的都是新知识，你们很快就可以超过我了。"但当她瞥见赵远阳进来的时候，嘴角的笑容就凝固了，变得有些心虚。

可这心虚，只不过是瞬间的事，她继续心安理得地和新同学交流。怕什么？难不成他知道自己偷偷看了答案？

成绩已经公布了，她是第一名，她原以为可以看赵远阳的笑话了，结果名单上根本就没有他的名字！也是，他缺考了两科，成绩拿不出手，却还能分在火箭班，老师自然不会把他的名字放在名单上。若是他识趣，便不会四处说自己是走后门进来的。

"咦，他也在我们班啊？！就是我前天考试看见的那个，跟你们说过的！"正当周思思心烦意乱的时候，众人的话题已经变了，大家口中讨论的人已经变成了赵远阳，女生纷纷打听着他。

周思思听着这些花痴的声音，心里不舒服到了极点。

赵远阳不就是徒有其表吗？！

在同龄人里，赵远阳的外形相当出挑。他比一般人要高，几乎和校篮球队的差不多高，但他和那群糙汉子不同，模样俊美得多。

围在周思思旁边的几位女同学纷纷回头，看见赵远阳戴着耳机低头在玩游戏机。他正专注地盯着游戏机屏幕，低垂的浓密睫毛像是两把小

扇子。

他脸上有一颗非常吸睛的褐色小痣,就在太阳穴下面一些。

"他没军训吗?怎么那么白……"

开学前人人都得参加的军训,赵远阳没去,因此,他并未受到毒辣日光的摧残。

这几年,正是偶像剧席卷全国的时候,"花样美男"这个词刚刚兴起,刚上高中十五六岁的女生,见到赵远阳这样的男生,当然眼睛都移不开了。

"思思,你是不是认识赵远阳啊?前天考试的时候,我看见你们从一辆车上下来……"

周思思从来不在学校和赵远阳说话,几乎没人知道他们认识,她根本想不到会有人问她这个问题。

"那车挺好的,是你们家的吧?你们认识啊?"

听到这样无心却尖锐的问题,周思思有些勉强地笑了笑:"嗯,给我家司机新换的,赵远阳他……"

她瞥了角落里的位子一眼,轻描淡写道:"我们的确认识。他父母都去世了,他父母和我爸爸挺熟的,这段时间他都借住在我们家。"

"你爸爸不是老板吗?那……他父母在你家公司上班啊?"

"嗯,是一个公司的。"周思思垂下眼,心里有种隐秘的胜利感。

赵远阳是个很低调的人,他是去年回国后,来他们初中当插班生的。但是他不走寻常路,三天两头不来上课,学校里的同学对他也不熟悉。

周思思说的这些话,没人会去求证,却会给人提供一些信息,至于别人怎么想,就和她无关了。

但是毫无疑问,她的话导向性太强了。不过一会儿工夫,大部分同学就都知道,班上那个大帅哥身世凄惨,父母双亡,被年级第一名的周

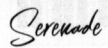

思思家里暂时收养——周思思家是开公司的,赵远阳去世的父母曾经在他家公司工作。

对于这些,赵远阳是丝毫不知情的,他正沉迷于游戏。这个年代,游戏机还是奢侈品,他玩游戏的时候,前桌男生探头探脑地盯着他的屏幕瞧。

"你玩的什么游戏?好玩吗?"

赵远阳头也不抬道:"好玩。"

班主任进来的时候,赵远阳正好通关,他摘下耳机。

前桌的男同学开始跟他套近乎:"我叫孔三思,你叫什么,你住校吗?"男生说话的时候,一直盯着他的游戏机。

"赵远阳。"赵远阳回答,接着把游戏机递给他,"我不住校。"

孔三思没敢接,做贼似的抬头看了一眼进来的班主任,赧然道:"我不会玩这个。"

"玩一会儿就会了。"

"谢……谢谢你了!"孔三思还是没能抵挡住游戏机的诱惑。这玩意儿他没见几个人有,看着心痒得很,更别说赵远阳还主动借给他玩。

讲台上,班主任正在做自我介绍,他把自己的名字写在黑板上:"同学们好,这是我的名字,余显。'余'是'年年有余'的'余','显'是'显赫'的'显'。我是你们的英语老师兼班主任。"说完,他开始长篇大论地细数着自己的光辉——省特级英语教师、上一届一半的学生都上了双一流大学的线、上上届更厉害,百分之七十都上线了……

赵远阳听着,心境发生了很大的变化,甚至第一次产生了一种不愿这么浑浑噩噩活下去的想法。余显慷慨激昂做演讲的时候,前面有男同学在发书。

表格从第一排传过来,孔三思把表给赵远阳的时候,还顺带给了他一包零食:"你那游戏机真好玩。"

他笑笑:"好玩是吧?别耽误学习。"

他记得梦里,孔三思是上了重点大学的,但是在他们班级这种普遍双一流大学的环境下,孔三思考上的这所学校显得很不入流。

不过赵远阳也记得,班上优等生都鄙视他作弊,背后嚼舌根的时候,孔三思出言维护过他。但孔三思人微言轻,从前他没在意过,现在那些模糊而遥远的片段,却渐渐在脑海里清晰了起来。

前面一直有表格往后传,赵远阳填了好几个不同的表。中午放学前,校服和饭卡都发下来了。

上面打过招呼,说赵远阳情况特殊,余显虽然心里不待见这个走后门的学生,但只含沙射影地说了一句:"班上有的同学基础不太好,希望大家可以互相帮助,共同进步。"

作为学习委员,周思思在余老师说到这里的时候,幸灾乐祸地瞥了赵远阳一眼。她原以为赵远阳肯定会不自在,会羞赧,甚至会自卑,哪知道他听都没听,自顾自地低头在刚发的新书上写名字。

他好像根本就不知廉耻!

赵远阳的确是在写名字,但不是在写自己的。若是有人探头看一眼,就会发现他在教科书扉页画符似的写着两个字——霍戎。

他的字一直写得不好看,霍戎便手把手地教他练字,但是当男人的手掌握着他的手时,他觉得尴尬,当场扔下笔说:"我不练了!"

霍戎只是笑笑:"阳阳不喜欢就不练。"

赵远阳没说话。他只是反感有人对自己那么好,明明……明明也不熟。

中午,放学时,外面下起了雨,这是禹海市长久旱季以来的第一场雨。

学生们冒着雨往学校食堂奔跑,赵远阳却往校外走。

他刚从教室出去,几个关注了他一上午的女生就七嘴八舌地问周思思:"思思,你怎么不叫他一起吃饭啊?"

"我们不太熟。"

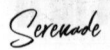

"他不是住你们家吗?"

"只是暂时寄住而已,我爸爸心善,而且……"周思思垂下眼睛,"而且他……也不喜欢我们家。"

"真的啊?他怎么是这种人啊!"

"不是的,你们别乱说。"周思思连忙摆手,神色黯然,"他人不坏,就是脾气……可能脾气和我们家不太合吧!"她年纪轻轻,却深得周淳真传,"说话的艺术"登峰造极,不懂事的小女生全被她的话引导偏了。

从教室出去,赵远阳冒着雨走了几步。倏地,那淅淅沥沥落在肩膀和头顶的雨停了——被一把黑伞隔绝开来。

握着伞柄的手是男人的手,深麦色,手背有一些陈年的伤口,虎口和食指还有厚厚的枪茧,但不妨碍这只手的好看。

赵远阳动了动嘴唇,他根本不用抬头,就知道手的主人是谁。这个人光是靠近,都会给人带来压迫感。而这种压迫感不仅仅是由身高及体格引起的,而是如同《动物世界》中,雄狮狩猎羚羊时给人带来的压迫感。

"阳阳,我们回家。"

赵远阳脑子里不合时宜地冒出这句话。

霍戎是个话不多的人,几乎没跟赵远阳提及自己的过去。他有着高大的体格,兽类般的气质,但那双眼睛幽深得像湖泊,总是柔和地望着赵远阳。在赵远阳面前时,他有些像被驯服的野兽。

可那不得善终的结局,让赵远阳做梦时都会流泪。他的尸体被从海水里打捞起来,冰冷浮肿,气息全无,可这个人满目柔情,就好像自己还活着一样,跟自己说"回家"。

"好。"赵远阳不自觉地回答了记忆里的那句话,但在抬头看见这个年轻十岁的戎哥时,钟摆回到原位,他一瞬间清醒过来。那些像电影一样回放的梦境,那些点点滴滴的细枝末节,全部随着钟声退潮。

梦中,赵远阳第一次见到霍戎那天并没有下雨。

霍戎在校门口等着他,似乎是准备了很久的话,像背稿子那样念出来:"远阳,你好,我是霍戎,你可能不认识我,我欠了你外公很大的人情,他临终前托我照顾你。"

任谁听见一个素昧平生的人这么说,都会当他是骗子吧!于是赵远阳冷冰冰地抬头看了他一眼:"你找错人了。"说完,他便上了周淳的车。

那之后,霍戎时不时地出现,对方甚至还有外公的亲笔信。再后来,赵远阳发现自己的命运似乎在受这个男人摆布,他的监护权终于有了着落,他被迫和霍戎绑在一起。

而现在,霍戎比梦中要早几天出现,或许是听说了前天夜里的事,所以匆忙赶来。他似乎没时间做准备,身上有雨水的潮湿,看上去风尘仆仆的。

霍戎向他做自我介绍时,为了不让他把自己当成坏人,还露出了笑容。霍戎的五官天生生得冷漠,他无数次从旁人嘴里听说对方性情残暴,而且是个从来不笑的人。

听见别人的描述,他不免觉得陌生,好似从未认识过他。

"阳阳,我是你外公的朋友,我们在你外公的葬礼上见过,你记得吗?他临终前托我照顾你,前段时间我抽不开身,我听说你遇到了坏人,受了伤,就立刻赶回来了。"

"我叫霍戎。"霍戎可能一辈子都没对人露出过这么温柔的笑容,完完全全把赵远阳当成小朋友来对待,"你可以叫我霍叔叔。"

霍叔叔——赵远阳从没这么叫过他,他也从没把霍戎当成长辈看待过,不会称呼他为"叔叔",至于"戎哥",是后来才有的称呼。

赵远阳盯着这个相较梦中年轻十岁的戎哥看了半晌,想抱抱他,想跟他说"对不起",最后忍住了,闷声问道:"把你的身份证给我看一下,行吗?"

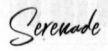

"没问题，你等等。"

霍戎的眼睛一下子就亮了，可他只有护照。

赵远阳看他翻包的时候，掉出来一摞证件。

他假装没看见，霍戎动作非常快地把证件收好，接着把护照递给他，黑亮的眼睛注视着他，补充了一句："我不是坏人。"

"我知道你不是。"坏人没有他这样的眼睛。

赵远阳翻到标明他出生日期的那一页："你比我大十岁，让我叫你霍叔叔？你是不是想占我便宜？"

霍戎愣了愣："我……不是，就是……"他不善言辞，也没料到赵远阳会这样。他原以为，赵远阳会抗拒，甚至会把自己当成骗子。

他的判断出错了。

"那我叫你哥哥成吗？"赵远阳望进他的眼睛深处，似乎看见了他干净的灵魂。

霍戎又愣住了，满心都觉得这声"哥哥"好听，又觉得赵远阳的眼神耐人寻味。他只会点头，像赵远阳小时候养的大金毛般，嘴角的笑格外感染人。

"都可以，你相信我就成。"他从没面对过这样的孩子，怕自己哪里做得不好，吓到对方了。

赵远阳也跟着笑。他对霍戎的依恋，就如倦鸟归巢。他在这个世界上没有可以相信的人，但霍戎的出现，就如同冬季有人给他递了一床厚厚的毛毯，让他从心底升腾起暖意，感觉自己又有了人陪伴。

赵远阳低头翻看霍戎的护照，二人往校外走去。霍戎替他撑着伞，自己的半个肩膀却露在伞外面淋着雨。

但霍戎好似并未察觉，只是安静地听着赵远阳说话。事情太顺利了，顺利得出乎他的想象："你的伤还好吗？疼不疼？"

"还好。"

"我看看你的伤。"

赵远阳看了他一眼，把校服拉链拉开。这么些天了，伤口其实没什么感觉了。他里头穿了一件短袖衬衫，稍微一撩就能看见结痂的伤口，在白皙如瓷的皮肤上过于显眼。

霍戎蹙眉，问道："这么深的伤口？现在不疼了吗？"

"都结痂了，已经疼过了。"赵远阳毫不在意地把校服拉链拉上去。他单手翻着霍戎的护照，"说说你吧。"

霍戎听见赵远阳问自己："外国人？"

"我跟你一样，是中国人。"霍戎解释自己是华裔。

"那你是混血儿吗？"赵远阳又问，仔细地打量他的面孔。

霍戎"嗯"了一声。

实际上，霍戎身上的混血特质并不多。肤色是风吹日晒的深麦色，眼睛是黑色的，头发剃得很短，是棕色的，只有五官轮廓偏深，能看出一些西方人的特征。浓眉和上眼睑距离极近，他是单眼皮，眼窝很深，不笑的时候眼睛迷人，笑的时候眼神又温柔，眸子黑亮澄澈。他的鼻子高挺，在侧面看时更甚。胡子是刚刮的，残留着的胡楂很性感，是非常英俊的男人，半分都不像骗子。

关于霍戎的过去，赵远阳只知道他曾经在非洲待了很多年，放着好日子不过，十几岁便去了战乱而贫穷的国家，过同龄人无法想象的艰苦生活。

他在那边都做些什么，赵远阳不清楚，也没问过，只知道霍戎身上的那些伤疤，大多来自这段经历。

赵远阳把护照还给他："你有我外公的亲笔信吗？"

"信？"霍戎愣了一下。

男人很诚实，根本不会撒谎，或者说他没能来得及编造一个"亲笔信"的谎言。不过，若是他想骗赵远阳，赵远阳是一定发现不了的。

赵远阳听到他的答复，恍然大悟。大概梦里看见的那封所谓的亲笔信，是骗自己的下下策，结果自己还真吃这套，真以为外公把自己托付

025

给了这个近乎陌生的男人。

"没有信也没关系,我相信你。"赵远阳想好好对待戎哥,他知道这个人怎么也赶不走,除非说出伤对方自尊的话来,但他内心深处,并不愿意重蹈覆辙。

赵远阳有些发愁。

学校有规章制度,中午不许离开校园,除非得到老师的批准,拿到了请假条,或者是长期的午休离校证,或是由家长带走。

虽有霍戎跟在身边,赵远阳出校门的时候,还是被门卫室的保安给拦住了。他盯着这个不太像家长的男人,最后望着赵远阳:"同学,你家长?"

他点头:"我哥。"

保安点了一下头,便放行了。

霍戎是四十分钟前才下的飞机,他的私人飞机从国外直飞过来。但就算这么赶,他依然体面地安排好了车和司机。

梦里,赵远阳看见那车的时候,真的以为他是骗子,装得那么像,还去租了辆豪车。

给他开车门的司机不像司机,更像训练有素的保镖,西装挺括,站姿笔直,一米九几的大个头,像山一样壮,偏偏又没有什么存在感。

赵远阳知道这个不显山不露水的人其实是很厉害的人物,身手相当了得,也是霍戎的随身保镖,会处理好安排给他的种种事务。可是一直以来,赵远阳都不知道他叫什么。

上车后,赵远阳才看见霍戎的后背和一侧肩膀全湿透了,衣服贴在手臂上,勾勒出勃发的肌肉形状。

赵远阳轻轻皱眉:"你的衣服湿了。"

霍戎不在意这个,扫了一眼,犹豫两秒,最后还是把外套脱掉了。

赵远阳没告诉霍戎自己住哪里,霍戎也没问。

司机直接往酒店开,雨水冲刷在车窗上,霍戎拉上电动窗帘,一只手放在腿侧,拇指搓着食指,沉声问:"阳阳,你的监护权……你想过要交给谁吗?"

赵远阳摇头:"没有。"

"那……"霍戎顿住了,似乎意识到自己这个请求很唐突,非常唐突,换成一般人都不可能接受,遂没有说下去。

赵远阳侧头望向他,看着霍戎英俊的侧脸:"你是不是想抚养我?"赵远阳的眼睛是标准的桃花眼,眼尾长而上翘,似桃花。他还爱笑,看谁都像是眉目传情。

霍戎闻言一愣。

霍戎提前做过很多调查,知道赵远阳是个防备心很重的人。他本做好了准备,渐渐取得对方的信任,可赵远阳对自己好似毫不戒备一般,甚至还如此亲近,说话态度也是,直白得叫他有些无力招架:"阳阳,你跟别人说话也总是这样吗?"

赵远阳摇了一下头,算是回答他的问题:"你还没回答我。"

霍戎抿唇,不得要领道:"你外公是个很好的人,我们都叫他理查德。理查德临终前的确托付过我,说倘若你遇到麻烦,让我帮助你渡过难关。我很高兴你相信我,但是你外公肯定教过你,不要随意相信陌生人的话。"

又来了,又来了!他家戎哥虽不善言辞,但很爱对自己说教。赵远阳一向很不耐烦,但现在听着,心里反倒觉得温暖。

这个人一直对他很好,在细枝末节处都体现出来,让人无法忽视,更无法割舍。

"我外公跟我说过你,不然你以为我凭什么会相信你?"赵远阳撒了个死无对证的谎言,继续道,"而且我也见过你的照片。"

果然,霍戎放下了心,说:"你可以相信我,如果……你愿意让我抚养就更好了。我回国就是为了你,如果你不愿意,我也会帮你安排

027

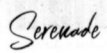

妥当。"

霍戎又用那种刻意放软的眼神看赵远阳。赵远阳点点头。

霍戎看他点头,很想揉揉他的脑袋。

无依无靠的小朋友,身边全是豺狼虎豹,但出乎意料地懂事。

霍戎忍住揉他脑袋的冲动,道:"如果你同意,我立刻去安排你的监护权,由我抚养你,但是法律上,你的监护人不会是我。"

霍戎没解释原因,但是又怕赵远阳不相信自己,于是补充道:"原因有些复杂……如果你想听,我尽量解释给你听。"

"没关系,我知道,你的国籍不允许嘛!程序特别麻烦对不对?"

其实和国籍没关系,赵远阳很清楚,他只是主动替对方找了个理由。

对霍戎来说,撒谎是为难他了。

霍戎笑了笑,目光柔和,夸他:"阳阳,你很懂事。"

和资料里写的很不一样。

赵远阳也笑,垂下眼睛:"我不想给你造成麻烦。"

霍戎闻言,终于忍不住了,手有些僵硬地抬起来,轻轻抚摸了一下他的头顶,但很快就收了回来。

霍戎认为,赵远阳之所以突然变得不一样了,是因为他又累又孤独。他的亲人都不在了,在这个世界上,他没有可以信任的人,所以他被迫一夜之间成长了。

而霍戎自己,并非什么善良之辈,为了尽力做出亲和的模样,他练习了许多次表情和语气。现在看来,取得了预期效果,没有吓到小朋友。

二人很快到了酒店,赵远阳和霍戎上电梯的时候,在大厅监视的人立刻精神一振,拍照发送给了周淳。

电梯门关上前一秒,霍戎突然伸手,电梯门又打开。

他目光锐利地扫到一个方向。

赵远阳问他怎么了,霍戎摇头表示没事。

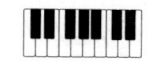

但他刚才那瞬间锋芒毕露的神态，让赵远阳意识到肯定有什么事，但肯定不是什么大问题。

电梯门重新关闭，向上运行。

虽然赵远阳一个人住，但他还是要了一个大套间。他把学校新发的校服拿给酒店人员去清洗，点了餐。

吃饭的时候，霍戎跟他说了很多话。

赵远阳根本还不了解他，就选择相信他，且看他的目光里没有陌生感，这让他觉得费解，也让他生出了更多的好奇心。

赵远阳为了不露出破绽，也尝试着去适应重新认识的过程。

在那个梦里，赵远阳一直不了解霍戎，没有耐心听他说话，对他一直不够信任，但脱离梦境，真的在现实里发生，赵远阳发现这个过程非常有意思。

因为霍戎是个非常善于观察的人，看人、识人是他的天赋，他看人一眼，便能轻易揣摩出对方的性格，甚至是不为人知的秘密，但赵远阳似乎是个例外。

"其实除了葬礼那一次，之前还见过你一次。你在外面发呆，我跟你外公说了一会儿话便走了。"就是那次，他和理查德玩笑一般进行了一个口头约定，或许理查德自己都没放在心上。

赵远阳面露惊讶，像是第一次听霍戎说这件事情，但实际上，梦里霍戎也跟他这么说过，不过当时他没听进去。如今听到，相当于温习，也相当于重新认识霍戎。

下午，赵远阳还要上课，霍戎把他送到学校。车窗降下，霍戎看他的眼神十分温和："阳阳，晚上我来接你。"

从赵远阳的学校回到酒店途中，霍戎让司机在学校附近转了几圈。他看着窗外正在发展的城市，高楼林立，新楼盘也不少，但是没有合心意的。

车子渐渐驶入僻静的道路，突然，他看见道路旁的大铁门后面盛放的向日葵花田。

回到酒店，霍戎看到桌上摆了一份资料，他看了一眼就没管了。

指使拍照的人是周淳，赵远阳父母成立的东方地产集团的第二股东，跳梁小丑而已，掀不起多大风浪，用不着上心。他还有更重要的事要办，比方说，赵远阳的监护权问题，该找哪个名义上的亲戚接管；比方说，住处的问题，为了孩子的学习，要找个安静的地方，而且一定要就近；再比方说，前两天半夜持刀入室抢劫的事件，以及赵远阳学习上的问题，等等。

更大的问题是，霍戎根本不知道该怎么抚养孩子。他家里是有弟弟的，都是他的情种父亲不负责任生出来的。别说他从没照顾过那些小孩子，那些孩子和赵远阳也大不相同。所以，按照他们家那一套弱肉强食的法则来教养赵远阳肯定是不行的。

赵远阳很懂事，对他这样的人竟然没有丝毫的警惕性，这才多久的工夫，他似乎就取得了赵远阳的全部信任。

他想着赵远阳的问题，赵远阳也在想着他的问题。

这是开学第一天，所以基本上没讲什么课。

他们火箭班配备的是整个年级最好的师资，老师们认为讲课可以先放放，更重要的是先和学生熟起来，建立良好的师生关系。因此，老师跟他们谈天说地，讲未来规划，给这些刚进高中，对未来充满憧憬，却又一片茫然的孩子们心中点上一盏指引方向的灯。

同学们是茫然的，赵远阳亦是。他没睡觉，而是支着下巴转笔，耳朵实际上在认真倾听着。

"你们现在坐在这个班级里，就代表你们已经半只脚跨进名校了。"余老师说到这里，脸上带着引以为傲的神情，"只要你们好好学，肯下功夫，那么我保证，你们至少可以进双一流大学。不过，我知道有的同学或许志不在此，或许你家境非常好，好到不需要文凭就可以找到好工作，过着优越的生活。但我想说的是，当你的起点足够高，如果你还比起点低的同学更加努力，那么你会取得更高的成就。"

"你们能听进去当然好，听不进去也没关系，来日方长。总之，希望十年后，大家回首看现在的自己不会觉得失望。我在你们这个年纪的时候，教育环境差，生活条件不好，为了读书……"他又说了些老生常谈的东西，有些同学甚至被他感动哭了。

下午第四节课下课铃声一响，赵远阳便接到了电话。他的手机基本上只有酒肉朋友和周家人会打，但这通准时的电话，是霍戎的。

下课时间是五点，晚自习是六点半开始，这之间只有一个小时半的休息时间。

赵远阳先去找余显开了张假条。这位年轻却相当厉害的老师是知道他一些底细的，毕竟一个中考考了两百分，分班考试还缺考的学生能进他们班，除了关系硬，家里有钱，还能有什么说法呢？

可是他知道这个学生……四个月前，母亲去世，父亲不知所终。他站在讲台上的时候，特别关注过这个学生。在大多数学生被他煽情的演讲打动时，赵远阳是平和的，转笔的动作非常灵活，态度还算端正。但就凭他的长相，他就像是一个祸端。

今天已经有老师跟他说过这个问题了："历来这种外表优秀的学生，都是班级的祸端！咱们（一）班男女差不多对半分，女生还要多些，要是都让这个叫赵远阳的学生给勾走了心思，那还得了！"

余老师非常清楚，一个外表出色的男同学，对这些正处于青春期的女孩子而言，是多大的诱惑。话听着夸张，但以前又不是没发生过类似的事件，一个班的女生全部暗恋某个男生，还每天都有其他班的或者其他年级的女生来给男生送情书。

如果真的发生这种事情，对学习的影响太大了！

刚刚上课他就看见了，不少女同学都在偷看这个赵远阳！尤其这个学生还……余老师低头看着他的中考分数，不禁觉得头疼。曾校长怎么

031

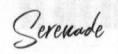

就……怎么就把这个学生塞到他们（一）班来了呢！这不是害人吗？！

所以赵远阳来找他开假条，申请长期离校证的时候，余老师还特意问了一句："赵远阳同学，你有女朋友吗？"

"没有。"赵远阳回答。

"那我先跟你说好，咱们班的女同学，那都是好同学，你不许祸害人家！"余老师在假条上签了字，"听明白没有？"

"我对小女生没兴趣。"赵远阳勾了一下嘴角，眼睛一弯，"老师放心，我坚决不做害群之马。"

余老师满意地笑了，觉得这个学生也不是自己想象中的那样。

赵远阳嘴巴甜，说话讨喜，加上知道他家里情况，余显心里的成见便消除了大半，叮嘱道："那你可得牢记在心了。"

赵远阳正要走时，余老师又喊住他："你怎么不穿校服？"

"拿去洗了，明天我一定穿。"

"明天开学典礼，必须穿校服，不穿扣你操行分！"

等赵远阳离开后，同办公室的老师忍不住打趣道："老余，你这个学生，长了一张祸害天下的脸啊！"

"我也在愁这个。"余老师喝了口茶润喉，"现在刚刚开学，学生都很浮躁，我怕他一个人影响全班。"尤其这个赵远阳还是全班唯一一个走后门的学生，而且成绩不是差，是太差了！别说他们（一）班，就是他们学校最差劲的班，也不会收这种分数的学生。

哪怕他对赵远阳的成见消了大半，也不能掩盖这个事实。

一个老师出主意道："老余，你别给他安排女同桌，找个爱学习的男同桌，然后在你们班放个眼线，随时注意他！"

余显叹气道："也只能这样了。"希望他能学好吧，不过基础差那么多，哪怕有心学，也很难追上来。

对于学习，赵远阳的态度一向是有兴趣就学学，没兴趣就不学。可他记得梦里，背后多少人讽刺他没文化！别人指桑骂槐地说他一句，他还当是夸奖,什么谚语、成语他全不懂,唯一懂的东西,别人还当他不懂装懂。

由于休息时间短,霍戎的车就停在学校外面的停车道上。霍戎给赵远阳带了饭菜,让他在车上吃。

"阳阳,学习累不累?"

"还成。"司机下车了,车上只有他们,霍戎问他学习情况,又问他喜欢吃什么。

赵远阳想了想说:"我喜欢吃辣的,越辣越好。还有甜食,越甜越好。"

霍戎点头道:"那我请个会做川菜的厨师,再请个西点师,但是甜食吃多了不好,辣吃多了也不好。"

赵远阳不以为然道:"我牙口好,胃功能也好。"

霍戎不再多说。他看到书上说,做一个合格的家长,必须尊重孩子的意见。他道:"监护权的事我已经办好了,你的监护人是你一个远方的表亲,他不在这边,所以不能过来见你了。还有,房子我找好了,还在整理,明天带你去看看。"

在他们说话的工夫,一辆黑色豪车停在校门口,一个老板派头的中年人进了学校。

前几日赵远阳自己去住了酒店,周淳毫无办法,就只能让人看着。结果今天那个监视的人给周淳发了一张照片,是赵远阳和一个陌生男人进电梯的图片。

那男人的身形他怎么看怎么觉得陌生,难道是赵远阳嘴里的"哥哥"?收到照片后,他便联系不上监视的人了,过了一会儿才有电话打来,是个陌生人。那人声音冷漠地警告了他两句,那语气,就好像是个什么大人物似的,还叫他出门在外小心一些。

但周淳可不是吃素的,在这禹海市,他也是说得上话的!

他倒要找赵远阳好好问问,那个人究竟是谁,赵远阳哪里来的

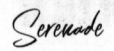

哥哥！骗别人还成，但以他和赵家那么多年的交情，赵远阳什么底细他还不清楚吗？

周淳进去的时候，周思思正好吃完饭回教室。她晚上吃得少，买了个小西瓜和同学一人一半，拿勺子挖着吃。

看见周淳，她愣了愣："爸，你怎么来学校了？"

周淳站在教室门口，看了一眼教室里面："远阳呢？"

"我不知道。"周思思的脸色顿时不太好看，"我怎么知道他在哪里。"

周淳把她拽到一旁去。

和周思思关系好的几个女同学一头雾水："周思思她爸爸来学校怎么找赵远阳？"

"你忘了思思说的？赵远阳他家里不是……他现在就是住思思他们家里的。"几个女生边说边进了教室。

周淳说："他这两天不大对劲，你在学校帮爸爸盯着一些。"

"我跟他关系又不好。"周思思不情不愿道，"我盯他去了，那我还学习吗？！"

周淳怔了几秒："是爸爸欠考虑了。今天开学第一天，老师好不好？我看你好像已经交到好几个朋友了。"

周思思这才开心了一些："老师和同学都挺好的。对了，爸爸，我还是我们班的学习委员呢！"

周淳夸她能干，又转头看了看教室。

赵远阳怎么还不回来？不会又逃课了吧！

他百思不得其解，为什么赵远阳对自己的态度一夜之间变化那么大？他满心怀疑赵远阳是不是知道了什么，可是知情者寥寥无几，且全是信得过的，赵远阳究竟发什么疯？

周思思看着他的神情，突然想起什么，道："今天中午，我看见一个人打着伞来接他。"

"谁？"

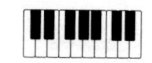

"不认识的,打着伞的男人,我没看清楚。"周思思道。

这时,晚自习的预备铃响了,周淳终于看见了步伐悠哉的赵远阳。他立刻热情地笑道:"远阳!你去哪儿了?叔叔是专门来看你的。"

赵远阳并未理他。周淳又说:"你晚上吃的什么?和谁吃的?你是不是没去食堂?要是不喜欢食堂的饭菜,中午叔叔可以让你肖叔来接你回家吃,你不要和一些社会上的人接触,到处认哥……"

赵远阳在心里冷笑。车是他的财产,司机的薪资也是由他父母留给他的基金账上支出,周淳哪来的脸说这种话?

"听见叔叔说的没有,远阳?"

"听见了。"赵远阳笑眯眯的,"周叔叔啊,我家司机你们用着还舒坦吗?"

周淳一愣。

"是不是别人的东西用起来特别舒坦啊?"赵远阳又继续说。

周淳神情惊疑。赵远阳不是一向最大方吗?这种事情他从来不在意的,现在怎么突然计较起来了?

"这个……你爸妈走前交代了我,让我好好照顾你。叔叔家以前的车怕你坐不习惯。远阳啊,是不是……谁跟你说了什么?"周淳试探性地问。

"你猜?"赵远阳还是一副笑着的模样,上课铃打响,进教室前他丢下一句,"小偷偷东西都还要忏悔呢,别太心安理得了。"

周淳呆滞一秒,不死心道:"那远阳,叔叔晚上再来接你……"

晚自习。

上半节课,余老师讲了一部分内容。

下半节课给班上同学放了电影。

学校是这年暑假换的多媒体,每个教室都配备了全新的多媒体设备,方便老师教学。这可是全市第一份,哪怕余老师千叮咛万嘱咐说弄坏了得赔,下课了还是有男同学去瞎鼓捣。

这时候的初中基本都没有多媒体设备,整个禹海市,只有两三所高中换了这种高科技。一中硬件设施好,老师教学质量高,所以才吸引家长想方设法地把自家孩子往这里塞。

许多同学还没在教室里看过电影,觉得新鲜。此时灯光熄灭,窗帘紧闭,唯有投影屏幕上那一丝电影里昏暗的光线,教室里充斥着兴奋的低声交谈。赵远阳不爱看这种电影,便趴着睡觉。中途,前桌的男同学孔三思把游戏机还给了他:"赵远阳,哎,这个,吃点儿零食?"

他根本没睡着,只是不想看电影,耐着性子没有逃课。孔三思把零食递到他面前时,他顿了顿,摇了头。

周淳晚上有些公事,他跟周思思说了,所以下课铃声一响,周思思就堵住了赵远阳:"赵远阳,你跟我一起走。"

旁边有同学起哄。赵远阳慢吞吞地收拾着书包,周思思继续说:"我爸让你不要和那些社会人士混在一起,那些都是混混,都是不学好的!"

赵远阳拉上书包拉链,眼睛微眯:"关你什么事?"

"你不要太过分了,我爸爸是为你好!"周思思气得跺脚。

赵远阳绕过她,将书包挂在右肩上,书包带子一晃一晃的,看起来吊儿郎当的。

赵远阳悠闲地迈步,头也不回道:"你们全家最好都别来招惹我。"

周思思盯着他的背影,觉得他真的变了。可怎么突然就变了?

她皱眉,道了声:"不知好歹。"

从学校出去,赵远阳一眼就看见了他家戎哥。校门外全是来接孩子的家长,汽车倒是不多,但也堵满了校门前的那条马路。霍戎长得极高,没扎堆,而是站在马路边缘打电话,特别显眼。

赵远阳朝他走过去。

周思思落后他一步出来,正巧看见了赵远阳走向她爸爸口中的那个

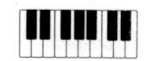

"社会人士"。

她看见那个高大英俊的男人伸手接过他的书包背在自己背上,像是一家人一样亲密。

她想喊一声,叫赵远阳迷途知返,但她又觉得现在人多,丢人,也觉得他这样不思进取正好,所以她只是沉默地看着他们。但看见赵远阳上了一辆车的时候,她难以置信地瞪大眼睛。

她不懂车,也不知道他们上的那辆车是什么牌子,但是车子贵不贵,从外观就能直观地感受出来。

那车比她家的还长!也更气派!

等车子开走,周思思才看清了车的标志。

这是什么车?她怎么从来没见过?

"阳阳,怎么头发这么乱?"

"我晚自习的时候睡了一会儿觉,书桌硌人,我睡得不舒服。"赵远阳仰着头靠在头枕上,车里光线不好,脸上那颗小痣隐约可见。

"现在呢,还困吗?"霍戎给赵远阳拿了个枕头,"要不要抱着睡一会儿?"

赵远阳轻轻地摇头。其实他只是不大适应这种生活。

在梦里,他不学无术,经常不去上学,哪怕去了学校也是睡觉,晚上就约上朋友去泡吧,或者去俱乐部打台球,玩到很晚才会回去。

周淳会假惺惺地说他两句,但是从没阻止过他,似乎乐得见他堕落。但是霍戎会直接把他抓回去,训他两句,不过从来不会动手。

赵远阳常常惹他生气,看他黑了脸,看他对自己打不得、骂不得,只能容忍自己。

霍戎每回都说:"你要气死我。"

赵远阳就非常恶毒道:"你怎么还不死?"说完立刻后悔,但就是不肯道歉。

一想起这些来，他就觉得自己简直坏透了，心中无比愧疚，满肚子"对不起"，却无法说出口。

车厢内突然安静下来，让刚刚升级做家长的霍戎有些不知所措："阳阳，是不是累了？"

赵远阳抱着抱枕，摇头。

"饿了？吃消夜吗？"

"我不饿。"他将下巴搁在抱枕上。

霍戎不说话了。他望着赵远阳的侧脸。少年的脸庞稚气未脱，但是又有一股成熟的气质。他看起来非常孤独，每当车窗外的各色灯光照进来，映入他的眼睛，他的眼睛就会闪着光芒。他看着车窗玻璃上霍戎的影子，嘴里喃喃着："哥，对不起。"

他的声音轻得像风，睫毛垂下来，在眼下投下一片阴影，打在他脸上的橙黄的光像两条泪痕。

霍戎的心脏倏地抽了一下，拿不准赵远阳这句没头没脑的道歉，是否是对自己说的。

他用手背试探性地碰了一下赵远阳的额头。赵远阳侧头看向他，笑道："我没生病。"

霍戎不解："那刚才的'对不起'……"

赵远阳笑了一下，没解释。

尽管他说自己不饿，回到酒店后仍有消夜送上门，是麻辣小龙虾。

霍戎调查过，知道他的爱好，知道他和朋友从桌游吧出来，又会转战路边摊，聊聊天，吃小龙虾。

实际上，梦里的赵远阳有一次半夜犯胃病，疼得死去活来。但是他不长记性，没多久又犯了胃病，这一次更严重，爬起来吞了好几颗止痛药都不行。

霍戎听见动静，直接给他打了一针安定后送医院了。

自那以后，霍戎便约束他，不准他吃那些不健康的东西。

赵远阳不敢不听。

再后来，他和霍戎分开了，他也就忘了他们的约定。

霍戎吃了一只就全让给他了，问他辣不辣。

赵远阳红着嘴巴说不辣。

等他吃完，霍戎拿湿毛巾给他擦手擦嘴，体贴地说道："明天带你去看新房子。"

赵远阳点头说好，霍戎便让他睡觉。

夜里，霍戎去赵远阳的房间看了一次，看他睡得很香，便出来了。

霍戎没想到，赵远阳对自己毫无防备，如此平和地接受了自己。这和他一开始的判断差得太多了。但无疑，这是件好事。

禹海一中的开学典礼长达一个小时半，回到教室后，余老师调了座位，赵远阳独自一人坐。

他的位子在后门口，前面和旁边都是男同学。

孔三思就坐在他前面的位子，下课后他会把游戏机借给孔三思玩一会儿，上课就收回来。孔三思用胳膊肘碰了碰他的课桌，神秘兮兮地问："喂，那个学习委员，她怎么老看你？"

"周思思？"

"对啊，她是不是喜欢你？"

"不是。"赵远阳说，"认真听课。"

他已经打起精神听了一上午的课了，毕竟刚开学，学的东西都很简单，不至于听得云里雾里。只有语文课讲文言文的时候他忍不住打起了瞌睡，眯了半节课。

中午一放学，憋了一上午的周思思忍不住了，站在他课桌前，盛气凌人道："你昨天放学跟谁走了？"

她回家后就问了父亲，周淳说那个标志的车很贵，国内有钱也买不

039

到，比他家的车稀罕多了。赵远阳什么时候认识那样的人物了？据她所知，他的朋友都特别烂，不学好，富家公子也有，可是没这样的。

她脑海里浮现出高大英俊的成熟男人帮赵远阳背书包的身影。

背书包……周思思咬了一下唇，瞪他："问你呢，那人是谁？"

可赵远阳别说理她，就连看都不看她，简直把她当空气。

霍戎中午要带赵远阳去看房子。

在梦里，他开始不肯跟霍戎走，僵持了一个多月，直至见到外公的亲笔信，他才第一次跟霍戎回家。那别墅不大，只有他跟霍戎两个人住，但他并不常去，每次都是霍戎软下语气，又态度强硬地把他带回去。

现如今，人生这辆车却开向了完全陌生的方向。

十五分钟后，车子驶到陌生的大门前，大铁门前立着一块黑色的大石头，雕了两句诗：匪以花为美，有取心向日。孤忠类臣子，恒性若有德。

赵远阳看不懂。

车子向前行驶，道路不平稳，车子开始颠簸起来。

霍戎解释了一句："路还在修，我们到家了。"

下车后，当赵远阳看见眼前绵延的金色花海时，完全愣住了。

这……这不是梦中禹海市那个远近闻名的葵园吗？怎么就成他家了？！这个葵园叫什么名字他忘了，但是很多当地人，甚至外省游客都喜欢过来玩，还是非常受欢迎的婚纱艺术照摄影地。

梦里，赵远阳也来过两次，他记不清它是什么时候开放了，现在看起来……霍戎趁着葵园还没正式开放，就给盘下来当成私产了。

金黄色的向日葵花海，一直延伸到视野尽头，每一株向日葵的姿态都很优美，仰着头，一个脑袋靠着另一个脑袋，相依相偎。向日葵的香味很独特，经常能闻到葵花子的气息。

田埂边上还有几架白色大风车，巨大的叶片被风吹得缓缓转动着。后来，葵园经营者还赶时髦，开辟了一片地用以种植薰衣草，甚至弄了个生态农场，一到周末这里便成了一个度假村。

这向日葵园有多大，赵远阳不清楚，但他家里毕竟是做房地产开发的，他也曾装模作样地了解过地价，对这个葵园有很深的印象，宣传广告上说的是"全国最大的向日葵花海"。

霍戎是昨天才到的禹海市，今天他们就开着车入住了？

仔细想想，他大手大脚的毛病不是从小养成的，而是被霍戎给惯出来的。

此时，整个葵园尚且是一片原生态的风光，环境还很简陋，没有停车场，只有一栋刚刚修建好的白色矮房子，紧挨着一座全玻璃打造的阳光暖房。

暖房里种满了花和植物，正午的阳光下，玻璃折射出炫目的光芒。

从大铁门进来的那段路是小石子铺的，非常狭窄，难怪刚才车子开进来的时候有些颠簸。

霍戎还担心他不喜欢，解释道："这里是昨天才看好的，很多东西都还没完工，但还好可以住人。我添置了一些新家具。阳阳，来，跟我进去看看。"

见赵远阳没动，只是专注地盯着那片花海看，他又说道："阳阳，你喜欢这里吗？不喜欢的话，我重新再找一个地方。不过，这里离你们学校挺近的，又大，又清净，好好修葺一下应该会不错。"

赵远阳轻轻地摇了一下头，真诚地说道："我很喜欢这里，谢谢哥！"霍戎挥金如土，连他这个富家子弟看了都忍不住咋舌。

赵远阳也好奇过霍戎家里到底是做什么的。

外面的人都说他们家是制造航空材料的，在整个航空制造领域，甚至是航海制造领域都很有名，却又低调无比，网上没多少信息，几乎不为常人所知。

041

赵远阳信以为真，后来才知道，外公为他们家工作了大半辈子。

外公可是国外著名理工电力工程系毕业的实业家，更是全球顶尖的枪械设计专家。

霍戎牵着他走进了房子里。他的手掌很大，厚厚的茧布满整个手掌，虎口处最硬，以至于他的手心如同砂纸一般，触感粗粝。若是皮肤细嫩一些的人，他再用些劲，肯定会被磨得生疼。

从外面看，整栋房子不算大，是个平层小院。进去则不然，似乎比他家的别墅还要大一些。

家具都是昨天连夜搬进来的，墙上挂着几幅名家油画，赵远阳猜，没准儿是真货。

地上还铺了象牙白的羊毛地毯，绒毛长及脚踝，走在上面如同踩在绵软的云上。

门口的珐琅花瓶里就地取材插着几枝怒放的明黄色向日葵，玄关处立着一座细长而优雅的大座钟，桌上和地上放着一些透明的插花器皿，里面插着白色洋桔梗和紫色风信子。

或许是刚刚喷过水的缘故，还有水珠在花瓣上挂着。

赵远阳的卧室不大，里面有一个私人浴室。卧室除了床，就只有一张书桌，书桌在床尾处，外面有一个露台，从那里可以看到广阔的葵园风光。

"现在你的房间还有些小，这里是衣帽间。"霍戎说着打开一扇小门，指着衣帽间的另一扇门，说，"我就住在你隔壁的房间里，我们暂时共用一个衣帽间。然后，这面墙……"

霍戎走到另一边，敲了敲床背后的一堵空心的墙面："这面墙改天我让人来拆掉，到时你的房间就变大了。"

"你喜欢这里吗？"他定定地望着赵远阳。

他的安排叫人无可挑剔，赵远阳点头说喜欢，末了补充："哥，你费心了，这里很好，特别好，谢谢你！"

"不用这么客气。既然你叫我哥哥，那就把我当成哥哥。"霍戎露出一抹笑，"时候不早了，我们先吃饭，你休息一会儿，我再送你回学校上课。"

赵远阳是踩着点进教室的，孔三思闻见他身上的味儿，问他："你揣瓜子来了？"

"没有。"赵远阳低头闻了闻校服袖子，是有一股瓜子的清香，于是解释道，"家里种了向日葵。"

孔三思点点头，低声道："你来迟了，你知道刚才老余说什么吗？"

"说什么了？"赵远阳从抽屉里拿出英语书和练习册。

"说我们要是不努力，下次考试兴许就不在这个班了。"他的声音越来越低，"我们学校每个月都有一次月考，每次月考都要从实验班里换血到火箭班。火箭班成绩最差的会被踢到实验班，实验班里成绩拔尖的升到火箭班来，到了期末，'吊车尾'甚至会被直接调去平行班！"

他愁眉苦脸道："我在我们班成绩基本就是'吊车尾'了，真怕下次没考好被分去别的班。对了，你考了多少分？我怎么没在成绩单上看见你的名字？"

赵远阳说："我没来考试。"

"你……你居然没考试？那你是怎么进来的？"他一脸震惊。

"睡过了。"赵远阳回答。

见孔三思还想说什么，赵远阳直接道："你不想被踢出去，就别开小差，听课吧！"说着，赵远阳摊开笔记本，做出一副认真做笔记的样子。他认真地抄了一会儿英语板书，但是老师说的内容，他只听了个一知半解。

半节课下来，赵远阳已经失去了耐性。他低头看看自己抄了一整页的笔记,觉得自己简直太刻苦了!

但他天生是没办法静下心来的性子,好动。刚上课时还在乖乖地记笔记呢,到了后面,他就支着下巴开始在笔记本上乱画,认真一看,可不就是"霍戎"二字嘛!

余显发现他在开小差,那副看着在记笔记,实则神游天外的模样他见得太多了,简直是睁着眼睛睡觉!

"我请个同学上来翻译这段话,有人自愿吗?"

此言一出,半个班的同学举了手。他们是尖子班,和别班的学习态度完全不同。尖子班的学生在老师上课提问时都是跃跃欲试的,但是在差一些的班级,学生就缺乏一种竞争意识,成绩差、心里没谱儿的学生不敢举手,成绩好的也不愿当出头鸟,所以会造成老师提问有没有同学自愿答题时,全班鸦雀无声、面面相觑的情况。

余显抽了两名同学上来:"周思思、姚敏。"

接着,他又道:"我再点个没举手的,嗯……"

他环顾一周,缓缓道:"赵远阳同学,就你了。"

赵远阳还没反应过来,前面的孔三思立刻坐直了:"喂,老余点你名了!"

"我听见了,翻译吗?"他站了起来。

孔三思点头,飞快地提醒着:"这句话有两个生僻单词,质量,qualit,q-u-a-l-i……"可是他话还没说完,赵远阳就上去了。

老余指了指大屏幕,对赵远阳道:"你翻译第三题。"

翻译题共三题,第三题是最难的。赵远阳看了一眼题目,在黑板上找了个空位,拿了根粉笔,都不用思考,就流畅地写了下来,写完便走下去了。

等三位同学都写完回座位后,老余一个个地点评:"语法有错误,但单词都是对的,这里接的是 of,不是 for……这位同学英语成绩不错,不应该犯这种小错误,下次要注意。"

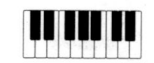

尽管没有点名，但周思思还是觉得余显在针对自己，她羞愧得埋下头。她虽然是第一名，英语更是几乎考了满分，但她的真实成绩在这个班上，的确是"吊车尾"的。她的英语成绩一直不太好，毕竟她不像赵远阳，有个在国外定居的外公。

她心里很焦急，下个月的月考要是考得太差她该怎么办？

点评到第三题时，余老师扫了一眼赵远阳的答案，说道："翻译基本是对的，不过口语的习惯不能用在写作上。比如，'people'是可数名词，做主语时谓语要复数，但表示人的时候不可以加's'。不应该使用'less'，这里要用'fewer'才对。这个错误同学们都要注意，很容易犯。"

"剩下的都是对的。"余老师笑着说，"不过这位同学，得好好练练你的字了。"

在所有科目里，赵远阳唯一还算看得过去的就是英语成绩了。他在国外待了好几年，花了很久的时间才学会跟人交流。他不是坐得住的性子，爱跟人玩，不喜欢学也逼迫自己学着跟人交流。但可以跟外国人交流是一回事，会写又是另一回事。

下课铃响了，赵远阳合上课本，漫不经心地总结：自己果然不是满级玩家。

关于未来的变化，他只知道在梦里的未来，禹海市的房价会涨到非常离谱的地步，几乎要赶上一线城市。他们家的房产公司赚得盆满钵盈，结果全让周淳抢走了。

他的理由十分"清奇"："你爸妈刚去世那年，公司的市值还不到现在的五分之一！钱是我赚的，我拿我自己的钱，有什么问题吗？"

刚醒来那会儿，他对周淳恨到了骨子里，想将对方千刀万剐。现在却觉得没多大意思。但他不可能放过这个害他的浑蛋。

周淳是怎么害他的，他就要千倍万倍地还回去。

开学快一周了,同学之间已经磨合得差不多了,小群体已然有了苗头。

女生这边,为首的就是周思思和跟她玩得好的。周思思擅长交际,也很会说话,跟班上的老师和同学关系都不错。

而赵远阳,虽然很多人来跟他套近乎,但他很少理人,只是偶尔跟孔三思说几句话。

下了课,教室门口变得嘈杂起来,似是来了一些别班的人。孔三思扭头看了一眼:"哎,哎,哎!有美女!"

他回头看见赵远阳完全不在意的模样,只顾低头发着短信,又催促道:"你快看!"

赵远阳边按着手机边道:"美女有什么好看的?"但他还是跟着扭头,看见一群女生朝着这边走来。

孔三思的眼睛都直了:"哥们儿,她……她……她们不会是来找你的吧?"话音刚落,赵远阳的座位就被围了个水泄不通。

"同学,你好,可以交个朋友吗?"说话的学姐长得水灵灵的,齐肩卷发,扎了个蝴蝶结,长得像洋娃娃似的。按当时的眼光来看,起码也是个班花级别的人物。

孔三思当即红了脸。

赵远阳却司空见惯:"抱歉,交朋友就算了。"

那学姐不甘心地追问:"同学,你叫什么啊?"

"他叫赵远阳!"一旁的孔三思插嘴道。

这时,从那学姐身后突然伸出个脑袋,是和她一起来的女生,也是学姐。她目不转睛地盯着赵远阳的脸瞧:"同学,方便留个QQ号吗?"

赵远阳淡淡地笑了笑:"我不用QQ。"

这一年,大部分学生都注册了属于自己的QQ号。哪怕家里没电脑或家长不让玩电脑的同学,上计算机课的时候也都注册了。赵远阳这个理由听起来像是在骗人。

孔三思给他做证："他真没有，我昨天问了，他不用 QQ。"

这时，预备铃响了，这无疑解救了赵远阳，他呼出一口气。

那学姐露出失望的神色，但是看她那副模样，似乎并未死心。

赵远阳警惕起来。霍戎并不喜欢他和女同学关系暧昧。

他正是顾忌到这点，不想让霍戎不高兴才推拒的，反正……反正他对小女生也没什么兴趣。

他并不知道自己现在的做法叫自欺欺人。

他为什么推拒？更深刻的原因是什么？连他自己都不清楚。

因为这一出太难得一见了，直到上课，班上的同学还在津津乐道。

"他也太受欢迎了吧？高年级学姐都闻风而动了。那个陈雪庭好像是高二的级花呢，钢琴十级，还是才女。"

"这才开学多久啊，他就这么出名了。我好久不联系的小学同学都来问我了……"

大家正讨论得起劲时，数学老师进来了。

"值日生上来把黑板擦了。"尤老师把课本翻开，见大家热火朝天地聊着，也跟着乐呵道，"同学们有什么高兴的事吗？"

讨论声立刻停下来了。

第二章 夕焼

上课时，赵远阳兜里的手机一直在振动，他也没管。做题的时候，他照着公式试了一下，没想到还做对了！

这让他生出一股盲目的自信心，看吧，也不是很难，难不住他。

直到放学，赵远阳才掏出没剩多少电的手机来看，有四五个未接来电，好几条短信，都来自魏海。

魏海曾经是赵远阳最好的朋友，很铁的哥们儿，二人臭味相投，说不清是谁带坏谁。但他和魏海不一样，他的父母在禹海市打拼，白手起家，魏家却是标准的名门望族。

后来……后来魏海家中出了事，赵远阳和他就失去了联系。

赵远阳给魏海回了电话过去，那头鬼哭狼嚎的，非常嘈杂，他立刻把手机拿得离耳朵远了些。

过了两分钟，电话那边才安静下来："喂！喂！远阳，你终于接了！这么久了，我不给你打电话，你就不联系我啊？"

前段时间，因为家里发生变故，赵远阳一直没去学校，也没跟任何人联系。

魏海说:"我跟薛问在唱歌,等会儿去他新开的桌游吧,你要不要过来?"

薛问是魏海的大学生朋友。

赵远阳犹豫了一下道:"不了,四海,我晚上还有晚自习。"

魏海家人丁旺盛,他们家老头子四处留情,底下儿子多,魏海排第四,所以赵远阳一直叫他"四海"。

"什么晚自习?你还上晚自习?"魏海一副"你逗我呢"的语气。

赵远阳说:"晚上有人接我,我就不去了。"

这一周里,他每天认认真真地上课、记笔记,毫不夸张地说,他这周写的字比他之前十几年写的字都多!

其实,听四海提起来时,赵远阳心里是有些蠢蠢欲动的。可这些东西,恰恰是霍戎不喜欢他做,却又无可奈何地纵容他做的事。

魏海更纳闷了:"谁接你?你那个周叔叔?"

"不是……一时半会儿说不清楚,下次跟你说吧!"

"成吧,不来也成。不过,你小子怎么去了市一中?我还以为你要跟我一起读私立。"

"我也没想到。"

把他安排来一中,完全是周淳的意思。他还认为周淳这是一心为自己好,想把自己引导上正途,后来他越走越偏,心里居然还觉得愧对周淳的一片好心。

"对了,我跟我家老头子说了,改明儿我就转学,去你们市一中,跟你一起读书。老头子可高兴了,以为我终于学好了。"

赵远阳听着他在电话那头哈哈大笑,梦中遥远而模糊的记忆,一瞬间回归了。

九月的校园,金桂飘香,晚自习结束后,赵远阳走过那成排成片的

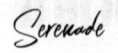

桂花树,手一伸便抓了一把,细细碎碎的花瓣躺在手心,让人觉得痒痒的。

霍戎依旧在校门口等他,慵懒地靠着树干。

赵远阳正想跟他打招呼,便看见了周淳。

不仅如此,赵远阳还看见周家父女在跟余显说话!

"余老师啊,我们家思思,她学习情况怎么样?"

"周思思同学啊,是个聪明的孩子,各科老师反映都不错……不过还得收些心,多用用功。你看你进校时成绩多好啊,要保持。"他意有所指。

周思思羞愧地点头。她心里是没有底气的,作弊得来的成绩当然心虚,生怕下次就露馅。

他们的位置就在校内靠近校门口的地方,许多学生推着自行车从那边的小道上往外走。周思思一抬眼,正好看见赵远阳走出校门。一个高大的男人帮他背书包,二人说着话,上了一辆看着就价值不菲的豪车。

周思思立即拽了拽父亲的胳膊,低声道:"爸!你看……"

周淳看过去,心中一惊。

他以为赵远阳是玩疯了不肯收心,听信了他人的谗言才突然和自己产生了嫌隙。

这几天他跟撞了邪似的,四处碰壁,原本谈好的生意也突然黄了。

更见鬼的是,之前去赵远阳家里吓唬他的那三个人,竟然被判了刑,原本打通了关系,拘留三个月就行了,结果突然爆出来那三人有杀人前科……就连那个地痞陈哥,也在两天前被关了进去。

他不得已熬夜处理公事,无暇顾及赵远阳。

那个帮赵远阳背书包的背影,分明就是之前照片里那个!再看那车,根本不是普通人买得起的!就是整个禹海市,他也没看过有人开这种车!

周淳满眼惊骇,赵远阳什么时候和这样的人打起交道了?!

上了车，赵远阳摊开手心，淡黄色的桂花散开来，香气在密闭的车厢内弥漫。

"这是什么？桂花吗？"

他抬头看了霍戎一眼，把零碎的桂花一股脑儿塞进霍戎的手心："送你了。"

霍戎定定地望了他几秒："谢谢阳阳！"

他从内袋掏出手帕，珍重地将桂花包起来。

这是梦中，赵远阳最常看见的，也是最为熟悉的霍戎的一面——对于自己的所有东西，霍戎都视如珍宝。

赵远阳神色复杂道："哥，你用手帕包起来干吗？"

"阳阳送的，我得收好了。"他露出一个笑，英俊深邃的面孔让赵远阳觉得有些陌生。

"还没人送过花给我。"他把手帕重新放回内袋。

赵远阳沉默了一会儿才道："桂花放久了就不好闻了。你回去把它放床头，等蔫了就丢了吧，以后我再送你更好的。"

他常常送人东西。只要叫他高兴了，他就大手一挥，要什么给什么。

可真正把他送的东西放在心上的，没有几个。

马路上只有零星的几辆车，疾驰十分钟就到了家门口。

葵园成了他的家，不过一周的时间，就已经变了个样。

霍戎在这里大兴土木。先是换掉了大铁门，将某座城堡拆下的门连夜空运过来再装上。原本不平的路面被修得平整，逼仄的房间也扩大了两倍有余。

他们仓促住进来后，霍戎还专门按照他的喜好给他请了厨师。厨师也住这里，但跟他们不在一栋房子，从葵园小道上步行过去大约要十分钟的时间。所以从那边厨房做好饭后，要开着葵园里专用的电动车送过来，再端上饭桌。

053

他们的菜谱，是完完全全按照赵远阳的喜好来的，很多赵远阳喜欢吃的东西，霍戎还是第一次尝试。

赵远阳问霍戎喜欢吃什么的时候，霍戎却笑着说自己不挑。

人怕都是有个喜好吧？梦里赵远阳和他住一起的时候，根本没注意过这些问题。从他嘴里问不出结果来，只能暂时作罢。日子还长，他会慢慢儿发现的。

他在房间里做作业的时候，霍戎给他端了杯热牛奶进来，接着在他身边坐下："物理？"

他看见了赵远阳那狗爬似的字，练习册上还有很多涂改的痕迹。

赵远阳扭头看他一眼，屋里只开了台灯，柔和的灯光打在男人脸上。他的眉毛很浓，鼻梁挺直，眼睛里映着灯光，闪闪发亮。

他看了两秒便回神："这道题我不会做。哥，你给我讲讲吧！"

霍戎知道赵远阳不爱读书，不喜欢上课、不喜欢被困在教室里，但是这几天，他发现赵远阳与资料里描述的相比有明显的改变。

这一周里，赵远阳不仅没有逃课，回到家还会安安分分地做作业，哪怕做得不太好，依旧爱开小差，写会儿作业就玩别的去了，但这仍然是个不小的改变。

火箭班的作业量对赵远阳这个差生来说，委实太多了，好在刚开学，知识都不难，还算听得懂。加上他做了笔记，不懂就看笔记，作业完成得比较轻松。但今天，物理老师留下的一道思考题，让他绞尽脑汁也想不出来。

这题分明就超纲了！应该是后面才会讲的内容，布置这种作业不是坑人嘛！

霍戎看了一眼后道："这是牛顿第一定律。在这个问题里，物体受力情况一般不变，即受恒力作用，物体做匀变速直线运动，这里用的公式为匀变速直线运动公式……"

他顺手拿过赵远阳的书："你们应该还没讲到这儿，公式是……"

赵远阳却突然想到了什么,猛地从他手里抢回了书。

"嗯,嗯,我知道怎么解了,谢谢哥!"他立刻把书合上,说着就推霍戎出去。

霍戎不知道他是怎么了:"是匀变速直线运动公式,翻目录……"

"嗯,我写完题就睡觉,哥哥晚安!"

这声"哥哥"叫霍戎心里一动,他微微笑了:"记得把牛奶喝了再睡,有助睡眠。"

"好。"

"阳阳晚安!"

门关上,赵远阳这才松了一口气。他翻开物理书,空白的地方到处是自己胡乱涂写的霍戎的名字,要是被他发现了……

赵远阳不敢想象后果。他深吸一口气,好险好险。

他照着目录翻到了刚刚霍戎说的公式,最后顺利地把题解了。

霍戎回到房间,打了半个小时的越洋电话,看见赵远阳房间的灯灭了后,他才关灯。

四下寂静,漆黑的房间里,霍戎把手帕打开,搁在床头柜上。

他后脑勺儿陷进绵软的枕头,桂花香气混合着空气里淡淡的葵花香味弥漫开来,萦绕在鼻间。

"桂花放久了就不好闻了。你回去把它放床头,等它蔫了就丢了吧,以后我再送你更好的。"

少年清越的嗓音潜入他的睡眠,叫他梦里也是甜的。

第二天上课,物理老师专门提出了表扬:"昨天这道题涉及的是我没有讲过的内容,有的同学很聪明,留着不做,知道我不会说什么。班上有几位同学解了出来,很好,看来你们已经预习过整本书。那我请个同学来说说解题的思路,赵远阳同学。"

全班同学齐刷刷扭头看向后门。

因为他长得高,加上刚开学时的成绩不理想,所以座位被排在教室的最后面。

余显觉得后门的位子方便他随时监督,就把赵远阳调到了这里。

物理老师一点名,赵远阳便站了起来,手快速地翻书,照着书上的内容念了出来。

虽然这个内容是还没讲到的,但是在领悟公式和原理后,这道题是非常简单的。

等他念完,物理老师笑道:"答得非常好,坐下。学习委员给他加五分。"

周思思看了一眼老师,又回头看了一眼那个变得陌生的赵远阳。

邪了门了!他居然能回答出这么复杂的问题!他竟然还预习了课本?!

周思思垂下眼,不甘地在操作本上给他加了五分。

她写字时很用力,红色的笔迹浸透到下一页纸上。

同桌张凝低声问她:"思思,你不是说他学习不好吗?他怎么回答出来了?"

"我哪里知道?说不定他问了人。"周思思心烦意乱,眼珠一转道,"我跟你说的,你别出去乱说啊,虽然他走后门,但……唉。"

张凝紧闭着嘴,做了个拉拉链的动作,保证道:"你放心,我嘴巴很严的!"她只不过和宿舍的人说了而已,应该……应该没事吧?

赵远阳从未有过这种经历。他坐下后,觉得扬眉吐气了一回。在一个火箭班级,在一群优等生惊讶的目光注视下,解答出超纲题,被老师表扬,他就是会做,这有什么难的?!

连孔三思都难以置信地望着他:"真行啊你,赵远阳,平时开小差,结果不声不响预习了这么多……"

要是没预习,或者没人讲题,是很难做出这道题来的。

赵远阳低声跟他说了实情:"其实我不会做,我昨天问了我哥,他给我讲了我才知道怎么做的。"

他有不懂的可以问霍戎，但周思思要是有不懂的，就没办法了。

周淳夫妻二人学历都低，周淳更是初中都没毕业。当年创办公司的时候，是赵远阳的父亲提携兄弟，借钱给他："这钱我借你，就算你入股了，以后咱公司赚钱了，你再还给我。"

周淳没有学历，对做生意、投资一窍不通，眼光也一般，是赵父手把手教他学会了经商，学会了如何跟客户谈生意。但人总是不知餍足的，他早已把赵家对他的恩情忘得一干二净，转而图谋起赵远阳继承的遗产来。

这天是星期六，没有晚自习。

住校的同学早早地收拾了行李箱，放在教室后门的位置。

张凝边推着箱子从后门进教室，边和室友埋怨："车站太远了，从学校打车过去好贵，今天公交车肯定特别挤，我还有箱子……"

她的室友提议道："你要不问问周思思顺不顺路。她家不是有司机吗？还是豪车呢，顺路把你捎到车站不就完了？还省了笔钱。"

"可是……可是……这怎么好意思……"

"周思思不是最乐于助人吗？你问问看。难道你就不好奇豪车坐起来什么感觉吗？去试试嘛！"

两个女生说着话，没注意到赵远阳抬起头，望了周思思的背影一眼。

下课的时候，赵远阳走到教室后门的走廊上打电话："喂，肖叔？"

星期六放学的时候，校门外比工作日要热闹得多，住校生、通读生都要回家，路边停着许多拉人的三轮车。

张凝跟着周思思一起出校门："思思，你真好，太谢谢你了！"

"不客气。"周思思笑得两眼弯弯，"你可是我同桌。你家住哪里啊？很远吗？"

"也不是很远，但是要去车站坐车，要坐一个小时吧……"

二人边说边往外走。校门口熙熙攘攘，周思思却没在熟悉的位置找到自家的车。

她们站在校门口，周思思皱着眉："怎么搞的？张凝，你等等，我打个电话啊！"她说着从包里拿出手机来，张凝羡慕地看着她。

"肖叔，你是怎么回事？车停哪儿了？"她热得用手扇风，眼睛四处张望。

"对不住啊，周小姐，今天临时有要紧的事，我马上过去！"那边抱歉地说道。

"什么事这么要紧？"周思思不满道，"你要多久？"

"十多分钟吧！您稍微等一会儿，我马上就到。"

"那你快点儿啊！"

挂了电话，周思思抱歉地对同桌说道："不好意思啊，张凝，我家司机刚刚送我爸爸去办要紧事了。不过他说了十分钟后就过来，我们去那边等等吧！"

二人便站到树底下等着。

一中历史悠久，校门口绿树成荫，两株参天的黄葛树更是树荫浓密，遮天蔽日。

过了一会儿，一辆一看就价值不菲的车停在校门口，司机打开后备厢，说："周小姐，我帮您的同学放一下行李吧！"

张凝一张脸红扑扑的，看看锃亮的黑色车身，再看看车牌号——哇，还是连号！上车后，她不太好意思四处打量，但是座椅太软了，空间太宽敞了！她从没坐过这么好的车，兴奋地低声道："思思，你家真有钱。"

周思思谦虚道："没什么值得骄傲的，你努力读书，以后也能赚这么多钱。"她抬头道："肖叔，你今天怎么来这么晚？"

肖叔抱歉地说道："不好意思啊，周小姐，刚才远阳打电话让我去机场接他一个朋友。"

"接他朋友？"周思思的语调登时拔高。

"您也是知道的，我是赵家的司机，我开的这辆车也是远阳名下的，是他支付我薪水，我也没办法。"

司机的话犹如一盆冷水浇在周思思头顶。是啊，她怎么忘了，这根本不是她家的车，司机也不是她家聘请的。

周思思看见同桌张凝瞬间变得不自然的表情，慌忙摆手道："张凝啊，不是你想的那样。"

张凝不自在地露出一个笑容，实在不知道该说什么。于是一路上，二人都不再说话。

静默的车厢里弥漫着尴尬，车窗外风景不断地后退，周思思心中十分懊恼。离车站越来越近，她的情绪也越来越焦躁。她想补救，想告诉张凝事实不是那样的，可她要怎么辩解？

车子开到车站，张凝下了车。周思思要下车帮她拿行李，她摆手道："不用，我自己来就好。今天谢谢你了，思思！"

"啊，你不用谢我。"周思思笑得有些勉强，"我一个阿姨刚从国外回来，她给我带了巧克力，明天回校我给你带些。"

张凝笑着"嗯"了一声。

周思思冲她眨了一下眼，挥手道："明天见。"

等张凝走后，周思思脸上的笑容飞快地消失了："肖叔，你这是什么意思？是不是故意让我在同学面前出丑？"

"周小姐，你怎么这么想？我哪里敢啊！"

周思思冷笑一声："是不是赵远阳让你这么做的？"

肖叔露出不解的神情，忍不住说："周小姐，我没说什么不该说的吧？都是实话。"

周思思噎了一下。是啊，肖叔说的全是实话。要不是她虚荣心作祟，跟同学炫耀，肖叔方才说的那些根本不会对自己产生任何影响。

059

"对了，周小姐——"肖叔把车停在路边，"远阳重新帮我找了份工作，过了今天我就不干了，等会儿我把车开到他那儿去。"

"什么？！"周思思惊愕道。

"远阳说，如果我继续做你们家的司机，他就不再付我薪水了。"

"他不付钱，我们家给你！能有多少？"她的手在校服袖子里攥紧。

赵远阳欺人太甚！

现在市里的平均工资不过两千五百元，一个司机的薪水能有多高？

肖叔说："之前赵先生还在的时候，他一直付给我六千块钱的月薪。赵先生走后，由远阳继续支付我的薪水。"在周淳家开车，他拿着加油的小票找周淳报账，周淳找了个理由就把他打发了。

他对周家人一直没好感，可架不住之前赵远阳信任那家人啊！现在好了，赵远阳终于擦亮眼睛了。

不等周思思破口大骂他这是在抢劫，他又说："远阳还说了，如果你们可以支付我的薪水，我就留下来继续工作，但车是他的，他说他……"

肖叔看了看气得满脸通红的周思思，眼神里透出一丝同情来："他说……不会让你们继续使用了。"

周思思气急败坏："你等着，我给我爸打电话，看他怎么收拾你！"

她冷哼一声，低头按着手机："六千块钱，现在公司一个部门经理也才这么多工资，你怎么不去抢？！"

然而她电话打过去，周淳的手机却处于关机状态。父亲最近的状况她也知道一些，整天唉声叹气的，似乎是生意不顺。

没办法，她只能眼睁睁看着曾经属于他们家的车被人开走，留下呛鼻的汽车尾气。

赵远阳从来没觉得书包这么重过，因为周末，老师布置了大量的作业，每科都有。

霍戎接过他的书包时，掂了一下重量："阳阳，学习辛苦了。"

赵远阳点头："是挺辛苦的。"学习费脑，脑子运作多了，赵远阳就感觉到了疲惫，无力地靠在软软的椅背上。

以前赵远阳每天逃课疯玩，是不是周末对他而言没什么分别。但是现在，周末一到，他就什么都不想干，哪里也不想去，只想在家里窝着睡觉。

回到家赵远阳放下书包就打开电脑玩起了游戏，但玩了十多分钟，他就失去兴趣了。

太没意思了，这些都是他玩剩下的。

当前的游戏无法满足他的要求，画质低、流畅度不足、缺乏创意，很乏味；电视剧吧，随便换个频道都是狗血剧……要想找件什么事打发时间，还真的不容易。

他不由得想起梦中那些经典游戏来……怎么现在就没有人开发出它们呢？

赵远阳甚至萌生了自己出钱开发游戏的想法，但他也明白，不是现在的人没想法，而是技术跟不上。技术跟不上，哪怕开发出这些游戏来，效果也不尽如人意。

他在床上翻了个身，将脑袋埋在枕头里。

床品刚洗过，透着阳光的味道和向日葵的清香。

以前这个点，他肯定跟魏海出去玩了，可现在，他不想让霍戎不高兴。

这时，敲门声响起："阳阳，吃饭了。"

"好……"他闷在枕头里应了一声。

虽是两个人的晚餐，却异常丰盛。

厨师是霍戎专门替赵远阳请的川菜师傅，霍戎一开始吃不惯，但几天后就开始习惯这种口味了。

饭后，肖叔给他打来电话："远阳，我到葵园门外了，你住这儿吗？"

他将车停在大门口，门口守着四个彪形大汉，看着就骇人。

赵远阳这是跟谁搅和在一起了？

赵远阳"嗯"了一声："我现在住这里，你把车开进来吧！"

大门缓缓被打开，肖叔慢慢儿地把车开进去，震惊地看着面前一片壮观的花海，忍不住咋舌。

赵远阳的朋友是把这里买下来了？这么大一个葵园，得多少钱？

他前些日子还看到这个葵园在宣传，说九月底开放，怎么转眼就变成了人家的私产？

霍戎在葵园外面移植了许多高大的树木，小树林面积广，所以从外面看的时候，是看不见里面什么风光的。

而且因为霍戎住在这里，所以葵园的安保更是严密得离谱。到了晚上，最少有三十个人守夜和巡逻。

但是平时，赵远阳是看不见几个人的。这里就像他和霍戎两个人的田园。

肖叔把车停在白色的房子外面，熄了火。他看见赵远阳和一个男人从房子里面走出来。

以前，赵远阳每次出去玩都是由他接送，所以赵远阳的那些朋友，他几乎都见过。

但是这一个，他不认识，他从没见过。

赵远阳从肖叔手里接过钥匙："我朋友，魏海。肖叔，你认识吧？"

"认识，认识。"肖叔道。

魏家四公子谁不认识呢？这可是赵远阳最好的哥们儿。

但是他忍不住瞥向赵远阳旁边的男人。赵远阳的朋友，一般都是同龄人，要就是大不了多少的，可是眼前这个……

"我跟他说好了，你明天直接去魏家工作，待遇只会比我这里更好，不会差的。"

"不是这个……唉,我怕周先生他……"肖叔之前接到电话时,答应得爽快,可是现在又有些发愁,怕周淳对付他。

赵远阳微微一笑:"放心吧,周淳不敢找你麻烦。"

闻言,肖叔才算放心,跟着松了口气。他在赵家做了十年的司机,也算是看着赵远阳长大的,可是有些事他没办法管。

他叮嘱了一句"注意安全",又道:"对了,远阳,这几天我听周先生打电话,他生意上好像出了什么问题。公司可是你父母的心血,不能让他这么败下去。"

赵远阳点头道:"我心里有数。"

噩梦里,也有这么一出,是霍戎干的。但霍戎知道那是他父母创立的公司,没做得太过分,只是让周淳忙得不可开交罢了。

再后来,周淳似乎发现了有人在搞鬼,联想到了霍戎身上。他觉得那是个深不可测的人,并且对自己已怀有敌意,所以让赵远阳去试探。

他让赵远阳去找霍戎:"远阳,他这是想要夺走你的家产啊!"

赵远阳听信了他的话,找到霍戎。霍戎这才收手,对他说:"阳阳,你别怪我,我这么做都是有原因的。那个周淳,他不是什么好人。"

他当时一心只信任周淳,周淳是他的长辈,父母忙于事业的时候,常常忽略他,只有周叔叔关心他。

赵远阳不相信霍戎的话,觉得事实肯定是像周叔叔说的那样——霍戎图谋他的家产,不仅手段下作,还搞挑拨离间这一套。

但他又是个不争气的,哪怕他内心认定霍戎意图不轨,也没办法忽视戎哥对他的好。

赵远阳忍不住抬头看他,可以断定的是,现在的霍戎,还是把自己当成故人的孙子,把他当孩子看待的。

他一直认为霍戎是个无坚不摧的人,他跟霍戎大吵一架后,说了重话，对方就走了，再也不要他了。

赵远阳心想：你有尊严，我也有！

所以他一次次地想着要不要道歉，却又碍于脸面，一次次地打消念头。

此后，他们多年未见。赵远阳将日子过得浑浑噩噩的，别人看他潇洒自在，不知天高地厚，其实他是可怜的，身边全是阳奉阴违的人。

直到梦中，赵远阳死前，他才发现自己认识的霍戎已经变了一个人，那么无坚不摧的一个人，竟然会痛苦。

哪怕他没掉一滴眼泪，赵远阳也能感受到他的痛苦。

霍戎露出来的软弱的一面让赵远阳意识到——霍戎也是个普通人。

霍戎注意到他眼里流露的伤感，还有深深的愧疚，像是对自己的愧疚，顿时不知所措起来："阳阳，你怎么了？"

"我……"赵远阳张了张嘴，别过头去，颊边的那颗痣如同一滴眼泪，"我想起我爸妈了，哥……我妈死后，我爸就失踪了，你能不能帮我去找一下？哪怕是尸体也好……"

"成，阳阳，你……你别哭啊，哥哥帮你找。"霍戎应下来。他也不知道要怎么安慰赵远阳，他从没安慰过人。

憋了半天，霍戎才道："老师布置了作业吗？作业难吗？我给你讲题吧！"

高一学习任务繁重，一共九科，除了政治和地理，别的科目都有作业。

赵远阳只提前在自习课上完成了英语作业，以及套公式做了一半的物理题，化学作业虽说不用动笔，但化学老师说周一会抽人起来背元素化合价。尽管刚开学不久，可（一）班学习节奏飞快，赵远阳感觉自己不太跟得上了。

当晚，霍戎给他讲了快三个小时的数学和物理题。霍戎讲题很有耐心,看到他有些走神就停下,过一会儿再继续。但是面对文科作业的时候,霍戎就一筹莫展了。

语文老师要求写一篇八百字作文,历史作业则是一张A4纸大小的试卷,全是密密麻麻的填空题。

霍戎在国外长大,他小时候不学这些。他和旁人不一样,没去学校接受过教育。

看见这么多作业,霍戎不由得皱眉:"你们必须学这些吗?这么多全部要考试?"

"对……全部要考试,下个月国庆假期收假就要考。"一开始,赵远阳并没想过好好学习,结果坐在课堂上,周围的同学全在认真听课,没一个开小差的,他又觉得,自己总不能就这么荒废掉吧?

霍戎看着他的历史试卷,想了想,说道:"今天就到这里吧。阳阳,你把你的书借给我看吧,我看完了,明天给你讲题。"

"不,不,不,不行!"赵远阳说完,察觉自己反应太大了,硬着头皮道,"哥,嗯……我是说……要是等你看完书再给我讲题,那太麻烦了。我明天去买些教辅资料,学起来应该就容易多了。"

一个人是不是说谎,霍戎一眼就能看穿。他注视着赵远阳的眼睛,能看出他的躲闪。

上次也是这样。

阳阳不想让自己看他的书?

霍戎没有追问,而是站起来道:"很晚了,我去给你热杯牛奶。"

"啊?又喝牛奶……"

连续一周了,每天下晚自习回家,就有大补的消夜等着他,睡觉前还会有一大杯牛奶。

"阳阳不喜欢喝牛奶吗?不喜欢就不喝。"霍戎道,"不过你还在长身体。"

赵远阳很想告诉他,自己现在已经有一米八了!最后,他还是无奈

065

地妥协了。

喝完牛奶,霍戎从浴室出来,挤了牙膏给他:"阳阳,我给你放了水,洗个澡再睡吧!"

霍戎不知道他怕水,毕竟资料里从来没提过。

赵远阳也没说,他漱完口,盯着浴缸里的水看了一眼就别过头去,强烈的眩晕感让他感到非常不适。

赵远阳深吸了一口气,按下开关,把浴缸里的水全部放干,站着冲了五分钟的澡便围上浴巾出去了。

一开门,他便看见了站在自己房间里的霍戎。他条件反射地关门,惊慌失措下,他用力过猛,门撞击出"砰"的巨响。

"哥,你怎么…还在?"他声音里透着一丝惧怕。

霍戎不明白他怎么这么大反应,他站在门外,沉默了一会儿道:"我不是故意的,我拿些东西进来给你。你记得吹头发,不然明天头会痛……阳阳,晚安!"

接着,赵远阳听见他关门的声响。

赵远阳呼出一口气。

他确实反应过激了,可是他真的很怕重蹈覆辙。

他在浴室吹干头发才出去,关了灯躺在床上,却隐隐闻到了一股熟悉的清香——是他每天放学,从教学楼走到校门口都能闻到的香味。

他侧过身,借着月色,看见床头柜上多了个茶盘,茶盘上均匀地铺洒着一层桂花。

原来,霍戎说给他拿些东西进来,是拿这个。

周末没有设闹铃,赵远阳一觉睡到了将近正午。

这是他自那个噩梦醒来后,睡的第一个好觉。阳光从窗帘缝隙中泻下来,在地毯上均匀地铺开,那明亮的光乍然有些刺目,让他忍不住用手蒙住眼睛。

过了一会儿,他的睡意渐渐消逝。

他作息混乱,导致他身体孱弱,精神状态也不稳。大多时候,他都需要安眠药来助眠,一丝吵闹声都会让他睡不着。

下了床,赵远阳光脚踩在雪一般的地毯上,拉开了窗帘。

风带来向日葵的气息。在这里,几乎听不见嘈杂的车声,也几乎看不见城市的轮廓,入目皆为纯粹的自然风光,目之所及全是金色的向日葵花,露台还搬来了几株新的绿植,在窗下展开一片葱茏的绿意。

"阳阳,你起来了?"

赵远阳听见声音,抬头一看,霍戎从那头的房间出来,在相连的露台的另一边看他。

霍戎只穿了背心和短裤,看起来像是刚运动完,手上端着马克杯,脸颊上有汗珠,在日光下熠熠生辉。

赵远阳眯了一下眼睛:"哥,早安!"

"快中午了。"

霍戎仰头喝了口水,喉结滚动,汗珠淌落,声音有些哑:"早上让人牵了几匹马过来,等会儿你挑一匹。"

早上赵远阳没起床的时候,他练完靶就骑着马绕着葵园溜达了一圈。这里简直是天然的马场,除了从大门进来的那条路和花田,就只剩下草坪,正适合跑马。他还在草地上设置了简单的障碍物,想着要是赵远阳想学骑马,就可以教。

几匹品种不同、毛色也大相径庭的小型马被圈在栅栏里。一匹是纯黑的纯血马,一匹是栗色的汉诺威马,还有两匹是帕洛米诺色的北非柏布马和西班牙马。

这几种马都是乘用型品种,皮毛发亮,轮廓挺直,体态优美,看得出都是精挑细选、经过严格训练的马。

"这匹汉诺威马敏锐而温顺,性格很好,容易驯养,适合你这样的初学者。"

赵远阳听着霍戎的解说,目光扫到那匹栗色的汉诺威马。果然非常

067

温顺，眼睛里透着聪明劲。

"这匹西班牙马速度上要差些，但是耐力非常好。"

可赵远阳的目光凝固在那匹纯血马身上。这匹马通体黑色，眼睛也是漆黑的，唯有额部有白色的星形纹路，温驯里透出一丝野性来。

他忍不住伸手，想摸一下，又在半空中止住。

纯血马黑色的眼睛和他对视，他心中微动，说："哥，我喜欢这匹。"

"我就猜到你喜欢这匹。你外公也有一匹这样的马，这是它的孩子，还没有取名。"霍戎看着他，眼里有笑意，"阳阳给它取一个吧！"

赵远阳用手试探性地抚摸了一下纯血马额部的白色星形标志，马的黑色眼睛再次与他对视，像是通人性般。他眼中透着怀念："外公那一匹是纯黑的，没有这样的标志，我记得它叫'闪电'。"

这时，纯血马打了个响鼻。赵远阳望着它，嘴角含着微笑："闪电，你喜欢这个名字是不是？"

黑色的马低下头来，赵远阳摸了摸它的耳朵，凑得近了些，额头抵近马的吻部，像是在聆听。

过了一会儿，赵远阳扭头看着霍戎："哥，它说它喜欢这个名字。"

如此，便定下了马儿的名字。

赵远阳穿上全套的马术服，高腰的白色马裤配黑色的鳄鱼皮马靴，显得身姿更加挺拔。霍戎帮他戴上头盔，低头给他扣上绳扣，耐心地跟他讲解上马的要点。

马鞍是上好的黄牛皮制成的，座位宽阔舒适。

"上马前要先检查这里。"他伸手拽了拽马肚下的那根肚带，"检查系结实没有。"

接着，他把马镫放下来，打量了一下赵远阳的腿，把镫革调整为合适的长度，再把鞍翼展平："阳阳，从这边上马。"

霍戎给他示范了一次:"这样上,左肩靠近马的左肩,然后勒住这里,缰和马鞭,左手放这里,鬐甲前面……看明白没有?"

"好像明白了。"他点头。

"你来试试,我指导你。"霍戎翻身下马。

赵远阳是学过一些马术的,但是太久没骑,身体也没有记忆,不免有些生疏,像第一次练习一般。

他学着刚才戎哥上马的动作,一只脚踏着马镫,接着翻身跨坐上去,"闪电"却突然高高扬起蹄子。

赵远阳感觉自己腾空了。他手上什么东西都没有,慌乱之下什么也抓不住。他不由得闭上眼睛,却感觉到一只手稳稳地攥住自己的手腕,同时听见男人沉稳的声音:"别怕。"

接着,赵远阳便感觉到自己被一双有力的手臂抱住。

霍戎把他抱下马,在他的耳边安慰着他:"阳阳别怕,别怕,我抱住你了。"

那一瞬间赵远阳什么都来不及思考,他在霍戎身上闻到了汗味,心里一惊,立刻推开对方,一副惊吓过度的模样。

霍戎说:"'闪电'从没让生人骑过,它性子野一些,你多和它相处几次,等它认识你就好了。"

赵远阳点点头,也不抬头看他:"哥,我去洗个澡,晚上还有自习。"他逃也似的回到房间,脑子里乱哄哄的。

去学校前,赵远阳去了附近的书店。辅导书的类型非常多,出版社也不一样。店员介绍说:"这套是卖得最火的。你是一中的学生吧?对你们学校的学生,我们基本都推荐买这套。"

赵远阳也不懂这些,一样拿了一本就去结账。

书店人多,每条巷道都站满了人,竟有些走不通。

霍戎用高大的身躯护住他,低头道:"阳阳,就买这些吗?还有什么要买的吗？"

店员适时地插嘴道："这套也是卖得最好的，来一套吧？"

赵远阳一看是试卷，连忙摆手："算了，算了，我买一套就够了。"

顿了顿，他又道："再来本《高分作文》吧！"

霍戎抱着书，赵远阳排队去结账。

两个女生排在赵远阳后面，一个是他们班的张凝，还有一个是其他班的女生。

女生手里抱了两本言情小说，说道："张凝，你买这本，我买这本，然后咱们看完交换吧！"女生跟她说着话，一抬头却看见张凝直直地盯着前面排队结账的男生。

那个男生个子高高的，头发短短的，皮肤很白。

"喂，看什么呢？"女生冲张凝挤眼睛。

张凝一张脸登时红透了："你别乱说，我……我没看什么……"

"没看什么你脸红什么啊？"

霍戎帮赵远阳把教辅放到收银台上结账，听见后面两个女生的谈话，再看赵远阳的反应，他面无表情，仿佛没听见一般。

他不着痕迹地勾了一下嘴角。

二人结完账离开后，收银员的眼睛还追着他们的背影看。

小的帅，大的也帅。

因为教辅书很重，霍戎便把赵远阳送到了班上。

六点半才上课，现在不过六点，班上的同学却几乎来齐了。

由家长送过来上课的情况，在高中生里算是比较稀奇的了，尤其这个家长长得还……

全班同学都扭过头，望着那对兄弟，低声交谈。

"难怪赵远阳长那么高、那么帅，原来都是遗传的。"

"可是长得也不像啊……"

"不是说他父母没了吗?家里还有个哥哥?他不是住在学习委员家里吗……"

这些同学之中,周思思的反应是最奇怪的。她的眼神分明写满了嫉恨,像是要把赵远阳给撕了一般。

昨天,家里的司机肖叔突然辞职,还开走了车!周淳一天到晚忙于公事,周思思没有车接送,今天只能打车来学校,结果下车时被同学看见了!

霍戎听力好,那些嘈杂的小声交谈,他全部能听见,并且据此筛选出了最重要的信息——阳阳在这个班上,似乎没什么朋友。

"你怎么一个人坐?"他皱了一下眉。

"是我自己要求的,我要认真学习。"他认真地望着霍戎,眼神清澈而执拗。

赵远阳的桌上堆着书,很乱。霍戎帮他整理好,却看见他的课桌抽屉里塞了好几封情书,还有零食。

他愣了一秒,但什么也没说,只把水果放在桌上,低声道:"等会儿饿了吃。"

赵远阳看着抽屉里那些情书和零食,嘴唇微张,却什么都没解释。

霍戎深深地看了他一眼,说了句"阳阳,哥晚上来接你",而后抚摸了一下他柔软的发顶,走了。

他走后,赵远阳脸上的神情就淡了许多。他把零食拿出来,全送给了孔三思。

"给……给我啊?这不太好吧!"孔三思有些不好意思。

"你吃吧,分一些给胡小全吧!"

"真给我啊?"

"嗯。"他点头道,"我不爱吃零食,我吃水果。"

他打开牛皮纸袋,低头一看,里面放了三个苹果、三根香蕉、红提

071

若干、蓝莓若干。

他吃不了这么多,霍戎给他装这么多,是以为他有朋友可以分享。

可他不太想把这些东西分给别人,他打开历史书,边啃苹果边做填空题。

填空题都是书上能找到的知识,非常简单,他很快就写完了。

之后赵远阳对着课本发起了愁——他的书上写满了霍戎的名字,还有简笔画,这些东西绝对不能让戎哥看见!

脑子一转,他问道:"喂,孔三思,你知道上哪儿领书吗?"

"书?"他看着赵远阳的课桌,"你这不是有书吗?发漏了?"

"我想再买一套放在家里,每天背回去太重了。"

"哦,哦,那你明天去吧,就在西教学楼三楼的图书室,一套书起码好几百块钱吧……"他咬了口薯片。

孔三思的同桌胡小全问赵远阳:"刚刚送你来的那个,是你哥啊?"

赵远阳"嗯"了一声。

胡小全瞅着他:"怎么不像啊?"

赵远阳避重就轻道:"他比我帅。"

还没上课,班上不少同学晚上没吃饭,在吃零嘴,教室里什么味儿都有,赵远阳便打开后门通风。

老余进了教室,又出去了,教室里再次响起了说话的声音。

"思思,你这是什么巧克力啊?真好吃!"

"我一个阿姨刚从国外回来,给我带的,你喜欢吃就好。"周思思笑眯了眼。张凝吃得嘴巴黑乎乎的,桌上摊开着一本言情小说。

前座的谭梦佳趴在她桌上道:"张凝,张凝,你觉不觉得赵远阳像小说男主角?"

张凝点头:"是啊,是啊,我今天还在书店看见他和他哥……"

一旁的周思思突然道:"那不是他哥。"

张凝和谭梦佳都扭头看她。

周思思眼含嘲讽道:"他是独生子,那是他在社会上认的哥,不学好。"

谭梦佳吐了一下舌头,扭头坐正了。张凝尴尬地笑了两声,想到了昨天下午的事。

晚自习不上课,余显让他们做作业。而赵远阳补完了历史,准备写作文。

他从没写过作文,一筹莫展,翻开作文书找到一篇类似的,开头就是一个引子"衣带渐宽终不悔,为伊消得人憔悴。——柳永"。

赵远阳看了第一句,就气馁地合上了作文书。字他倒是认识,就是不懂。

他只能问孔三思:"你作文写的什么?"

孔三思把本子给他看:"如果我是比尔·盖茨。"

赵远阳看完了,想了想,低头也写下几个字。

孔三思探头一看,嘴角抽了抽。

赵远阳的作文题目居然是"如果我是穷人"。

这还能如果呢?

直到放学,赵远阳的作文也没写完。

孔三思说:"明天第四节课才是语文呢,写完再交也是一样的。"

他住校,住校生和通读生不一样。赵远阳放学回家了,他们住校生得上晚自习上到九点半才放学。

霍戎照例在校门外等他,见着他第一句话就是:"阳阳读书辛苦了。饿不饿?"

赵远阳把剩下的那个苹果给他:"我不饿,我把你给我的水果全吃光了。"

二人默契地绝口不提情书的事。

他应该当着霍戎的面丢掉情书才对,可是那一瞬间,他又希望对方最好能误会。

尽管他的的确确对小女生没什么兴趣。

在车上,霍戎问他:"学习累吗?想不想换个学校?"

他看赵远阳要做那么多作业,觉得心疼。尤其这孩子似乎基础不好,埋头苦学,问他问题的模样,也让他心疼。他想让赵远阳换到轻松一些的学校去。

他打听过了,禹海一中是整个禹海市升学率最高的高中,而赵远阳就读的(一)班,又是整个年级最好的班级,也是学习进度最快、学习任务最重的班级。

赵远阳听了他的话,有刹那的动心,可是转念就放弃了。

周淳千方百计把他送到这个班级,就是希望他自甘堕落。

那他偏要逆着周淳的想法来。于是,他拒绝了霍戎的提议。

尽管这并非他一向的作风,可他现在就想乖乖的,让霍戎少替自己操心。

星期一有升旗仪式,得早些到学校。

赵远阳起晚了,他到的时候,升旗仪式已经结束了。

从操场跑步回来的孔三思对他道:"你怎么又迟到?刚刚学习委员清点了人数,全班就你没到,扣了你五分操行分呢!"

赵远阳并不在乎什么操行分不操行分的,他从书包里翻出作文本,继续写昨天没写完的作文。

第二节课时,班上来了个转学生,是老余带进来的。

转学生人长得又高又壮。他把课桌椅扛在肩上,老余还没说话呢,他就直直地朝着赵远阳走过去,脸上挂着灿烂的笑容,眉飞色舞地冲他眨眼。

魏海是阳光型帅哥,头发很短,浓眉大眼,表面看着人畜无害,其实是个花花公子。

他把桌椅放下来,摆在赵远阳的位子旁边:"远阳,你怎么在这个班?真难进啊!"

"那你是怎么进来的?"赵远阳眼里带着笑意。

"当然是跟我爸说啊,老头子一听我要去尖子班,以为我准备认真学习呢!哎,你桌上怎么这么多书?你在写什么呢?"

"作文。"赵远阳平静地说道。

魏海惊道:"啊?"

全班同学都在回头看他们,窃窃私语着。

"转学生好帅,是赵远阳的朋友吗?他们看上去很熟。"

这时,余老师咳嗽了一声,严肃地说道:"别关注转学生了,该交作业了。"

课代表站起来,大喊一声:"小组长收作业了。"

余显的视线扫向后门的两个人——这是他带过的所有学生里,少有的两个异数。这个魏海,指名要进他们(一)班。他作为(一)班班主任,是要对全班四十名同学负责的,怎么会接受这种学生?

可这天早上,转学生还是来报到了。外表看着是阳光大男生,却一副吊儿郎当的样子,嬉皮笑脸道:"老师,咱们打个商量,我想做赵远阳的同桌。"

"你认识他?"老余坐在办公桌边,必须高高仰起头,才能和转学生对视。

这个转学生竟然连书包都不背,可见其态度很不端正。

"那当然,不然我也不来你们班。不过,老师放心,我们虽然成绩不好,但绝不会扰乱课堂纪律,影响大家学习的!"

赵远阳虽然基础差些,但他平日里并不捣乱,上课也安分守己,乖乖听课。至于这个魏海嘛,余老师看着他劣迹斑斑的履历,最后头疼地妥协了。

魏海扭头看赵远阳桌上的作文本,吓了一跳,震惊地望着他:"赵远阳,你是不是吃错药了?写作文?"

然而赵远阳只是平静地看着他:"上课呢,别闹。你等会儿领书吗?我陪你去。"

"书……好吧,这个还是得领。"

赵远阳把游戏机给他:"你要么玩游戏,要么睡觉,我得听课了。"

魏海:"……"

他稀奇地盯着赵远阳,跟看大熊猫似的,满脸都是不可思议:"远阳,你怎么了?"

赵远阳面无表情地抄着板书,麻木地说:"学习使我快乐。"

魏海像是被他刺激了一般,抽了本他的书低头看起来。

然而,他觉得自己根本不是读书的料,坚持了不到半分钟就放弃了,转而埋头玩起了赵远阳的游戏机来。

下了课,赵远阳陪魏海去领书,自己也顺便抱回了一套新书。

中午,魏海订了餐厅,赵远阳提前跟霍戎说了一声,告诉他中午同学请客,让他不用来给自己送饭了。

魏家的司机来接他们,把他们送到了西餐厅。

在禹海,二〇〇几年的时候,吃西餐是赶时髦,基本上只有约会的男女才会来西餐厅,里面学生并不常见。

吃饭时,赵远阳多嘴问了一句:"我介绍给你的人呢?"他说的是肖叔。

"哦,我让他给我二哥做司机去了。"

赵远阳咀嚼的动作一顿,抬头看他。

魏海双眼一弯,笑道:"看我干吗?"

赵远阳低头,一勺酱汁配一勺饭:"四海,你别惹你二哥,不然以后有你好受的。"

"他都残疾了能怎么让我好受啊?"他费解。

赵远阳沉默了一下,说:"万一他是装瘸呢?其实他的腿根本没有问题。"

在那场梦里,魏海的二哥魏庭均,就是猛然发难,迅速崛起。他多年的腿疾突然好了,把兄弟一个个送进了鬼门关。

"喂,他坐了十年轮椅,怎么可能是装的?"魏海眉头蹙起,"远阳,你别开这种玩笑。"

赵远阳不再多说,拿起餐巾擦了一下嘴角。他状似不经意地叮嘱道:"总之,你以后别跟着你三哥欺负他,把自己择出去,越远越好,明白吗?"

这顿饭,二人的谈话全被记录了下来。

下午一放学,魏海就坐不住了。这一天可把他憋坏了!

赵远阳看书学习,他玩游戏,他就感觉自己特别不是人。

"远阳,我们晚上去打保龄球吧!我大哥新开了一家保龄球馆,给我办了卡,让我带着同学去玩。"

赵远阳指了指黑板的角落:"看见那里布置的作业没有?"

魏海苦着脸,简直要叫赵远阳"哥"了。

过了一会儿,余老师朝他们走过来,盯着赵远阳桌上的书:"你们有《学生手册》没?"

赵远阳说不知道,魏海说没有。

老余脸一黑,伸手道:"胡小全,把你的《学生手册》找出来。"

胡小全"哎"了一声,快速翻出来,双手递交。

老余道:"给你们布置一个任务,回去把这本《学生手册》认真看两遍,明天我抽查。"

第二天,魏海逃课没来。

星期三,他迟到了两节课才出现。

下课时，上周末写的作文发了下来。赵远阳为了凑字数，满篇都是省略号，一句话一段，足足凑了两页多。

他的字不好看，加上这篇作文实在不能称为"完整"，老师最后酌情给了他三十八分，后面用红字批注：立意独到，再接再厉！

满分六十分的作文，赵远阳拿了三十八分，却觉得自己牛极了。

以前他的作文可都是得零分的！

魏海抢过他的作文本，"哇"了一声："这么高的分呢！我看看。"

"《如果我是穷人》——"他瞥向赵远阳，"志向远大啊！"

赵远阳觉得自己写得挺好的，加上得分这么高，他恨不得站起来朗诵一番！

魏海一行字一行字地看着，看完朝他竖起大拇指："这么多字，大才子。"

赵远阳禁不起夸，一夸就嘚瑟。

魏海笑眯眯道："远阳这么棒，中午给你加鸡腿。"

赵远阳笑着说："中午我哥哥来接我。"

"那我晚上请你去打保龄球。"

"我哥晚上也要来接我。"赵远阳趴在桌上，上午的阳光照进来，他的背影都被镀上了金色。

魏海看见他连眼睛都在笑，只听他又说："四海，不是我不跟你去玩，我也不爱学习，但是我不想让我哥失望。你看我好不容易变好那么一丢丢……"

正在这时，他听见前面同学的对话。

"胡小全，你作文得了多少分？我看看，五十二？你比我高一分呢！我看看黄老师给你的批语是什么……"

"去，去，去！你去看肖龙的，五十七分呢，应该是我们班最高分吧！"

赵远阳听了，心一下子就凉了，刚刚还笑眯眯的，顷刻就郁郁寡欢了，眉眼耷拉，一副丧气样，连魏海追问他什么哥哥都没心情回答。

他盯着那个刺目的数字。

这是他第一次写作文。为了写这篇作文，他绞尽脑汁，用了他能想到的所有词汇，还用了从课本上刚学的一个成语。

阿拉伯数字"38"在赵远阳眼里转啊转……

过了一会儿，他突然坐直，从文具袋里找了支红笔，当着不知该如何安慰他的魏海的面，硬生生在那个红色的数字"3"上添了一笔，改成了"5"。

"像不像真的？"赵远阳问魏海。

魏海："……"

魏海神色复杂地看了他一眼，迟疑着点头："像。"

"五十八分，我们班最高了吧！"赵远阳笑得像吃了糖似的开心。

魏海目露同情："心情好了？"

他点头："好了。"

"那跟我去打球？"

"成。"赵远阳这回一口就答应了，"晚上我跟你去，但是有一点，晚自习下课前我要回学校，不能让我哥发现我逃课了。"

魏海大喜过望："太好了！对了，你跟我说说，那是你什么哥哥？怎么没听你说过？是你爸……"

他对赵远阳家知根知底，也知道周家，知道赵远阳那个周叔叔。赵远阳一说哥哥，他就以为和他家一样，是什么外面女人生的儿子。

"不是。"上课铃响了，赵远阳伸了个懒腰，拿出课本，"不是亲的，但是比亲的对我好。"

二人都有离校证，下午一放学，他们就直接溜掉了。

魏家的司机把他们送到魏海大哥新开的那家保龄球馆，这是他大哥的产业，所以魏海就等同于少东家，经理亲自接待，还给他们准备了

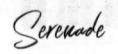

VIP 球道。

保龄球这项运动，是近几年才兴起的。

馆内的教练都很年轻，很多老板会请客户来打保龄球。

经理问他们需不需要教练，魏海瞄了一眼旁边的女教练："你们这儿的教练都多大了？怎么看着跟学生似的？"

经理答道："都是成年了的，我们找专人培训过。"

魏海看了赵远阳一眼，赵远阳摇了一下头："我不要，八点我得回学校。"

魏海"啧"了一声："算了，算了，那我也不要了。"

赵远阳本意就是来打球的，二人规规矩矩，占据两条球道，唤了个教练来给他们算比分。

赵远阳手生，刚开始球自动跑偏，而魏海显然是不久前才来过，一手球过去，能倒七八个，一开始他们比分悬殊。过了一会儿，赵远阳找回感觉了，一球一个准，很快追平比分。

他们正打得畅快时，从球馆的入口进来了一拨人。

"汉克斯先生，感谢您的莅临。这家保龄球馆是我们市新开的，教练都很不错。"周淳点头哈腰，语气非常恭敬。

翻译把他的话转述给那名叫汉克斯的外国人，那外国人听后，望向穿统一制服短裙的教练，称赞了一句。

周淳满脸堆笑："那我们先打球，等会儿去旁边的酒店入住。"他最近生意不顺，可是前日突然天上掉馅饼，外国某投资公司找到他，说是要注资！

他喜出望外，当然得招待好了！

这家保龄球馆是目前禹海市格调最高的场所，教练素质普遍很高，来过的人都说好。

这才开业没多久，口口相传，周淳就知道了。他想着请外宾过来，把人哄高兴了，那资金的事，不就水到渠成吗？

只怪赵远阳把车和司机都给收回去了，外宾来了，周淳也没辆像样的车，只得临时去租车行租了辆好车。

周淳太忙了，忙得没工夫收拾赵远阳，便想着等外宾注资后，公司解了燃眉之急，他再回过头去收拾那小崽子。

尽管公司现在还不是他的，但他持有百分之二十的股份，更别说在他眼里，赵远阳手上的百分之五十一的股份差不多已经属于自己的了。

赵远阳看见了周淳，但是隔得太远，他听不清楚他们在说什么，只能大致揣测周淳是在陪客户。

魏海也顺着他的视线，看向了那边："那胖子有些眼熟，谁啊？"

赵远阳眯着眼，冷冷地说："周淳。"

魏海"哦"了一声："你和周叔叔，以前不是关系挺好的吗？"

"现在不好了。"赵远阳道，"四海，你帮我问问经理，周淳是不是带了个女的？"

赵远阳记得周淳有个出轨对象。

这种事情原本是客人隐私，不能随便透露给人，可谁叫魏海是老板的弟弟呢？

魏海很快就从经理嘴里得到了答案，对赵远阳道："他们是从外面叫了几个模特，不知道是不是你说的，还在旁边的五星级酒店订了房间，房间号我也问到了。远阳，你是不是想……"

赵远阳点点头，手握着一个10磅（约4.5千克）重的球，助跑，球从手心脱落，"咕咚"一声滚上跑道，"咚"的一声，全中！

魏海吹了声口哨。

赵远阳取下护腕："我要是报警，你大哥的店不会受影响吧？"

"这怎么可能？"魏海摆手，满脸兴味道，"我等下给他打声招呼。"

赵远阳从另一道门出去，满心讨好外宾的周淳并没有注意到赵远阳出现在一个他此时不应该出现的地方。

他赶在晚自习放学前回到了学校，进教室拿了书包，专门把作文本夹在书里，接着抄了黑板上老师布置的作业，抱着一摞崭新的书和魏海一同出了校门。

魏海想亲眼看看赵远阳口中那个比亲哥还好的哥哥是谁，所以厚着脸皮跟着他走。

霍戎的气场实在太强，才出校门，魏海就看见了他。发现那男人正望着他们这边，魏海不由得凑到赵远阳耳边，轻声道："那是你哥啊？怎么……"

"怎么？"赵远阳瞥了他一眼。

"啊……没什么。"魏海感觉到赵远阳这个不知从哪儿冒出的"哥哥"肯定非同一般。在禹海，还没有这样的人物吧？

"远阳，你这哥哥是打哪儿来的？好壮啊！"

赵远阳说："他刚从国外回来。"

"我说呢，难怪我不认识……"

"对了，四海，你别跟着我叫哥，那是我哥。"他补充道。

"这么小气啊？"

"反正你不准叫。"

魏海"啧"了两声，应下了。

他跟着赵远阳走到霍戎面前，他比赵远阳高，也比大部分同龄人，甚至成年人都要高，但是他这次也得仰头看别人了，并且自卑地发现自己那身引以为傲的扎实肌肉，在赵远阳他哥面前简直不值一提。他在对方面前就是只弱不禁风的小鸡崽。

他鲜少有这么自卑的时刻。

魏海看见男人自然而然地接过赵远阳的书包，背在背上："阳阳，今天书包很重，作业很多？"

嘴上这么说，可那书包拎在他手里，就像个玩具似的。

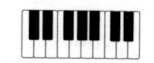

"嗯，很多。"尤其他还逃课了，浪费了一个晚自习。赵远阳向霍戎介绍魏海，说，"哥，这是我很好的朋友，魏海。"

霍戎瞥过来，一向吊儿郎当的魏海当即挺直腰杆，收敛了浪子气："大哥好，我是远阳的同桌。"

魏海之前还以为这人是不是别有居心，对赵远阳继承的遗产有什么企图。但见到人后，他心里的那些怀疑全部打消了。一个人有没有坏心，他的眼光准得很。

霍戎和气地对着他微笑，声音很疏离："谢谢你照顾阳阳了！"

"应该的。"

尽管魏海能察觉到霍戎对赵远阳很好，但此人身上有种让他不太舒服的东西，如同煞气一般，若有似无的，似乎在针对着自己。

魏海做大少爷做惯了，不习惯有人压自己一头，他不愿多待，跟赵远阳道了再见。

霍戎没有让人监视赵远阳，可他还是通过别的途径知道赵远阳晚上逃课了，为了不让他发现，还自作聪明地提前回校了。

霍戎并没有拆穿，赵远阳那一脸心虚又庆幸的神情，让他觉得有些好笑。

晚上霍戎辅导赵远阳做作业时，赵远阳放心大胆地摊开课本，根本不怕被看到。

赵远阳对文科不太感兴趣，虽然他也烦理科，但是照着公式解题，似乎也不是那么难。

他忘性大，总是忘记公式，必须对着笔记做题，才有较大概率做对。

霍戎不厌其烦地给解释着原理，赵远阳认真地听着，觉得他讲得比老师好，也或许是他的声音好听的缘故。

兜里的手机开始振动，赵远阳说自己想喝牛奶了，支开霍戎。

霍戎一离开房间，赵远阳立刻接起电话："怎么样了，四海？"

"我刚刚已经报警了，这会儿正让人看着，都进房间了，二十分钟了呢，保证抓个正着！"

赵远阳脑子一转，心里有了盘算："四海，你再帮我个忙，帮我打个电话，我给你说手机号码啊……就跟她说她老公在酒店被抓，让她赶紧去领人。"

魏海立刻明白了他的意思，心照不宣道："这招损。"

霍戎进房间时，赵远阳正好挂断电话。

"跟同学打电话？"他把牛奶递给赵远阳。

赵远阳点点头。霍戎也没多问，坐下来检查他刚刚做好的作业。

霍戎沉默地检查着，赵远阳就在旁边默默地喝着热牛奶。牛奶温暖了全身，他注视着霍戎被灯光笼罩的英俊侧脸，忍不住想：如果他们是亲兄弟该多好。

"阳阳，你这道题错了，这里应该是……"他的声音把赵远阳拉回现实。

赵远阳一面听着他讲公式和解题思路，一面偷偷地打开书包，摸到作文本。他用拇指紧张地摩挲了几下本子，很想拿出来。犹豫了一下，又放了回去。

三十八分的作文，他给改成了五十八分，还想拿给戎哥看？戎哥又不是四海那种傻瓜。自己什么水平，戎哥还能不清楚？

这五十八分……也太假了。

赵远阳把手从书包里拿了出来。

赵远阳不是那种一点就通的聪明学生，但霍戎耐心很足，赵远阳听不懂没关系，他可以重复第二遍、第三遍。要是赵远阳觉得烦了，那他就停下。

等到霍戎讲完错题，已经快十一点了，他起身准备离开，走出赵远阳房间前却停了下来，意有所指地说了句："别聊太晚。阳阳晚安！"

赵远阳抬头看他,心想:戎哥是不是知道了什么?

他迟疑了一下,答道:"好。"

等霍戎出去,赵远阳立刻给魏海拨了电话过去。

"四海,怎么样了?"

"你写完作业了?"

"写完了。"赵远阳躺在床上,索性关了灯,声音低低地在黑暗里响起,"别卖关子了,快说。"

"你那周叔叔不是请外国人去玩吗?他跟他那小情人一个房间,外国人的房间在隔壁,外国人的助理也叫了一个……我不是让人盯着的吗?结果警察还没来,外国人和他助理房间里的人就出来了。"

魏海用拇指擦着打火机,若有所思道:"这事有蹊跷啊!警察赶来后,周淳被抓了个正着,外国人和他助理却没事,就好像……"

"就好像提前知道你报警了一样?"

"对,太巧了……不过也没关系,反正我们目的也达到了。"

"跟我说说具体的情况。"赵远阳靠在床头,两条长腿交叠在一起。

"警察前脚到,周淳的老婆后脚就到了。你是不知道,周淳吓得腿都软了,前一秒还在跟警察辩解,说什么'警察同志,都是误会,这是我老婆',后一秒他老婆就冲了进来,一巴掌就招呼上来了,说'姓周的,你给老娘看清楚,谁是你老婆',哈哈哈……"

魏海兴致盎然道:"简直了,他老婆转头就对警察说'警察同志,你别听他胡说八道!我才是他老婆!他背着我在外面养女人'。"

赵远阳也哈哈大笑。他完全可以想象出曹小慧的语气。

"那女的也吓坏了,哭着说自己是被周淳骗了,不知道他有老婆。周淳当然得反驳啊,就大声说他们是你情我愿,从来没骗过她。巧的是,现场正好有记者,记者就给录下来了。周淳的老婆边哭边打他,周淳不敢吭声,窝囊地蒙着脸,怕被镜头拍到。"

魏海滔滔不绝道:"现在人已经进局子了。他这下名声估计也得臭

085

了……改明儿我再让人去街上发传单,彻底搞臭他,让他不敢出门。远阳,解气了不?"

"解气,不过还是太便宜他了……"

这时,衣帽间的门被敲响,霍戎的声音传过来:"阳阳,该睡了,十二点了。"

赵远阳立刻不敢说话了,过了两秒,才大声道:"我睡啦!哥,晚安!"

电话那头的魏海"啧"了声:"你这个哥哥管得可真够严的。"

"他是关心我。我不跟你多说了,四海,我得睡了。"赵远阳将声音放低,"明天见面再说。"

魏海郁闷地挂断电话。

这几个月里,赵远阳身上到底发生了什么事,怎么就和变了个人似的?突然变成好学生了不说,还让自己不要惹魏庭均。

魏海陷入沉思。

没过几天,禹海市某五星级酒店有老板出轨的事见了报。该报刊在禹海市销量排前三,人们茶余饭后都喜欢拿这样的新闻当谈资,纷纷猜测这位大老板的身份。照片里,周淳的脸被打了马赛克,不过根据报纸上的信息,有心人还是能认出是谁。

为了不影响周思思的学习,曹小慧并没有告诉女儿发生了什么事。

她那天晚上原本正在看电视剧,突然接到电话说周淳在外头搞特殊服务,她当然是不相信的,可当她拨打周淳的电话时,那边却提示关机,似乎在暗示着什么。

于是,她心急火燎地冲出家门,快天亮时才回家。

周思思早上起床后,才看见母亲靠在沙发上睡着了。一向妆容精致的母亲妆花了,眼睛红肿,两条黑色泪痕触目惊心。

周思思无措地问她怎么了。曹小慧却对此缄口不言,只神情憔悴道:"思思,今天妈妈不舒服,你自己打车去学校吧!"

这种种不寻常,还是让周思思察觉到了不对劲。

又过了三天,曹小慧口中在出差的周淳才回家。

这三天里,周淳过得非常不好,可以说是他人生中最灰暗的三天。

按照规定,警方不能对他进行逼供,不能对他用刑,他一开始不肯承认,但进了局子,戴了手铐后就什么都招了。

这还不算完,这群警察,一遍遍地要求他回忆细节:"你们几点开的房?进去后都做了什么?她洗澡洗了几分钟……"

回忆到最后,周淳简直要吐了,连连发誓:"警察同志,你们放过我吧!我发誓!我以后肯定不会再犯,你们再问下去,我对女人都要没兴趣了!"

周思思虽然什么都还不知道,但她发觉父母之间的氛围变得非同寻常,似乎在冷战。

半夜里,她还隐约听见他们在吵架,吵得不可开交。

因为这件事情,周思思根本无法认真学习。原本她的成绩就不太好,这上课一开小差,就下降得更厉害了。

回到家,周思思翻开练习册上老师留作业的那页,才惊觉自己竟然一道题都不会。

她不会做,就无法交作业,交不了作业,老师就会找她这个学习委员谈话。

翌日,周思思起得很早,一个人去了学校。她到教室的时候,班上还一个人都没有。

她知道班上有些住校生不会背书包回寝室,他们会在晚自习做完作业,直接放进抽屉里,第二天再交。

她的同桌张凝就有这个习惯。她不止一次看见张凝到了教室后,直接从抽屉里翻出作业上交。

但出于谨慎考虑，周思思没有独独拿张凝的作业抄，也从谭梦佳的抽屉里翻出几本练习册，低头飞快地抄了起来。

她到教室的时间实在早，学校才刚刚开门，等班上人多了起来，她的作业也全部抄完了。

有同学问她："学习委员，你今天怎么这么早就到了？"

她眼神闪烁："最近学的内容有些难，我就早些来学习。"

同学"哇"了一声："学习委员这么用功！"

周思思谦虚地笑了笑，低头看向自己的作业，字迹有些潦草，有些地方还故意出了错，应该不会被发现吧？

这是她第一次做这样的事，抄作业的时候她一直有种负罪感，生怕突然有人进来看见她。

可是等抄完了，她又不这样觉得了。她看了一遍抄下来的答案，又看看题目，觉得这些题也没什么难的，要是她认真听了，肯定也是会做的！

班上同学几乎到齐了，语文课代表谭梦佳走上讲台带领大家进行早读，过了一会儿余显也来了。他从后门进来，一眼看见两个空着的位子。

一个是赵远阳的，一个是魏海的。

他的眉头一下子就皱了起来。

"阳阳，起床了，已经八点了，马上要上课了。"霍戎敲了敲衣帽间的门。

他和赵远阳共用一个衣帽间，两间卧室通过衣帽间的门连起来。

霍戎通常都是直接从衣帽间的门进来。这道门没有锁，门板很薄，几乎没有隔音效果。

赵远阳没回答他。

赵远阳已经想好了，来年高二分科他就读理科，所以他打定主意，从现在开始，他坚决不碰文科的作业。

而这天早上的前两节都是历史课，他去了学校也是睡觉，不如在家里睡了再过去。

霍戎见他没回答，就让人先把早餐撤了，直接推门进他的房间。

赵远阳睡姿奇特，只占据了大床小小一个角落，蜷缩成一小团，脑袋蒙在被子里，脚却露在被子外面。

他常年穿短袜、运动鞋，脚部极少见阳光，比他身体的其他部位都要白，好似洁白温润的玉瓷般。青色血管在通透的皮肤下若隐若现，圆润的脚指头跟葡萄似的，睡着时大脚指微微向上翘，而其余的脚趾则是向下勾着的。

霍戎低头看了一会儿他的脚，最后扯下被子，帮他把脚盖了起来，免得受凉。

被子里暖烘烘的，霍戎一碰就能感觉到。

帮赵远阳盖住脚后，霍戎又轻轻地揭开他头顶的被子，听见他平稳均匀的呼吸声。

这孩子还在睡呢！

赵远阳是第三节上课时到的学校，而魏海是下午上课才到的，身上背了个斜挎包。

赵远阳多看了他一眼。

魏海眨了一下眼，拍拍自己的包，里面似乎装着东西。

"好吃的。"他说。

刚坐下，魏海就拉开拉链，掏了一条巧克力给他："给你带的。"

赵远阳兴致不高，托着下巴："原来是吃的啊。"

"那不然呢？"

"我以为是烟呢。"

魏海惊讶道："你不是不抽吗？"

"是，我不抽那个，我是说你。"

魏海指了指自己:"我?我怎么了?"

赵远阳摇摇头:"反正你也别抽烟,老余闻得到,还会把味儿蹭到我身上来,让我哥发现就不好了。"

"我也不抽啊。"魏海嗤笑一声,"不过,你哥不也是男人?他不抽烟啊?再说,你马上也要十七岁了,四舍五入不就是十八岁吗?他管得住你吗?你怎么怕他怕得跟小狗似的?"

赵远阳呛道:"你数学跟我学的吧?"

魏海掰着手指跟他算:"远阳,你是一月份满的十六岁对吧?再过三个来月你就十七岁了,四舍五入难道不是十八岁了?"

赵远阳懒得理他,心里想到另一件事情。

霍戎是抽烟的,但抽的不是香烟,他喜欢古巴雪茄,赵远阳以前经常在他身上闻到烟味。他一说话,赵远阳便能嗅到他抽了多少烟。

老师讲课的声音断断续续地落到耳朵里,赵远阳回神,转头望向魏海:"四海,你搞得到雪茄吗?"

"雪茄?"魏海瞥着他,"你抽这玩意儿啊?!行,明天我给你带。"

赵远阳想了想说:"我要哈瓦那产的。"

因为旷课的事,老余专门找了赵远阳谈话。

在余显眼里,赵远阳和魏海还是有很大区别的。他多次来后门处视察,总看见赵远阳在做笔记,而魏海在睡觉。

虽然赵远阳也不是什么让人省心的,可老余觉得他还有救。

"你这段时间的表现,我也看见了。"余老师跷着二郎腿,慢条斯理地呷了一口茶,"自从魏海来咱们班,你的表现就大不如从前了,今天居然还旷课了。"

余老师严肃地盯着赵远阳:"有老师跟我反映,说你不交作业,有这回事吗?"

赵远阳点头道:"有。"

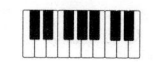

"为什么不交作业?"

"不想交。"

老余哪里对付过这种学生。他一直是教尖子班的,教的都是好学生,再皮的学生在他面前都得收敛三分。然而这个赵远阳,问什么都很老实,不辩解,可这态度显然有问题!

余老师重重地把茶杯放到桌上,桌上的报纸上溅了些浅褐色的茶水:"赵远阳,你这是什么态度?!"

赵远阳平静地看着他。

老余气得不行,觉得这个学生在挑战自己的权威,一怒之下险些脱口而出"不想学就给我滚出这个班",可是他不能这么说。

"我以为你是爱学习的。"余老师深吸口气,"你太让我失望了。"

赵远阳还是很平静,眉梢轻轻挑起。

老余觉得他这种态度比吊儿郎当的魏海还要不端正!他忍着怒气道:"学习委员跟我反映,说你晚上逃课,还和社会上的混混搅和在一起。你知不知道那都是些什么人?社会蛀虫……"

"余老师——"赵远阳突然打断他的话,眼神有些冷,"您骂我,我没意见,但是我不允许您骂我哥。"

老余一愣,赵远阳瞥了一眼他桌上的报纸:"我哥不是什么混混,学习委员说我不学好,她拿得出证据吗?"

他嘴角挂着若有似无的笑,伸手从老余桌上拿起那份报纸:"您认识这个人吗?"

老余瞥了报纸一眼,还没说话,他就继续道:"这个人您也见过,是学习委员的家长,跟您谈过话。"

老余这才看清楚报纸上印的字:本市破获一起出轨事件,当事人系本市某地产老板……

再一看那打了马赛克的照片,可不就是很眼熟吗?

周思思跟他反映赵远阳和社会人士接触,他把赵远阳叫到办公室谈话，赵远阳非但不承认，反而还让他辨认报纸上的新闻当事人，不料正是周思思的家长。

"如果跟什么人接触就会变成什么人，我认为您应该找学习委员谈话了。"赵远阳露出一个微笑，和老余对视一眼，招呼也不打一声，就转身离开办公室。

余显坐在办公室里，拿起那份报纸，皱眉。

这件事情是他处理得不恰当，没有经过调查就做出判断，有失偏颇。

至于赵远阳说要他找周思思谈话，这怎么可能？这是人家学生的家事，还是家丑……不过，周思思最近的学习是有些没在状态。

原本她是以年级第一名的成绩考进（一）班的，余显对她的期望还是非常高的。尽管现在还没进行考试，可看她平时的表现，在班上并不拔尖，反而处于下游水准，和她分班考试的成绩相差太远了。

晚自习下课，余显又来了，这次他是专门来给赵远阳道歉的。

"白天的事，老师也想了很多，是我不对。"他是做老师的，让他给学生道歉，实在是拉不下脸。他做了很久的心理建设，才选择在人最少的时候，跟赵远阳道个歉。

赵远阳说："没关系。"

话锋一转，他又道："不过，余老师，您得多关心关心学习委员的情况。您也看见了，因为报纸上那件事，她的学习受到了很大的影响，她需要人开导。"

按周思思那种性格，如果老师当着她的面提这种事情，她肯定恨不得钻进地缝。

而且周思思看起来还不知道这件事情。

余显点头："我会找她谈话的。"

开学已经快一个月了，马上就要放国庆了，体育委员肖龙拿着秋季运动会的报名表逐个找人询问:"胡小全,你们报什么项目不?"

"有什么项目?"

"3000米还没人报,铅球差一个,跳高也没人报,不然来个4×100米接力赛?"

肖龙又望向最后一排,赵远阳在睡觉,魏海在玩手机。

"你们报什么项目?余老师说每个男生至少报两个项目。"

魏海看了报名表一眼:"有踢毽子吗?"

体育委员:"……"

"赵远阳呢?要不然叫醒他?"肖龙看了一眼睡得正香的人。

魏海说:"不,远阳睡着呢,就踢毽子,我们报个踢毽子。"

体育委员面露不爽:"魏海,你个子长这么高,犯得着和女生抢项目吗?"

魏海不怒反笑,懒懒地靠在椅子上说:"那你觉得,我应该报什么?"

"至少也是3000米长跑啊,你是我们班最高的人。还有赵远阳,他必须报个跳高,身高就比别人有优势,怎么可以跟女生抢项目……"最后一句话,他只敢嘀咕。

面对两个这么高的、混混似的男生,他也是害怕的。

这时,赵远阳被吵醒了,迷迷糊糊地睁开眼:"怎么回事?"

"没事,远阳,你继续睡。"魏海看见他脸上压出的红印,又道,"怎么睡成这样?我给你揉揉。"

赵远阳别过头:"别腻歪。"

他看了看肖龙,又看了一眼报名表:"运动会啊……"

他对魏海道:"你长跑,我跳高,再报个4×100米接力。"

魏海对此毫无意见,低头在表上写下名字。

体育委员问完男生,又去询问女生:"张凝,你同桌呢?她只报个50米接力吗?"

"思思去老班办公室了，等会儿她回来我问问她。"张凝从言情小说中抬起头。

肖龙瞅了一眼说："你看的是什么书？言情小说啊？别看了，国庆放假回来就月考了，看这个多影响学习。"

张凝不理他："剩没多少了，我又没有上课看。"

办公室。

"你知道我为什么叫你过来吗？"余显露出和蔼的笑容。

周思思有些慌乱，不会是抄作业的事被发现了吧？不应该啊，英语怎么会被发现？她小心翼翼地看着余显："为什么呀，余老师？"

"你别紧张。来，坐，老师有话跟你说。"

周思思更紧张了，坐立不安的。

余显沉吟了一下，问道："你最近是不是心思不在学习上？"

"没……没有啊……我上课都是很认真的，老师，是不是有谁跟你打报告了？"周思思一脸惶恐，像是下一秒就要哭了似的。

"没有，没有，老师绝对没有这个意思。你嘛，我还是知道的，作业都完成得很认真，就是这两天上课不在状态，你是不是被什么事影响了啊？比如说……家庭……"

周思思一愣："余老师，您怎么知道……"

"这个……报纸上都刊登了。"老余干咳一声，"这个……我想说啊，就要放国庆长假了，回来马上是月考，这个时间点可不能松懈。你是知道的，考差了是要从咱们班分出去的。"

报纸？周思思皱眉，什么报纸？

"余老师……我知道考差了会被踢出咱们（一）班，可是我也不至于……我最近是被家里的事影响了学习，不过您放心，我肯定不会懈怠的！至于考试，我们班不是还有两个……"她没有说下去。

"哦，你说魏海和赵远阳是吧？他们在我们班算是借读生，所以不受考试成绩影响。"余显解释。

意思就是，哪怕这两个人考了零分，他们也还是（一）班的学生。

"什么？"周思思一下子就瞪大了眼睛。那她现在在（一）班肯定是"吊车尾"了，更别说她已经好几天没做作业，都是偷偷抄别人的。

倘若赵远阳和魏海不受学校这个残酷的优胜劣汰制度影响，那她岂不是铁定会被踢出去了？

她忍不住捏紧手心："这……这也太不公平了吧！"

余显不解道："以你现在的成绩，不用这么担心吧？我看了一下你的作业，完成得还是很好的。我找你来，就是开导你一下，希望你不要被报纸上报道的事情影响了。"

"报纸？"

余显就当女孩子脸皮薄，没拆穿，正好这时上课铃响了，他挥手道："你先回去上课吧，上课要认真听讲，别受其他的事影响了。"

余老师这么说，周思思也不好追问，心里除了对"报纸"的疑问，就只剩下焦虑。

要月考了，她该怎么办？

"思思，体育委员要你填这个。"张凝把项目报名表给她，"你选个项目，写上名字，等会儿给他。"

周思思"嗯"了一声，拿出笔记本和课本开始听课，可是之前的她都没听，现在就算打起精神听课，也听不懂了。

老师布置了课堂作业，她不会。她扭头一看，张凝三两下就解了出来。再一回头，就连赵远阳都在写作业。

可她不是不耻下问的性格，哪怕不会做，也不会去问别人，那太丢脸了。

这时，老师叫了停，举着一根粉笔道："谁上来解题？"

周思思深深地埋下头。

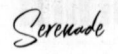

"周思思。"老师点名。

周思思脑子一片空白——完了,她不会做,她要在全班同学面前丢脸了!

她硬着头皮站起来,低声对张凝道:"借你的书用一下。"说完,也不管张凝乐不乐意,抄起她的练习册就走上讲台。

张凝望着她的背影张了张嘴。

周思思将张凝的答案一笔一画地写到了黑板上。

尤老师表扬了她。

她回到座位上,把练习册还给张凝:"谢谢!"

"没事。"张凝顿了顿,又道,"思思,你不会做这题吗?老师刚刚讲过一道类似的,挺简单的。"

周思思不好意思道:"我刚刚想别的事去了,就没做。"

由于要放国庆长假,周末要补课,周思思照例来得很早。

周思思准备从谭梦佳和张凝的抽屉里搜出她们做好的作业,组合着来抄,这样不容易被发现。

她埋着头在张凝抽屉里翻找,突然看见一个粉色的信封。是学校门口文具店卖的那种,像是情书。

给张凝的?就张凝那样的?

周思思抬头左右看了看,现在教室里还没来人,她果断地拆开信封,第一句就把她吓了一跳。

居然是给赵远阳的情书!

纸上有股女孩子的气息,是张凝那支草莓护手霜的味道。周思思快速地浏览完情书。张凝的字写得很漂亮,班上的黑板报,包括年级黑板报,都是她负责的。

可这封情书并未署名。

她嗤笑一声,把情书原封不动地放了回去。

也只有张凝这种傻乎乎的小女生,才会喜欢赵远阳那种男生,不学好……

她已经忘了,赵远阳上次打架,还是因为她。

当时学校里有个男生追周思思,她不肯,那个男生的朋友很不好惹,来周思思班上讨伐她,辱骂她,放学后甚至还叫了校外的人堵她。

是赵远阳路过时救了她。

周末补完课,老余叮嘱道:"七天长假,大家不要玩疯了,回来还有考试呢,记得复习。"

他抬手宣布放学,学生们欢呼起来,抓起早就收拾好的书包,冲出教室。

周思思在校门附近的报刊亭站住,等周淳来接她。

她买了本杂志,然后站在那里翻看最近的报纸。昨天余显找她,跟她说什么不要被报纸上报道的事情影响了,她到现在都是一头雾水,不知道他在说什么。

周思思翻到前几日的报纸,最后目光凝在一则报道上。

她的手都在颤抖,难以置信地盯着报道配的照片,兜里的手机嗡嗡作响都没发觉。

周思思看见报道上提到的日期,猛地记起来,那天晚上,曹小慧半夜出去了!

国庆长假,到处人满为患,霍戎问赵远阳想不想去哪里玩的时候,赵远阳摇头。

霍戎又道:"那阳阳想去B国吗?你外公留给你的东西,你还没去看过吧?"

"不想去……"赵远阳抬头看霍戎,似乎想从他幽深的眼眸中确认什么。沉默了一会儿,赵远阳又道,"我有好多好多作业,而且难得放假,我想学骑马。"

赵远阳放下书包,便躺在床上休息。他没睡觉,只是安静地躺着,侧身望着窗外。

直到霍戎进来叫他吃饭,他才起床。

晚餐是人参乳鸽汤、冬笋狮子头、荷叶糯米鸡、香煎排骨,还有三道加辣椒的湘菜。

饭后,赵远阳和霍戎坐在沙发上,肩并肩,就像兄弟一般。

电视上正在转播足球赛事。这时,魏海的电话打了过来,他那边吵吵嚷嚷,震耳欲聋:"远阳,出来玩吗?"

赵远阳下意识地看了霍戎一眼:"我……不然我就不去了吧?"

"有我、薛问、李尚……他们问你最近怎么消失了,我说你家里管得严,再问我就没说了。我们缺个人打桥牌,要是你哥真不让你出来,就算了。"

赵远阳犹豫了:"我……"

这时,霍戎突然道:"同学约你出去玩?"

他看向赵远阳,仿佛听见了赵远阳的通话一般,说:"去吧!"

赵远阳的态度原本就不坚定,他也不管霍戎这句"去吧"是否真心,立刻就松动了:"哥,那我真去了啊……"他用两根手指做了个人走路的动作。

霍戎点头:"去吧!"

赵远阳便对着电话那头道:"那四海,你等我。老地方是吗?"

"我让司机过去接你?你住哪儿?"他知道赵远阳搬家了,但并不知道他住在哪里。

赵远阳想了想,报出地址。他怕让家里司机送他过去,霍戎就知道他去了哪儿。

出发前,霍戎帮他关上车门后,叮嘱了一句:"阳阳,别喝来历不明的东西。"

赵远阳猛地仰头望着他。夜色下,霍戎的脸近在咫尺,英俊温和,却让他忽然感觉有些陌生。

"好好玩,有事打电话。"霍戎没多解释,深深地望着赵远阳。

他怎么什么都知道?赵远阳一直想不通这个问题。

霍戎似乎无所不知。

但在霍戎眼里,这才是正常的赵远阳,是资料上描述的那个整天逃课的赵远阳。

可再出格的,资料上就没有记载了。

魏家的车开进来,又开出去。

这家桌游吧开在金融街某酒店的一楼,里面光线昏暗,音乐声震耳欲聋,赵远阳和魏海说话时,得靠吼,才能让对方听清。

可这种环境,是赵远阳最熟悉的。他感觉自己在学校待的这一个月里,浑身上下都很难受,就仿佛一条鱼被冲上了岸,在沙滩上挣扎,各种不适应。到了这里,才终于算是如鱼得水。

通常是魏海带着他玩,但魏海很有分寸,不会去乱七八糟的地方。

这里听着吵,实则人不多。层层叠叠的玻璃瓶排放在深色墙柜上,在暗红色的灯光下,折射出炫目的光芒。

"远阳来啦,晚上好!"魏海笑眯眯地递给他一个木盒子,"你要的东西。"

约着打牌的是魏海的朋友,都是十八九岁的人。赵远阳这个小弟弟和他们只算是点头之交。

寒暄几句后,薛问开始发牌。

赵远阳打开魏海给自己的盒子一看,里面整齐地躺着六支深褐色的古巴雪茄。

醇厚的气息扑面而来,说明它的年份久远。他拿出一根,问魏海:"你要来一支吗?"

"我不抽烟。"魏海抿了一下唇,"不喜欢。你怎么好上这个了?"

"我也不好这个。"赵远阳像是陷入了回忆,"不知道为什么,老是梦到这个味道。"

他低头深深地嗅了一下,正是熟悉的那个气味。

赵远阳用雪茄剪剪掉茄帽,闻了一下,又放下了。

薛问看了,疑惑道:"怎么不抽?"

赵远阳笑了笑,不说话,他颊边那颗小痣在灯光下接近于暗红色。

接着,他单手将背扣的扑克牌揭起来。

这局是魏海坐庄,赵远阳是明手。

薛问出了一张梅花3,赵远阳直接丢了张黑桃A出去。

薛问丢了牌:"流氓路数。"

赵远阳挑眉笑了,脸被灯光映得绯红。

魏海重新洗牌,也跟着笑:"让让我们远阳。"

第二局重新开始,赵远阳坐庄。

他窝在沙发里,手里捏着牌。长腿交叠着搭在桌子上,他嫌热,便脱了外套。

这时,仰头灌东西的魏海突然呛了一下,喊了声:"二哥?"

赵远阳抬眼,看见坐在轮椅上的男人。他姿态放松,神色平静,是那种波澜不惊的平静,也是那种暴风雨来临前,海面的平静感。

"小海,跟朋友在这里玩啊!"

魏庭均和魏海虽为兄弟,长相却不相似。魏海虽然叫他二哥,但是这声称呼里,并没有多少敬重。

哪怕赵远阳叮嘱过他,面对魏庭均,魏海的态度仍旧是散漫的、不以为意的。

"这是我朋友,远阳。"魏海介绍说,"你见过。"

卡座灯光昏暗,赵远阳和魏庭均对视了一眼。他完全看不出来,眼前这个长相温和,甚至看起来有些病弱的青年,是魏庭均。

赵远阳天不怕、地不怕，此时却也秉持着不得罪人的原则，叫他一声"魏二哥"。

"二哥，你腿不好，来这种地方干吗？"魏海的笑容里带着痞气。

"来桌游吧，当然是来玩的。"魏庭均笑得云淡风轻。

后面有人帮魏庭均推着轮椅转了个方向，他背对着二人道："小海，你和你朋友还在读书，还是别玩太晚了，早些回家吧！"

"二哥，你才应该早些回家，晚睡对身体不好，瘸……"魏海还没说完，赵远阳突然拉了他一把。

"远阳，你干吗？"

赵远阳忽略魏庭均回头那意味深长的一眼，对魏海道："我哥给我发消息，他要来接我了，不玩牌了，你帮我去买盒口香糖。"

被赵远阳这样使唤，魏海不仅不恼，还很听话，赵远阳说什么，他做什么。赵远阳一吩咐，他马上变成跑腿的，去买口香糖。

知道他这边吵闹，霍戎没给他打电话，而是发短信问他结束没有。

赵远阳回复："结束了。"

赵远阳去洗手间漱了个口，回到座位拿外套，却找不到了。

他只好走出桌游吧。魏海把口香糖拆开，自己嚼了一片，剩下的全递给赵远阳；"你哥什么时候到？"

"应该快了。"

魏海站在街边张望，来往的车辆很少，街口停着很多的士。

赵远阳漫不经心地塞了两片口香糖在嘴里，他过来的时候，是魏家的司机接他的。霍戎说要来接自己回去，却并未问他地址。

赵远阳四下望了望，没有发现可疑的人，可他能断定，这附近肯定有霍戎的人。

赵远阳曾经很厌烦这种密不透风的监视，因为哪怕他远离霍戎，霍戎也能随时掌握他的动向，这让他极度不舒服。

101

可现在他反而不这样觉得了。如果他把霍戎赶走，他一个人睡觉肯定会做噩梦，会觉得哪里都不安全。

在桌游吧外面站着，风一吹，赵远阳就感觉到了冷。已经是十月了，禹海市靠海，海风一吹，难免会冷。

魏海看他双手抱胸，一副很冷的样子，就脱了外套给他："远阳，穿上。"

赵远阳摆手："你自己穿。"

还没等到霍戎来，就看见一辆车在他们面前停下来，车窗摇下，后座坐着那个不显山不露水的魏庭均。

"小海，上车。"

魏海拒绝道："我送远阳，有人送我回去。"他是专门要跟魏庭均对着干，而且是对着干惯了。

这时，赵远阳看见了熟悉的车。

车子停在赵远阳旁边，霍戎下车，第一件事就是把外套脱给他穿上："阳阳，外套呢？"

赵远阳摇头："丢了。"

他难得双颊通红，眼睛如同朝露一般，湿漉漉地望着霍戎。

还带着霍戎体温的外套覆上他被夜风吹得有些冷的身体，温暖随之传导过来。他嚼着口香糖，跟魏海说再见。

等他上了车，魏海突然想起什么，走上前道："远阳，你忘了这个。"车窗摇下，魏海把那盒雪茄丢给了他。

赵远阳下意识地看向霍戎，可是霍戎什么也没说，也没露出异样的神色。

赵远阳顺手把盒子递到霍戎面前："哥，这个送你。"

车窗外，魏海还在跟他二哥说话。

"阳阳怎么知道我喜欢这个？"霍戎道。

霍戎从没在赵远阳面前抽过这东西，也几乎不在他面前打电话。

他白天上学,晚上霍戎给他讲题、检查作业,只有这时候,他们才会靠得近一些。

可以说霍戎对赵远阳了如指掌,赵远阳对他肯定是一无所知的。

赵远阳歪着头,脑袋缩进有些大的外套里,领子里的气味让他觉得舒服:"闻到的,我同学家里有,我见过,所以知道。"

车厢里开着灯,暖黄的灯光照得他的皮肤有层毛茸茸的薄光,他的脸颊泛红,眼睛亮得像琥珀。

霍戎注视着他,笑了一声:"阳阳有心了。"

这会儿,他和赵远阳身上的气味不分彼此了。

"这东西有弊无利,阳阳以后还是少碰。"

赵远阳愣了一下,"哦"了一声,说:"我没碰。哥,你是不是不高兴了?"

他说话直白,不会说一半藏一半。

霍戎说:"没有。那东西不好,你未成年,别抽,听哥的话。"

赵远阳用满是水汽的眼睛望着他,"嗯"了一声:"我知道了,不抽,我没碰。"

赵远阳回家后第一件事情是冲澡,冲掉在外面沾染的气味。有了上次的经验,这次他是换上睡衣才从浴室出去的。

霍戎听见他这边水声停了,便敲了敲衣帽间的门:"阳阳,衣服穿好没?"

"穿好了。"

霍戎给他端了牛奶进来,又给他拿了两粒"糖果":"维生素C。"

赵远阳抬起眼皮看他,微微张开嘴。

霍戎似乎明白了他的意思,把维生素C一粒粒放到他的嘴巴里,像喂小孩。

维生素C酸甜的气味在舌尖上停留,赵远阳慢慢将它们含化。他双手捧着杯子，喝牛奶的时候不自觉地舔嘴唇，双颊潮红，眼睛水润，和方才那个窝在桌游吧卡座角落的他判若两人。

霍戎拿了吹风机过来，给他吹头发。

赵远阳在霍戎的手插进他发丝间的时候僵了一瞬，触碰他头发的指腹出乎意料地变得软了，似乎那些陈旧的茧都磨掉了，轻轻地按在头皮上，叫他全身发麻。

他仰头望着霍戎，有些不自在："哥，我还是自己来吧！"

"阳阳听话，把牛奶喝了。"霍戎定定地注视着他，不容辩驳道。

赵远阳又仰头看他，最后"嗯"了一声，低头，无奈地露出后颈。

霍戎打开吹风机，赵远阳的头发短，但是比学校里要求的寸头要长。他只感觉到吹风机在自己头顶上方盘旋了一分钟左右，呼呼的暖风和男人手指的触感让他浑身都绷紧。

他觉得脖子那块很痒，好似有人在吹气一般。

连睡觉时，都还感觉到似乎有一股灼热的风，挥之不去。

赵远阳的房间熄灯后，霍戎推开露台的门。夜里有风，偶尔带来隐隐的汽笛声。

他站在露台的栅栏旁，点上一支赵远阳送的雪茄，让那独特的醇香在嘴里流连片刻，他再轻轻吐出烟雾。露台旁有个洗手台，水龙头没关紧，"滴答滴答"的水声在寂静的深夜里回响。

夜色沉沉，清风阵阵，远处大风车上的光源依次减弱，一点橘红的光照亮他的脸，等这火的光越烧越亮，最后熄灭，他才转身回了屋。

霍戎轻轻推开赵远阳的房门，看见他的睡姿一如既往，便走到床边，握住他冰凉的脚踝，用被子盖住。

霍戎还想揭他头顶的被子，帮他把头露出来，又怕吵醒他。

他在床边站了一会儿，瞥到床头的相框，那上面还挂了一条银质的钥匙，在未开灯的屋子里泛着冷光。

赵远阳睡得很熟，根本不知道霍戎进来过。

房间窗帘紧闭，哪怕日上三竿了，他也不知道，依旧沉浸在梦乡中。

赵远阳起床的时候，嗓子又干又疼，还有些鼻塞，像是感冒了。他觉得胃不太舒服，想吃些清淡的。

霍戎像是知道他的想法，给他准备了清淡的白粥，咸蛋被切成四瓣，蛋黄在白瓷盘上流着金色的油。

粥里只加了一些姜丝和几滴香油，再撒上部分葱花。

赵远阳把蛋黄挑来吃了，剩下四瓣月牙似的蛋白。霍戎倒是丝毫不嫌弃，夹起来就泡在粥里，吃得津津有味。

赵远阳看见了，不过什么也没说。他喝了两碗热腾腾的粥，胃里总算舒服了些。

其实他只有轻微的胃炎，很容易治愈。但他记得梦里，自己一直不在乎，加上饮食不规律，一拖再拖，就拖成了严重的胃病。

赵远阳不是个能忍痛的人，每次犯病，若霍戎在身边的时候，他都会疼得死去活来，浑身是汗。一个人的时候，却一声不吭地忍耐，自己吃药，吃些止痛的，再吃些安眠的，忍一忍就过去了。第二天又像铁打的一般，半夜去赛车场跟人比赛，根本不知道爱惜身体。

下午，趁着秋高气爽，赵远阳去马棚和"闪电"联络了一会儿感情。

"闪电"脾气不太好，可是在赵远阳面前，它又没什么脾气。

但上次的事在赵远阳心中还留有阴影，他不太敢上马。

霍戎给闪电喂了些麦子，牵着马出了马棚："阳阳，过来，你先上马。"

"可是……"赵远阳不敢，万一"闪电"又把他甩开或者突然挣脱缰绳狂奔起来，他该怎么办？

霍戎一只手牵着缰绳，一只手抚摸着"闪电"的颈部，回过头来注视着他。

秋日阳光下,衬得霍戎眉眼深邃。

霍戎笑了笑:"别怕,'闪电'听我的话,我帮你训它。"

赵远阳被那笑容迷惑了,等反应过来霍戎是什么意思时,他已经点了头。

第三章

朝颜

点了头，作了数的事，自然不能反悔。

赵远阳注视着霍戎，又抬头看看"闪电"。虽然纯血马是一种轻型马，但"闪电"的体型在轻型马里算得上是壮硕的，驮两个大男人肯定是没问题的，就是马鞍……

那马鞍宽度不太合适，他和霍戎要是都坐上去，怎么坐得下？

赵远阳觉得这已经超过自己的接受范围了。

霍戎看他久久不动，又说了句："我教你你就会了，别怕。"

赵远阳皱眉。他不是怕马，他是怕霍戎。

"阳阳，过来。"

霍戎善于发号施令，哪怕面对赵远阳时的态度和语气都很软，依旧有种让赵远阳不敢反抗的气场。

赵远阳烦躁地抓挠裤缝，认命地走向霍戎。

霍戎准备给他戴上手套，他不习惯，手一缩，说："哥，你为什么不戴手套，就我戴？"

"我手糙。"他解释，"来，手给我。"

赵远阳重新伸出手,如霍戎所言,他手糙,不仅糙,肤色还深,呈深麦色。

霍戎捏着赵远阳的手心,给他戴上小羊皮手套。

随后,霍戎又检查了一遍他身上的装备。

他检查时,赵远阳一句话不说,紧绷着身体。

赵远阳踩着马镫准备上马,霍戎怕他摔,在他跨坐上去那一刻,也翻身上马。

霍戎的脚踏马镫,赵远阳的脚没地方放,霍戎说:"踩在我脚上。"他的手从赵远阳的腰侧伸出去,牵着缰绳。

赵远阳感觉后背犹如贴了块烙铁,脚尖挨着霍戎的鳄鱼皮马靴,不敢使劲,浑身僵硬得如同凝固了,像座木雕。

霍戎还以为他是紧张,轻笑道:"别紧张。"他用小腿轻轻夹了一下马腹,"闪电"慢腾腾地挪动脚步,开始慢步向前。

"闪电很听话吧?阳阳,你要克服恐惧,知道吗?上次是意外。"

赵远阳僵硬地点了一下头:"我不害怕马。"

霍戎当他是逞强,身体都紧绷成这样了,还说不害怕呢!

赵远阳虽然紧张,但也在认真学习,学习他握缰绳的手法,学习他身体的律动。微凉的秋风一吹,向日葵花田全部波浪似的朝着一个方向晃,好闻的香气扑鼻而来。

霍戎柔声给他讲解着要点,单手持着四根缰绳,另一只手则牢牢护着他。

霍戎驱使着马在花田旁的草地上缓步前行。

"持缰的时候,不能死勒,你要跟着马头颈的动作来运动,手的动作要与马嘴的动作相协调。"

"来,你试试。"霍戎把四根缰绳全部交给赵远阳。

赵远阳轻轻握住,霍戎的大手虚虚地护在外边,谨防他出错。

"手腕保持放松状态。"霍戎捏住赵远阳的肩膀,在他的耳边低声道,"肩膀和肘用力,用巧劲,手腕别这么僵硬。"

霍戎说着,握住赵远阳的手腕:"放松……放松……"

可赵远阳就是放松不下来。

霍戎的教学持续了好一会儿,才进行下一步。

"起快步的时候身体要跟着马的步伐……"说到这里,赵远阳明显感觉不一样了,马的脚步加快,很抖。霍戎一下子抱住他的腰,踩着马镫起立。

赵远阳猛地踩在霍戎脚上,他被对方揽住腰护着。

下一秒,霍戎又重新坐回去:"就像这样,闪电运步中间有个腾空期,要微微起来一些。"

"现在上升到快步了,我们得这样。"他身体前倾,"和马靠得更近,和它的运步相协调。"

赵远阳下意识地挪了挪身体,终于忍不住了:"哥,停一会儿,我累了,想休息。"他微微回头,侧脸在夕阳下呈现出美好的轮廓。

霍戎勒住缰绳,缓缓停下马:"今天就到这里吧!"

从马上下来,赵远阳才觉得终于能呼吸了。

夕阳照在黑色的马匹身上,皮毛泛着橘色的光。霍戎也镀上了金边,他人高腿长,眉毛很浓,鼻梁挺直,眼睛和发丝都闪着金辉。这么一看,倒真像是一个混血儿了。

赵远阳转身摘掉手套:"我去洗澡了。"

他觉得全身都黏腻腻的,屁股和背是重灾区。屁股在马鞍上坐得全是汗,背那样紧密地贴着霍戎,也淌了好多汗,大腿内侧更是热热的。他进了房间,脱掉马裤,才看见大腿那里红了一大片。

骑马的时候还没察觉,因为他大部分的注意力都被霍戎转移走了。

这一次洗澡,花费的时间比平常要多。他虽然常运动,但是和霍戎那种不一样,他也就是跑跑步、打打网球之类,所以细皮嫩肉的。

洗完后,他换上宽松的家居服从浴室出来,捡起地上的马术服,推开衣帽间的门。

一个背影猝不及防地闯入眼帘,他怎么也没想到,霍戎就在里面。

赵远阳愣了几秒后,立刻退出,"砰"的一声拉上门,猛吸一口气。

"阳阳?"衣帽间里传来窸窸窣窣换衣服的声音,接着,霍戎打开门,看见赵远阳背对着自己。

赵远阳余光一扫,霍戎已经穿好了衣服。他松了一口气,正打算跟霍戎道歉,话还没说出口,对方先开口了:"阳阳,哥不是故意的。"

霍戎不太理解,为什么赵远阳看见自己在换衣服情绪这么激动?而且骑马的时候,赵远阳的反应也很奇怪。不像是怕马,像是怕自己……

"是我的错。"赵远阳心乱如麻,说,"哥,我想睡会儿觉。"

霍戎说:"吃完睡还是醒了再吃东西?不饿吗?"

他的这种体贴仿佛与生俱来,没人能抗拒。

"我先睡会儿吧!"赵远阳才不管肚子是不是已经开始咕咕叫了,他现在不能面对霍戎。

霍戎应了一声,替他关上门。

第二天,赵远阳说什么都不肯让霍戎和自己同乘一匹马了,他坚定地说:"我学东西很快,我已经学会了,让我自己骑,不会有事的。"

见霍戎还想说什么,他强调道:"我也不怕摔,不是有护甲背心和头盔吗?再说了,闪电很乖的。"

赵远阳伸手搭上"闪电"的头部,却不自觉地吞咽了一下口水:"是吧,闪电?"

"闪电"打了个响鼻,炯炯有神的眼睛瞥了赵远阳一眼,也不知它是什么意思。

总之,赵远阳就是不肯像昨天那样了。

霍戎勉强同意了,但还是怕"闪电"突然发威,怕赵远阳发生

111

危险。

　　见他点头，赵远阳果断地翻身上马。他顺利地坐上马背，双腿夹着马腹，脚蹬着马镫，双手握着四根缰绳。

　　出乎意料的是，"闪电"很安静。

　　赵远阳松了一口气，摸了摸它纯黑色的鬃毛："乖乖。"

　　他记着霍戎昨天说的要点，身体挺直，没有丝毫晃动。头盔是英伦风的，垂着一条黑色的流苏带，衬得他的脸颊白得发光。他目视前方的时候，嘴唇微抿，神态十分专注，还显得有些严肃。

　　好在"闪电"非常给面子，一丝差错都没出，只是大腿内侧被磨得有些难受，但赵远阳尽力忽略这份不适感。他是男子汉，这点儿疼怎么不能忍了？

　　刚开始"闪电"的速度很慢，但是慢慢地，它跑得越来越快。他自己也没察觉到，只觉得迎面而来的风很凉爽，空气里有股清甜的香气。

　　直到颠簸得厉害，他才意识到不对劲，而"闪电"这匹傻马，更是直接冲进了花田里。

　　赵远阳惊得夹紧马腹，结果"闪电"更疯狂了，扬起四只蹄子狂奔起来，颠得他胯疼。他的头高出花丛，肩膀以下都在花丛里，叶子、花瓣和花籽全往他身上、脸上扑。

　　"闪电！你……停下来！别跑了……"他用力勒住缰绳，脸深深地埋下来，怕被剐花。

　　"闪电"却撒着欢勇往直前，赵远阳被身边的向日葵花茎掸在身上、手臂上，掸得生疼。他只好伏低身体，头朝前，整个人趴在马背上，以减少冲击力。

　　这时，旁边突然伸出一只手来，捞过他的身体。

　　两匹马并排跑着，赵远阳感觉那手臂非常可靠，也非常有力，一把就把自己捞了过去。

　　霍戎压低身体，把赵远阳仰面压在马背上。

他压得很紧，怕赵远阳掉下去。

赵远阳的呼吸顿时顺畅起来。那种被全方位包裹起来的安全感，让他一下子就不紧张了，只是大腿根火辣辣的，被马背磨得生疼。

他仰躺在马背上，惊慌失措之下，手不知道抓住了什么，或许是霍戎的衣服。

赵远阳死死地抓住。

花田太大了，马儿径直对着一个方向狂奔，花了些时间才冲出去。

那一刻，赵远阳终于能呼吸了，他轻轻推了推霍戎："哥。"

霍戎坐起来了些，给他腾出空间来："没吓到吧，阳阳？"

他盯着赵远阳的脸，突然伸出手。

赵远阳呼吸一窒，那手却停在自己下巴边。

霍戎皱起眉来，到底没碰赵远阳，只是轻轻帮他把头盔的带子解开："出血了。"

他扶着赵远阳下马，根本没给他拒绝的机会："回去我给你上药。"

这时，一辆白顶棚的观光车停在他们面前。这原本是园区提供给游客乘坐的，霍戎把这里买了下来，这些观光车自然也属于他。

赵远阳像是做错事的孩子般，埋头跟着霍戎上了车。

他不知道自己下巴的伤口怎么样，只知道自己哪儿哪儿都疼，最疼的是大腿内侧。

他想忍着，不想跟霍戎说，可越这么想，就越疼，越委屈。

赵远阳从小到大养尊处优，哪里吃过这种苦头？

霍戎看他可怜巴巴的样子，哪里舍得说重话？

"疼不疼？"霍戎柔声问。

赵远阳抿着唇摇头："不疼。"

霍戎眼神一软："跟哥哥逞强呢？"

"我没有。"赵远阳盯着霍戎，发现他脖子上也有一些细小的伤口，还有些花瓣沾在身上。

113

都说会哭的孩子有糖吃，赵远阳偏不。

他特爱逞能，哪怕人人都看得出来他疼得不行了，而且满脸都写着"快来安慰我"，嘴还是硬着的。

"我真的没事，根本不疼。"赵远阳看着霍戎，眼神很认真，"真的。"

霍戎"嗯"了一声，没拆穿他，只揉了一把他的头顶："幸好戴了头盔。"头盔和乌龟壳般的护甲背心，的确为赵远阳挡了不少灾，不然他现在哪里还能走路？早该用担架抬了。

"阳阳还是聪明的，知道不能松开缰绳，要是摔下来就麻烦了。"就是太倔了。他一个没看好，这孩子就跑得没影子了，还冲进花田里。

花田本身不伤人，但是以"闪电"的速度，哪怕在有阻碍的环境下，也能媲美摩托车，赵远阳不受伤才怪。

回到房子，霍戎让赵远阳乖乖坐在沙发上，他去给赵远阳拿药。

趁着霍戎去拿药的工夫，赵远阳摸了一下自己的大腿，嘴里"嘶"了一声。真疼，铁定破皮了。

霍戎提着药箱过来，坐在他旁边，用棉签蘸着碘伏，挑起他的下巴："头抬起来。"

赵远阳仰头，露出漂亮的下颌线。

凉凉的碘伏涂在伤口处，又刺痛又痒。

赵远阳眉头蹙起，喉结微动。

给他消完毒，霍戎便开始给他上药，药膏清凉，没什么味。

霍戎把棉签丢了，深深地望着他，垂首时睫毛覆下一片阴影："阳阳，身上还有哪里疼？"

赵远阳说："没有，哪里都不疼。"

霍戎看了他几秒，把医药箱给他，说道："回房间自己涂药，先消毒再涂药，涂不到的地方再叫我。"

赵远阳脸皮厚，被拆穿后，丝毫不会觉得不好意思，接过药箱，点头道:"好。"

赵远阳回到房间,第一件事情就是脱掉裤子。

他靠在床头,双腿打开,疼得"嗞"了一声——果然蹭破皮了,大腿内侧一片通红,有些地方甚至渗了血,触目惊心。

没看见伤势的时候没有觉得多疼,现在看见后他觉得严重到一个月都不能下床的地步了!这么几天假期根本不够养伤,必须请假!

涂完腿上的伤处,赵远阳又对着镜子检查全身。好在别的地方都还好,就手臂上有一处不明显的红痕,很快就能消了。

当晚,赵远阳睡觉都不敢翻身,也不敢侧躺,只能规规矩矩地平躺着,睡觉时只穿上衣,不穿长裤。他屈起双腿,生怕不小心碰到伤口把自己疼醒。

伤势这么重,他自然不会再骑马了。

这会儿,赵远阳才想起来自己还有堆积如山的作业没完成。所以他一整个下午都窝在房间里做题。有不会的题目,只能翻看以前做过的或上课讲过的题,看看有没有什么共通之处。

赵远阳不是个会举一反三的人,于是他一下午都在琢磨这些理科难题,实在不会的先空出来,等到晚上再去找霍戎给自己讲题。

赵远阳知道霍戎现在在书房,或许在谈公事,所以没去打扰他。

最后一缕余晖消失,向日葵的金色花瓣几乎已经掉光,只剩下葱茏的绿色。

赵远阳抱着一本练习册、一张草稿纸,捏着一支笔,站在书房门口。他敲了敲门,得到回复才进去。

书房完全是按照霍戎的需求布置的,书桌就在正中央,只开了一盏灯,映在霍戎的黑发间,让他变得温暖起来。而书柜里面塞满了赵远阳不懂的、有关电力工程原理和军事理论的书。

和一般有才学的人不一样,霍戎连莎士比亚都没读过,不懂得咬文

115

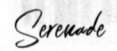

嚼字,但不能说他没文化,只不过术业有专攻,在他自己的领域里,他绝对是顶尖的。

霍戎抬头看赵远阳,放下手里正在研读的书。

看见赵远阳怀里抱着的练习册,他一下子就明白过来,站起来,把自己的座位让出来:"阳阳,坐这里,我去拿把凳子。"

赵远阳坐在霍戎坐过的椅子上。椅子是皮质的,不软,没办法把整个背部陷进去,只能被迫挺直脊梁。

对赵远阳这种懒骨头来说,这简直是受罪。

赵远阳在霍戎的大书桌上看到了书、合同、象牙色笔筒里的钢笔和在灯光下泛着绿光的墨水瓶,甚至还有些图纸。

文件和军事理论书籍下面,居然还有几本他意想不到的书,被台灯挡住一部分,不太容易发现。

赵远阳移开台灯座,睁大眼,想确定自己是不是看错了。

没错!一本是高一上册的语文课本,一本《高中文言文赏析》、一本《古诗赏析》,还有一本《教你如何写满分作文》。

这些书名让赵远阳浑身不适。他和语文天生不对付,霍戎想给他补习也没办法,因为霍戎也不懂。

四本书摞在一起,书角有翻阅的痕迹。

霍戎为什么要看这些书?答案不言而喻。

赵远阳忽然想起来,自己上次做语文试卷,对着试卷一筹莫展,只能抠头皮时,霍戎也露出了窘态。霍戎和他一样,算是这方面的文盲,所以他通常都是自己一个人对付语文作业。大多时候,第一道选择题就会把他给难住。

有些字他从没见过,也懒得翻字典。一些成语、诗句、诗人、词人和作者,他更是闻所未闻,要他去回答该作者的籍贯、代表作、所获奖项,他怎么答得出来?!

简直一个头两个大!

再说文言文，赵远阳就更不懂了。

现代汉语他还能看明白一些，文言文他实在是没辙，所以但凡涉及文言文的题目，他都不会做，连选择题都懒得敷衍填个选项上去。

赵远阳原本已经放弃了语文，语文老师也拿他没辙。他不交作业，或者交了却空了许多题没做，老师也从不说他。

这样下来，他就更懒散了。

赵远阳的目光凝在那几本书上，这时，霍戎搬了张单人沙发进来了。那么重的沙发，霍戎很轻易就搬过来了，紧绷着的手臂肌肉彰显着力量。

霍戎放下沙发，用脚踢上门，继而打开书房的大灯，转身看见赵远阳正凝视自己，眼里有他看不透的东西。

"阳阳？"霍戎轻轻蹙眉。

赵远阳"哎"了一声，打岔道："哥哥，我有好多不懂的，你快给我讲讲。"

霍戎让他坐沙发，说这个软。

他也知道赵远阳是个懒骨头，喜欢窝在沙发上，他自己却不习惯坐软椅、睡软床，所以家里的沙发都是给赵远阳准备的。

比起刚开学，赵远阳的进步已经非常大了。霍戎先把那些他不懂的题目给他讲了一遍，接着在他的试卷、练习册和书上，挨个画题："这些题你重点看看。"

赵远阳问为什么，霍戎说因为题型典型。

"还有这几个公式，要背下来。"

赵远阳似懂非懂，点头："哦，那我晚上睡觉前看。"

霍戎又道："语文书带回来了吗？"

他点头："带回来了。"

"会背《沁园春》吗？"霍戎看了赵远阳的考试题，有这首词的句子默写。

赵远阳跟哑巴了似的,垂下头,硬着头皮道:"嗯……会一些。"

"那背给我听。"霍戎的声音很温柔,比老师温柔多了,吹拂在耳边特别痒。

赵远阳心一跳,慢腾腾地背诵起来:"《沁园春·长沙》……"才背了个题目,声音就弱下来了。

他不会。

赵远阳面露赧色,恨不得钻进地缝。明明老师上课抽他起来背诵时,他都能面不改色地说一句"我不会"。

但到了霍戎这里,赵远阳就觉得自己太不应该了。

也没几个字,怎么就背不下来呢?赵远阳不是没试过,可脑子好像是镂空的,装不住东西,无论背什么,转头就能忘光……字虽不难,但凑一起他就不懂了。

"阳阳。"霍戎叫他的名字。

"在!"他抬起头。

"恰同学少年,风华正茂……"霍戎道,"别的不会没关系,先把这句背下来。"

赵远阳发问:"为什么?"

"因为这句是名句,是考点。还有,你们的课本中……"教孩子念书太为难霍戎了,他自己都没学过,只能向老师讨教,记住了,再教赵远阳。

不过赵远阳也是三天打鱼、两天晒网的典范,当晚看了一遍霍戎画出来的那些"典型"和"考点",之后就基本不再看了。

霍戎是知道他脾性的,不厌其烦地给他讲这几个类型的题,晚上还会抽他背诗。

辅导完,霍戎帮赵远阳关了灯,离开前突然问了句:"阳阳,腿上的伤好了吗?"

赵远阳下意识里应了一声:"差不多……"话还没说完,就倏地停住了。

霍戎平静地"嗯"了一声。他站在门口的灯光那里,身材高大,眉眼深邃:"上完药再睡,我不帮你关灯了。"说着他将房间里的灯重新打开,这才替他关上门。

赵远阳躺了一会儿,心想:他怎么又知道了?

他从被子里爬出来,找到医药箱,脱了睡裤,潦草地上了一遍药便关灯钻进被窝。

赵远阳睡了,霍戎还得看书。

高中的文言文、诗词和作文,是他从未接触过的东西。他没被要求过学这种东西,自己也不感兴趣,所以刚开始看会比较费劲。但这几天看下来,就差不多已经吃透了,教赵远阳是完全没问题的。

第二天是中秋节,看到餐桌上的月饼赵远阳才知道。

本该团圆的日子,他的家人却都不在了。

他在周家从没过过中秋节,但往年父母都还在的时候,是有过节的习惯的。

他父母都忙,可中秋节那天无论如何都会回家陪他。

有一次,他听见父母谈话。母亲说学校打来电话通报了他逃课的事,又因为他成绩特别差,母亲怀疑是他们疏于关心导致的。

父亲说:"这也是没办法的事。要给他最好的环境、最优渥的物质条件,就只能去拼事业,何况公司处于上升期,哪里腾得出时间……"

母亲道:"我爸想接远阳过去,不然……"

过了几天,这件事情就落实了。

月饼是赵远阳喜欢吃的蛋黄馅的,是家里的西点师傅手工做的,面皮沾着芝麻,印着嫦娥奔月的图案。吃到嘴里却有些涩,他无端湿了眼眶。

中秋节的到来,意味着赵远阳的假期余额不多了。这些天里,魏海给他打了好几个电话,要他出去玩,他都以要做作业为由,堂而皇之地拒绝了。

赵远阳刻苦学习的模样全落在霍戎眼里。

这孩子对数字不敏感,算数慢,稍微大一些的数字他就会糊涂,只好边做题边抱着计算器,噼里啪啦地按着。

霍戎看他辛苦,便让他休息一下。

赵远阳头也不抬道:"我马上就写完了。"

国庆假期结束后,返校的那个星期四、星期五就得考试。赵远阳准备考个高一些的分数,吓死魏海。

霍戎看了一眼时间,说道:"过十分钟我来叫你。"

赵远阳"嗯"了一声,手上的计算器发出"归零"的声音。他低头,继续噼里啪啦地按起来,活似个小卖部老板。

十分钟一到,霍戎果然就来叫他了。

阳光房里准备了下午茶,茶桌是清代的古董,花瓶里插了几枝白玫瑰,白色瓷盘边摆着精致的银质刀叉,盘里是三角状的提拉米苏蛋糕、栗子蛋糕和泡芙,味道甜而不腻,全是赵远阳爱吃的。

赵远阳喜甜,霍戎给他准备的红茶里不仅加了糖,还加了奶,勺子一搅,能听见砂糖在杯底摩擦的声音。

秋日的阳光房里温暖如春。除了桌上的白玫瑰,这个球形穹顶的玻璃阳光房里,满是盛放的花朵——各种当季的和反季的花在同一间屋子里争奇斗艳。

花香里夹杂着淡淡的水汽,混着茶点的甜香,让人心旷神怡。

赵远阳一懈怠下来,就什么也不想干了。

不想做题,不想背公式。

霍戎把手机给他玩:"阳阳,我下载了几个游戏。"

他是不玩游戏的,很显然,这些游戏是专门为赵远阳下载的。

其实,此时的游戏并不精彩,赵远阳觉得还不如玩游戏机,只不过他也玩腻了游戏机。

他双手捏着手机,脱了鞋,盘着腿,靠在小沙发上玩了起来。

游戏实在无聊,赵远阳觉得没意思极了,早知道就和魏海去打电玩了。他打了一会儿就失去了兴趣,按了返回键,却不小心点到了通讯录按键。

手机是按键的,一个不小心就会按错。赵远阳刚想关掉,就看见霍戎的通讯录里只有一个联系人,正是自己。

他不想翻霍戎的手机,可他没控制住好奇心,点开了短信,又点开了来电记录。无一例外,几乎只有他一个人的记录。

赵远阳心情复杂。他从没去了解过霍戎,不知道对方的家庭情况,也从没听对方提起这些。

他忍不住想,霍戎到底图自己什么呢?可霍戎从没有要过自己的任何东西,哪怕一分钱都没有……

不对!赵远阳突然想起来,还是有那么一样东西的。

那是在梦中,在他们变得熟悉了一些后,自己对他有了一些信任后的事了。

霍戎生日,赵远阳拐弯抹角地问他喜欢什么,他说喜欢什么热武器设计图纸。

赵远阳不太懂,但他知道外公留给自己的房子里有好多这种东西,他也用不上,所以一股脑儿送给了霍戎。

外公将图纸藏得严实,这个地方藏几张,那个地方藏几张,可能只有他才能找到。

霍戎收到图纸后很惊讶,但是没拒绝,只是说:"太多了。你不知道这个有多贵重,我只要一张就好了。"

赵远阳心想:纸而已,有什么值钱的?

他很慷慨地说:"都给你,你拿着。"

霍戎最后也只拿了一张,说:"谢谢阳阳,我要这张就够了。"

赵远阳回忆起来，那看上去就是一张再普通不过的图纸，他记不太清了，可能是跟国防有关，他也看不懂。

想到这儿，他不禁觉得有些荒诞，就为了那一张图纸？

赵远阳想事情的时候，霍戎进来了。他把手机还给霍戎，又坐起来吃了些栗子蛋糕，接着就在那沙发上窝着睡了。

温暖的阳光房里，赵远阳很快就睡着了。

正值中秋，菊黄蟹肥，晚餐的主菜是醉蟹。

大闸蟹是从阳澄湖送来的，是最好的一批，鲜活肥大。

霍戎体贴人，看他只吃蟹黄，不吃蟹肉，就动手帮他剥去蟹壳，把蟹黄挑给他，蟹肉留着自己吃。

赵远阳根本不用动手，碗里就堆满了蟹黄，他望着霍戎。见霍戎眉眼专注，修长好看的手指即便沾上了蟹黄，也依旧养眼。

晚上，霍戎又给他讲了些要点："公式不要死记硬背，融会贯通就会容易许多。"

什么融会贯通？赵远阳听不懂，但还是点头道："好。"

霍戎在纸上给他写了道函数题，问他："定义域？"

赵远阳拿笔算了算，抬头说："x，x 大于等于 4，对不对？"

霍戎点头，笑着夸道："对了，阳阳真聪明。"

"这个很简单的。"他嘴上谦虚，嘴角却扬了起来，眼睛亮得跟星星似的，非常得意。

霍戎继续给他出题："已知函数 $f(x)=$……这是一个坐标系。"

他把笔递给赵远阳："把函数图画出来。"

赵远阳这几天不知道面对过多少次类似的问题了，简直小菜一碟。霍戎继续夸他聪明，又出题："如果 $f(a)$……求 a 的取值集合。"

赵远阳再次做对。这才高一刚开学第一个月，学的都不难，考的自然也不会太难，至少都是他会的。而霍戎的夸奖，让他生出一股自信

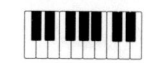

来,他似乎真的变成好学生了。

连他自己,都要对自己刮目相看了。

周末的晚自习,由于刚放了长假回来,班级里氛围还很浮躁,每个人都在讨论着自己假期的见闻。

老余站上讲台道:"周四、周五月考,考语文、数学、英语、物理和化学五科。文科科目这次月考不考,但也不能松懈,星期二我们进行一次模拟小考。现在翻开英语书,我给大家说一下重点……"

画完重点,老余让大家复习。

赵远阳倒不怕考英语,加上作业也完成了,就开始背课文。

魏海本来要跟他说话,一看他这两耳不闻窗外事的模样,双手抱胸,调侃道:"士别三日啊,士别三日……"

赵远阳瞥他:"作业做完了吗?"

魏海一噎,老实答道:"这个……还真没做。"

他连作业是什么都不知道,更别说他还没书包。

"那你帮我拿着书,看看我背得对不对。"

魏海点头:"《雨巷》?来吧,背。"

赵远阳清了一下嗓子:"《雨巷》,戴望舒,撑着……"

有人在背课文,有人在赶作业。

周思思急得想哭。班上全是人,她抄谁的?怎么抄?

作业太多了,火烧眉毛,要是第二天早上再赶,铁定来不及,她只做了很少一部分。

张凝和谭梦佳似乎都做完了,她们在对答案。

周思思在一旁听着,拿笔记了几个关键词,但是太少了,这么少的答案,根本不起作用。老余还说星期二有模拟考,怎么办?

到家时,周淳问了她学习情况。

她含混不清地回答:"还好。"

"那赵远阳呢?"那晚的事见了报,对他产生了不小的影响。他去公司的时候,秘书看他的眼神都怪怪的,董事会的股东们也是一样的。

还有人开玩笑问他局子蹲着舒不舒服。

曹小慧更是和他冷战,闹起了离婚。他先用儿女为借口,拖住了曹小慧,又让儿子周思明专门回家一趟,劝劝她。

这会儿好容易不忙了,他才能分心解决赵远阳的事。

"就以前那样,上课老睡觉。"

周淳道:"你们是不是这周有考试,月考?"

她"嗯"了一声。

"这样啊……"周淳若有所思,那这样的话,赵远阳应该会来找自己的吧?如果赵远阳不来,大不了他亲自把答案送到他手里。

他还不信了,赵远阳会放着答案不抄。

周淳欲言又止的话,周思思却听懂了。她心里一跳,是不是爸爸这里已经有月考答案了?

第二天一早,她到学校的时间比平时更早,校门还没开。

门卫都认识她了,笑着说:"同学,你又来这么早,真爱学习啊!"

周思思只是朝门卫笑笑,不说话。到了教室后,她从张凝和谭梦佳的抽屉里翻找出练习册,她看见那封情书还安静地躺在张凝的抽屉里——张凝居然还没送出去!

张凝在情书里说,这是她第一次喜欢上人。

胆子也太小了,不敢署名就算了,还不敢送,胆小鬼。

周思思腹诽。

一些作业上课前交就好,一些则早读就得收上去,她边抄边看时间,还要盯着教室门。

可这时,突然有人推开了教室门。

周思思猛地抬头,随即愣住。她根本没想到张凝会这么早出现在教室！张凝一向是早读打铃后，最后一刻冲进教室的，身上往往有一股很浓的食堂的包子味，嘴里还在不停地嚼，说着"思思，食堂的香菇肉馅包子好吃，我明天给你带两个"。

看见张凝，她手忙脚乱地收起桌上那堆练习册，一股脑儿往抽屉里塞。可抽屉里东西多，塞不进去，她要藏根本来不及，只能用别的书压住，然后趴在桌上。

张凝也看见了周思思，注意到了她的动作。

"思思，你来这么早？这才六点四十分呢！"她走向座位。

周思思趴在桌上，有气无力道："嗯……我有些不舒服。张凝，你怎么也来这么早？"

"我……我啊……就是来做作业的。"她脸一红，撒了个谎。

其实她是想趁着没人的时候，把情书放到赵远阳的抽屉里。她还专门给他买了早餐——果酱面包和酸奶，还有水果。但是周思思也在教室的话，她就不敢这么做了，怕周思思看见。

周思思没在意她的不对劲，心慌意乱道："张凝，你能不能帮我接杯热水？我肚子好疼。"

"啊？好，我去帮你接……"

张凝背过身的工夫，周思思慌忙腾出手，可是所有的练习册混杂在一起了，要在这么短的时间里把张凝和谭梦佳的分开，根本做不到。

她动作一慌乱，练习册就掉在地上了。她弯腰去捡的时候，张凝已经接完热水回来了。

她看见周思思桌上还没抄完的作业，联想到刚刚自己进来时她的动作，什么都明白了。

气氛一瞬间凝固了，张凝的脸色不太好。

这个瘦瘦小小，脾气也小的女孩子生气了。

她眼睛红红地盯着周思思："你是不是抄我的作业了？"

周思思的脸红一阵白一阵的："我……我没有！"

"那这是什么？"张凝拿起证据，咄咄逼人道，"我的作业、谭梦佳的作业，怎么都在你的桌上？"

"你不爱学习，抄作业，还老说别人的坏话！"她气愤地说。

周思思咬着嘴唇，死不承认："我没有，没抄你的作业，我对一下答案而已。"

就算周思思不承认，但证据摆在这里，张凝不是傻瓜。周思思是她的同桌，上课没听讲，作业不会做，她怎么会不清楚。

这时，班上又来了一个人，周思思不想让别人知道这件事情，瞪着张凝道："随你怎么想，别想闹大这事，不然我要你好看！"

张凝来不及反驳，周思思又说："我知道你给赵远阳写情书了，不想让全班知道的话，就给我闭嘴！"

"你……"张凝张了张嘴巴，一脸的难以置信。

周思思竟然用这种秘密来威胁她！她居然是这么坏的人！

这一刻，她真想揭穿这人的真面目！可是情书……

张凝趴在座位上哭了起来。

上课前，她把自己的座位搬开一些，和周思思的课桌隔了一些距离，明显是翻脸了。

谭梦佳见她们不对劲，就问道："闹矛盾了？"

张凝不说话，一副哭过的模样。谭梦佳小声道："她是不是欺负你了？"她知道周思思家里有钱，是大小姐，脾气怪。

周思思轻轻地看了张凝一眼。

张凝只好搪塞："梦佳，你……你别问了，我没事。"

"你别怕，说出来，我帮你主持公道。"

"没有……没有……你别问了。"张凝又委屈得要哭了。

都怪她，把这么重要的东西放在抽屉。她不敢藏在寝室，怕被室友看见，没想到周思思居然会翻她的抽屉！

下课时，赵远阳趴着睡觉，周思思过来找他。

她还什么话都没说呢，旁边的魏海就摘下耳机，把食指竖在唇边："嘘，不许打扰他睡觉。"

"……"

魏海和赵远阳关系好，她是知道的。魏海护着赵远阳，她也知道。

就赵远阳这作风，多的是看不惯他的人，有来教室找他麻烦的，也有放学后堵他的，全部被魏海摆平了。

魏海和赵远阳不一样，魏海是不能惹的。她听父亲说过，魏家有权有势，到底有权有势到什么地步，她不太清楚，总之很厉害。

这样的人，却和赵远阳关系很好，还一副跟班样……班上一群不知情的人，还津津乐道："看见没？魏海就像赵远阳的保姆，给他接热水、买早餐、捏肩膀。我那天看见魏海上课记笔记，赵远阳睡觉，问他，他居然说是帮赵远阳记的……"

她神色复杂地看了一眼趴在枕头上睡觉的赵远阳——这枕头也不知道是谁的，反正是他们混着用的。

她对魏海道："那你等他醒了，问他考试准备怎么办。"

魏海睨她一眼，懒懒地"嗯"了一声。

"你考试准备怎么办？"上课后，赵远阳醒了过来，魏海问他，"是周思思让我问你的。你说她是不是脑子有毛病？"

下课时间那么短，他肯定没办法睡着，周思思为什么问他这么一句，他心里明白得很。

"怎么考试？"赵远阳看着魏海，眼中带笑，"我当然是自己考了！等着啊，四海，等成绩出来吓死你。"

魏海很给面子，笑眯眯地说："远阳，你这么用功，肯定可以考得很好！考试我就不来了，不陪你了。"

赵远阳说："你可以不考试，但是要帮我个忙。"

下午有体育课，体育老师让每个同学都练习自己参加的运动会项

127

目。对魏海而言，3000 米长跑算不得什么，他懒得练习，于是陪着赵远阳去练习跳高。

班上有两个男生、两个女生，共计四名学生报跳高项目，其中赵远阳长得最高。

一米的杆，他伸腿直接跨了过去。

他不知道怎么跳高，两条腿一前一后过了横杆，身子一扭，跌坐在软垫上。

软垫不太干净，魏海把校服脱了给他垫上。

"我看学校跳高队，他们好像是这么跳的。"魏海站在横杆旁，做了下示范，"就像这样……背部跃过去。"他身体重心靠近横杆，头和肩都过去后，向上抬腿，最后屁股往下一沉。

他不出意外地撞掉了杆子，摔在垫子上，但示范动作还算标准，赵远阳看明白了。

他点头："嗯……这个姿势漂亮。"

运动会和考试不一样，运动会那么多人看着呢，不能丢脸，起码得漂亮地跳过一米六。好在他弹跳力好，下午自行训练了一会儿，体育老师又来指导了一会儿，一米五是没什么问题了，他能很轻松地用背越式翻过去。

体育老师说他有天赋，问他要不要参加校队，可以保送体校。

赵远阳挑眉说："老师，你看我是需要保送的人吗？"

体育老师知道他们（一）班的优等生目标都是双一流大学，一脸惋惜道："你真的有天赋，是好苗子。"

赵远阳不感兴趣，体育生太苦了，他吃不了那个苦。

模拟小考，周思思请假了，没来。

赵远阳考了个在（一）班不怎么样，但是他觉得还挺好的分数。他把几张试卷塞进文件夹，好好地存放着。

临近月考，赵远阳一直没有联系自己，周淳急了。难道他真的变好了,准备自力更生?不应该啊!

他太了解赵远阳了,他是看着这孩子长大的,知道这孩子是什么脾性。

周淳换了个手机号码给赵远阳打电话:"远阳,是周叔叔啊!"

这次赵远阳居然没有一听见他的声音就挂断,他猜赵远阳是不是也在等自己打电话。

周淳旁敲侧击道:"远阳啊,周叔叔知道你们要考试了,你复习得怎么样了?"

"还可以。"赵远阳漫不经心道,就想看他着急。

"啊?还可以?哦,哦……那就好,周叔叔本来还担心你……"

赵远阳"嗯"了一声:"还有事没?"

他是个记仇的人,绝不会忘记周淳做过什么,耐性不算好,但他从霍戎身上学会了一个道理。

有时候,死对人来说反倒是解脱。要报复一个人,让他生不如死才是最好不过的,让他渐渐失去生命中所有重要的东西,要他眼睁睁看着自己变得一无所有,人财两空,家破人亡,体会到什么叫绝望。

梦里,周淳会拖着他跳海,就是因为被霍戎逼得走投无路了。

"没……没什么事了,就是……你们月考,周叔叔这里有些资料,可以帮你考个好成绩。"

赵远阳"哦"了一声,低头看着地板上的花纹,似笑非笑:"那你明天让周思思给我吧!"

周淳一听有戏,大喜过望,可是……

"思思?她……"周淳想了想,还是答应了。

思思那么乖,不会偷看的,她和赵远阳不一样,她用功,他是知道的。

但他不知道的是,他的乖女儿早起去了复印店,把答案复印了一份。

赵远阳拿到答案后，第一句话就是："你偷看没？"

"当然没有！"周思思立刻反驳。

她来不及背了，于是把选择题抄在手心，又翻了作文书，找到相应的题目心慌意乱地看了几遍。

老余安排人布置考室，安排十个人把自己的桌椅搬到外面去，靠近后门的赵远阳和魏海正好在其中。

"远阳，好好考，别分心啊！"

赵远阳点点头。

说了几句话，二人分开，赵远阳去考室，魏海不知去了哪里。

考室是随机打乱分配的，周思思听人说，她那个考室的监考老师特别严格，扭个头都能马上被锁定。

考试刚开始，她就快速把答案写在草稿纸上，接着用力蹭掉手心的签字笔墨迹。

前面的监考老师一直盯着她，她便不敢动了。等老师不看她了，她才继续蹭掉墨迹。

考试中途，她还出去上了趟厕所，趁机偷偷看了一眼阅读题答案。第一堂考试结束后，周思思回到教室里自习，听见有人在说语文考试的事："听说了吗？上午抓了一个作弊的，记零分！"

"我知道那个。还有，你们知不知道啊，我怎么听说好像有谁在卖答案……"

"假的吧？卖答案？哪里来的答案？太扯淡了……"

那同学耸肩道："我也是听人说的，现在应该已经传到老师耳朵里了。"

四处是对答案的声音，周思思回头看了一眼赵远阳的位子，空的。

他真卖答案去了？

下午，监考老师换了，换了个不那么严格的，一直在门口和别的老师聊天。

周思思原本还不知道考数学要怎么办，这下正好，她大胆地掏出字条开始抄。

数学和语文不一样，语文得挑抄，数学全抄都没问题。她这次不能考太差，至少得保住前三，狠狠地打张凝的脸。

她抄作业又怎么样，抄了不也比张凝考得好？

校服是长袖的，缩印的答案被她抓在手心，从袖子里伸出一角来。她低头偷偷地看，飞快地写着。

考室里十分安静，只听得见笔尖摩擦纸面，以及时钟嘀嗒的声音。这时，政教处主任突然出现在考室门口。

考生们都抬头看他。

政教处主任和门外的监考老师说了两句什么，接着监考老师指了指周思思："19号考生。"

主任神情严肃，大步走向周思思，她慌忙把答案小抄往袖子里卷。

考生们目睹着这名学生被叫了出去，随后又被带到了政教处。她的卷子被监考老师收起来，直接记了零分。

考室里，除了周思思，还有别的（一）班学生，数学一考完，这件事情就传开了。直到考完最后一堂的物理，周思思也没回来。

赵远阳坐在考室里，认真地算着题，草稿纸被他写得密密麻麻，他举手要求换一张草稿纸。

考完物理，晚上还得上自习。

教室里除了对答案的声音，还有一些讨论学习委员的声音。

"是我亲眼看见的，她作弊，然后政教处的罗主任就来了，罗主任！"

"她真的作弊？她不是成绩很好吗？还需要作弊？"

赵远阳捧着化学书在复习，像是没听见一般。

魏海来校长办公室举报有人卖答案给他。

131

校长思索片刻后,道:"贩卖考试答案,该记大过!"

处理方案还在商讨,魏海进了教室,看见赵远阳已经帮自己把座椅搬回原位了。

他把耳机分给赵远阳一只,笑眯眯道:"远阳真能干。"

赵远阳把耳机塞到耳朵里,说:"应该的。"

耳机里在放流行歌,赵远阳手里转着笔,低头复习化合价。魏海还是不明白,为什么赵远阳一定要用这种软绵无力的招数对付周思思?明明有能够立竿见影的方法,譬如让她退学,不是一辈子就毁了?

但赵远阳要的不是这个效果。

周淳费尽心思想让自己变成什么样的人,那他就反过来好好回报对方,看三年过去,究竟是谁变得臭名昭彰。

周淳很坏,但一双儿女在他心中占了很大的分量。现在他女儿亲手被他推进深渊,他该有多后悔?

周思思在班级门口哭了许久,哭得上气不接下气。政教处主任找她谈话后,老余又找了她。

老余说:"不管怎么样,明天还是要考试的,先进去复习。"

她擦着眼睛,低头走进教室。

她觉得现在自己很狼狈,很丢人,全班的目光都集中在她身上。

她看向赵远阳,赵远阳却没看她,他似乎没兴趣关注她,他旁边的魏海也是一样。

周思思心里很清楚,举报人只能是赵远阳,除了赵远阳,没人知道这件事情。

在老余的眼神示意下,她回到座位。

同桌的椅子和她隔了一些距离,可谓态度鲜明。

张凝扭头看了她一眼,什么也没说,继续和谭梦佳互相抽背单词。

有人问周思思怎么了,她也不说话。

老余走了,同学们开始窃窃私语。周思思听了听,都是在说自己。

下课后，有人问她："思思，你是不是被判了零分？"

"谁说的？"她收拾书包的动作一顿，红着眼睛瞪对方，"是不是赵远阳？是不是他？"

那个女同学平日和她关系不错，每天一起吃饭，不明白她为何突然如此激动。

"思思，你别误会啊，我也是听人说的，不是赵远阳说的……"

"就是他！"她眼里带着憎恨，"除了他还有谁？你们都不知道，是他陷害我的！知人知面不知心，他是怎么进我们班的，你知道吗？他中考才一百多分，他凭什么和我坐在一间教室里！他不仅虚伪，还……"

"你别说了！"张凝站了起来。

她的声音其实不大，可她站起来的一瞬间气势十足。当四周的人都看向她时，她却下意识看了一眼赵远阳。

赵远阳正在收拾书包，一旁的魏海好像很愤怒，作势就要上前。赵远阳拉住了他："不打女生。"

张凝弱弱地反驳周思思："你凭什么说别人坏话？有工夫说人坏话，不如自己多读书，比什么都强。"

"那你就很高尚吗？你帮他说话，是因为你喜欢他吧？你给赵远阳写的情书呢？把你的情书拿出来给大家看看啊！"

张凝傻了，一张脸顿时烧得通红。周思思居然说了出来！她不敢看赵远阳了，也不敢看同学们的反应，只想跑出教室哭一场。

可她看见周思思那副耀武扬威的样子，心里就愤怒不已。她抬起头，一字一板地对她说："那你呢？你每天早上来那么早，就是为了偷我的作业、谭梦佳的作业！你抄作业！你还随便翻别人的抽屉！你不好好学习就算了，还搞歪门邪道，考试作弊！"

"你别乱说！"周思思也腾地站起来，面红耳赤道，"你们别听她乱说！她喜欢赵远阳，她撒谎！"

133

"我没有乱说！我没撒谎！撒谎的是你！你做没做自己清楚！"张凝鼻子一酸。她是包子性格，没什么脾气，别人都爱欺负她，现在让她站出来揭穿周思思的真正面目，对她来说是需要极大的勇气的。

虽然放学了，可事发突然，班上同学都留下来看热闹了。

还有其他班来（一）班等自己伙伴一起回家的学生，也在旁边看热闹："这是怎么回事？"

"喏，那个扎马尾的，挺漂亮的那个，我们班学习委员，之前是第一名，结果今天被罗主任抓到政教处去了，好像是作弊……"

"就是她啊？"

"那个和她吵的，是她的同桌。看来，学习委员还有抄作业、翻人抽屉的恶习啊，没准还偷人东西呢……知人知面不知心啊！"

周思思听得受不了了，泪珠子吧嗒吧嗒地往下掉，嘴里道："我没抄……没作弊，你别乱说，冤枉我……"

她哭得我见犹怜，有人开始同情她："张凝，你说得也太过分了吧？你看她都被你骂哭了。"

张凝更委屈："我没有乱说，她经常说赵远阳的坏话，班上的同学都听她说过吧？她说赵远阳的爸妈走了，住她家里，还有她家的车，全是假的，假的……"

张凝孤立无援，语无伦次。

谭梦佳在旁边安慰她道："别怕，我支持你。"

张凝抽抽搭搭地继续道："她说赵远阳的父母都走了，借住她家，说赵远阳的父母是她爸爸公司的员工，都是她在撒谎！连他们家那辆车都是赵远阳父母留给他的遗产，被她家占用了！是我亲口听他家司机说的！都是她撒谎，她才是最虚伪的人！"

张凝说完，再也忍不住了，拔腿就跑出了教室。

谭梦佳看了看赵远阳，见他无动于衷，跺了一下脚，追了出去。

班上人看周思思的眼神立刻就变了，由方才的同情转变成了鄙夷。

魏海看完整出剧，嗤笑了一声，偏头看赵远阳："这些事你怎么都不跟我说，都忍着？他们家还干了什么缺德事？还拿了你什么东西？我给你抢回来。"

"不用，我自己拿回来。"赵远阳的声音和神情都很平静，"四海，今天谢谢你了！"

这出都是他设计出来的，可是要说他有多高兴，也不尽然。

因为他没算到，这件事情会牵扯到一个无辜的受害者。

魏海没背书包，双手抱着后脑勺儿，望着天走路："反正我也不考试……不用谢我。"

赵远阳脚步一顿。他看见不远处坐在长椅上正在啜泣的张凝，还有在安慰她的谭梦佳。

"怎么了，远阳？心疼啊？"

他摇头，不是心疼，他甚至不知道这女生叫什么名字。可他觉得，他要是无动于衷地走掉，那就太不像话了。人家女生帮他说话，还被当众揭穿了写情书的小秘密，这对女生来说，是很严重的事了。

第二天还有考试，他不想因为自己而影响人家的考试。

魏海瞅瞅那女生，很费解："你眼光怎么……"

以前的赵远阳，也偶尔会做这样的事，他还帮赵远阳分析过："女生哭，为什么哭？那肯定是想要你安慰她啊，你只要一安慰她，借出你的肩膀，你就能拿下她了。"

不过，这样的事也是要分人的。他和赵远阳，那是一百个女生里，就有一百个会心动。

换成体育委员嘛，就……

魏海跟着赵远阳走向长椅。

张凝仍在抽噎着，谭梦佳看见了他们，轻声在她耳边说："赵远阳来了。"

张凝猛地抬起头，用手背抹着眼泪。

135

她摘了眼镜就有些看不清楚了，只看见面前有两个很高的男生，也不知是哪个。

等他们走近，张凝才勉强认出。赵远阳还没说话呢，张凝立刻就说："你别误会，我一点儿都不喜欢你。我帮你说话，是因为我看不下去了而已。"

她生怕赵远阳是来拒绝自己的，说出"我不喜欢你"或是"你不够好看"这种话。

但赵远阳只是递给她一块手帕，轻声说了句："别哭了，明天好好考试。"

说完他就走了。

两人高大瘦削的背影渐行渐远。

张凝拿着手帕，泪眼模糊地看着远远的路灯。

她捏着白色的手帕，心想什么样的男生才会用手帕？她擦了一下眼泪，闻到手帕上有股向日葵的香味——她老家种过这种花，这味道她非常熟悉。

魏海忍不住问："你为什么那样安慰她？不怕她缠上你？"

"不怕，我又不喜欢她。"再说了，从小到大，不知道有多少人过暗恋他，还不是追不到他？

通常来说，了解赵远阳是什么样的人后，她们就会放弃喜欢他。

二人慢悠悠走到了校门口，赵远阳才对魏海说："她不会缠上我，因为那个女生目标很明确，是考上重本。等她上了大学，就会发现有更多、更好的人等着她去喜欢。我呢，不过是她人生中的一个过客。"

魏海怔怔地望着他，喉结动了动："这'鸡汤'……"

"好喝吗？我在书上看见的。"赵远阳的嘴角缓缓扬起一个弧度，眼睛里灿若繁星。

赵远阳一抬头，就看见了正在等自己的霍戎。男人身材修长，英俊帅气。他挥了一下手，别过头道："四海，下周见。"

136

第二天还要考试，魏海懒得来学校。星期六他默认不上课，所以也不会来。

次日的考试，赵远阳发挥得很好，他自我感觉很不错，虽然和一众优等生没办法比，不过吓死魏海是没问题了。

更让他得意的是，考试做的那些题，都是他平时做过的。戎哥料事如神，什么都算准了！连出题老师的套路都摸清了，太厉害了！

昨晚发生的事，已经传开了，还传到了其他班去。

周思思家里到底做什么的，被扒了个一干二净。

"我去过他家的，他爸爸是赵远阳父母公司的一个股东，赵远阳的父母去世了，他爸爸就被推举出来接任总经理。就是那个'东方地产'知道吧？隔壁学校对门那个小区，就是他们开发的。"

"还有车的事，也是真的。以前我和他们一个初中，赵远阳来上学就是坐那辆车，周思思都是她爸爸接送，开着一辆很普通的车。"

"对，对，对！我见过！而且我经常看见赵远阳上一辆进口豪车，那牌子我见都没见过，你说多高端！"

周思思躲在家里一天没出现。

周淳来学校问了情况，听说政教处的处理后，当场发怒："我女儿是堂堂正正考进来的，你说她作弊，取消成绩不就行了？干吗还记大过，这处分是要跟着她的档案一辈子的！还要把她分到最差的班去？"

罗主任和气地解释："作弊只是其一，主要是卖答案一事比较严重。有同学举报，说周思思卖答案给他。"

"什么玩意儿？"周淳一拍桌子，大发雷霆，"把你们校长叫来，我认识你们校长！"

罗主任气定神闲道："这位家长，学校的处理方案是经过慎重考虑的，不是校长一个人的意思。"

周淳火大得很。怎么就思思被发现了？赵远阳呢？

"说吧，你们要多少钱？我女儿只能待在（一）班，她不能去别的班级，你们也不准通报！"

罗主任指了指角落的监控："这位家长，你这样公然行贿，上面是看得见的。"

最终，周淳无功而返。

回到家，周思思除了哭就是哭，他头疼得很，也没办法骂她。

周思思哭喊着要转学，说没脸了，在一中待不下去了。

周淳就去帮她联系，叮嘱她："思思，这几天你在家学习，爸爸去帮你办。"

结果周淳打了很多个电话，都碰壁了，普通高中都不收周思思。

只有职高愿意收她，还得花高价进去！

周淳怎么肯让自己的女儿读职高？

别说他了，周思思自己也不肯："爸爸，你去找你那些朋友啊，你不是有很多朋友吗？胡叔叔呢？他不是教育局的吗？你找他帮忙啊！"

他当然找了。他什么人都找了，动用了所有的人脉，二十万元的红包都送出去了，还是没用，钱打了水漂，曾经的"朋友"收钱却不办事，到后来电话都不接了。

他非常头疼，自己都这么忙了，一向听话懂事的女儿怎么还这么无理取闹？

周淳冷下脸道："读职高，或者回一中！你自己选一个，我懒得管你了。"

星期一的升旗仪式上，政教处主任当众宣读了对周思思的处分。

"全校通报：高一（一）班周思思同学，考试作弊，倒卖考试答案，记大过一次。全校通报：高一……"

不知是有意还是无意，这则通报居然还重复了五遍以上。

周思思站在（二十一）班的队伍后面，觉得颜面扫地。

虽说除开（一）班到（五）班，剩下的十几个班级都是平行班。

可平行班也是有优劣之分的，班上同学的普遍素质，以及班级的师资配备，都有优劣之分。

这个（二十一）班，是一中当之无愧的差班。

不是所有交钱的人都可以像赵远阳一样进入（一）班的。大部分交钱进来的差生，身上有"案底"的学生，都在这个（二十一）班了。

周思思一进这个班级当场就蒙了。喧哗声、吵闹声、骂脏话的声音不绝于耳，有人打牌，有人叫外卖……

老师叫安静都没用。

若不是在教室里，黑板前还站着老师，她绝对想不到，那些浓妆艳抹、不穿校服的女生和腿搭在桌上睡觉的男生是她的同学，而那个占了三个位子睡觉、满面横肉的男生……是她的同桌。

最让她绝望的是，她和这群人格格不入。

她是好学生，他们是坏学生！

这群坏学生，听说了她的事，知道她是从（一）班转过来的，看她的眼神带着明晃晃的排挤，让她全身发凉。

她要想在这个班级里好好待着，是不是只能先融入这个班？

月考刚刚结束，新的一周将迎来秋季运动会，（一）班的氛围丝毫没有受到周思思的影响。

张凝似乎也没受到太大影响，同桌走后，很多同学都来安慰她，觉得周思思平时肯定经常欺负她。

太可怜了。

张凝还是和以前一样，上课认真听讲，下课专心致志看言情小说，只是偶尔会看着赵远阳发呆。

她把手帕洗干净了，却找不到机会还给她。

运动会临近，班上同学赶工绘制了一块漂亮的班牌。运动员走方阵的时候,就冲着班牌比别班的都漂亮精致,一定能获得高分。"

整个运动会,除了项目得分,走方阵也占了很大的比例。

班上的同学都对这场秋季运动会怀着极大的热情,每天都在打听别班的情况:"(三)班买了统一的班服,可好看了!(五)班有个学中国舞的,还要跳舞呢!(十八)班准备集体打一套拳!"

"我们班干啥?就只准备了一个班牌吗?口号呢?不走个花样吗?"

有人说:"我们班还需要啥花样啊?不存在的。让赵远阳和魏海去做领队,一个举旗,一个举班牌,俩大帅哥,女生们的尖叫声估计都得吓到评委。"

"那他们就光走路,不表演个什么节目吗?有的班打拳,他们也打一个呗。"

走方阵是每年运动会的重头戏,所有班级都很重视。老余慷慨激昂地说:"走方阵这个环节,我们(一)班一定要走出风采,走出气势,让别的班、高年级同学以及校领导看见我们的集体精神!几个月前你们才军训过!正步怎么走,忘了没有?

"同学们,你们一定要有集体荣誉感!我和别的老师商量了一下,这个运动会呢,还是很重要的,所以特许走方阵的同学,这一周晚自习都不上课,去操场训练!

"至于方案,大家都可以提意见。现在每人着手写一个方案出来,下课前交到班长那里,由班长整理好后,我们投票选出最好的。"

老余说了一大堆,接着让同学们快些想方案,还说有才艺的都别藏私,展示出来!

最后,大家投票选出了最省钱、最中规中矩的方案。

班长站在讲台上说:"方阵以 5×6 为队列,走到主席台的时候,咱们先变个形。"

她在黑板上写了个很正的阿拉伯数字"1",接着道:"变了形状后,咱们再喊口号——一班一班,非同一般,然后变回方阵。听明

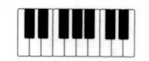

白没有？"

"听明白了。不过班长，我们这也太简单了，和别的班没办法比啊……"

"是啊，这也太简单了吧？别班跳舞的、唱歌的、打拳的，什么都有，我们这也太寒酸了吧！"

班长尴尬一笑："都怪我们没有提前准备，现在买班服也来不及了……参考一位同学的意见，他觉得我们可以变魔术，从袖子里变出一朵玫瑰花来。"

"这是什么魔术？骗小孩子呢！"

"是啊，而且玫瑰花太小了吧？！掏出来谁看得清啊！不然，我们也跳舞吧？那个谁……谭梦佳是不是学拉丁舞的？她跳个拉丁舞多好。"

教室里人声鼎沸，众说纷纭。都说集思广益，果不其然，最后还是讨论出了结果。

"走方阵，先来个'1'，谭梦佳自带服装跳拉丁舞。有人说玫瑰花小，可是玫瑰花便宜啊，要是拿一束那也太不方便了。有什么大一些的花吗？可以每人拿一朵，咱举着走，有新意吧？"

有人说举荷叶，举在头顶，再来几个女生捧着荷花。

有人说向日葵，向日葵够大："我们可以去花市买向日葵，季节还没过，或者去租道具。"

孔三思突然说："向日葵可以啊，赵远阳家有种，让他带过来，还省钱了！"

全班哄笑，赵远阳戴着耳机一脸蒙，怎么都看向他了？

"咱班三十二个人走方阵，除开两个领队，三十株向日葵，他家里难不成是种花圃的？哪里能有这么多花？"说话的人是体育委员肖龙，这个人嘴最欠。

孔三思则是大嘴巴，不管什么事让他知道了，他保准得说出去。

赵远阳摘了耳机，听见他说的话，心道：别说三十株，三万株我都

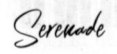

能弄来。

大家看赵远阳没回应,也觉得是这样的。一般人家里,哪里会种那么多向日葵呢?那东西占地方,顶多在阳台种两株观赏一下。

肖龙提议说:"上个月的时候,我看见平安路那边的葵园要开放了,不知道现在开放了没有。我们班委一同过去,向老板买三十株,再让他安排车给我们送到学校来。"

老余点头赞许道:"这个想法好。明天中午,肖龙和班长两个人过去,跟葵园交涉。"

赵远阳并没把这件事情放在心上,第二天选方阵领队的时候,又出现了分歧。班上有同学建议推选两个最帅、最高的男生,让魏海和赵远阳做领队,女生都赞同,男生里则有一些不和谐的声音。

肖龙是体育委员,他站在台阶上,大声道:"别的班都是一男一女担任领队,我们班怎么就用两个男同学?而且这两个男同学都没报名走方阵。

"我身为体育委员,理应做这个领队,而且军训的时候,我还是三好标兵!"

但哪怕体育委员自告奋勇要做领队,也只有两三个跟他要好的男生支持他。

有赵远阳和魏海两个做对比,肖龙简直就弱了一大截!没人家高,没人家帅,气质也比不上。

众人看他的眼神都是嫌弃的。没人捧场,肖龙也很尴尬,继而恼羞成怒:"我们班还有谁愿意报名当领队的?搞个投票选举。"

"我。"魏海站出来。

肖龙:"……"

像魏海这种人不是最没有集体荣誉感的吗?怎么这时候站出来了?是故意来砸他场子的吗?

肖龙不高兴了,撇嘴道:"你没报名,不算。"

"我现在报名不行啊?"他身上的校服穿得松松垮垮的,拉链开到胸前,里面的紧身 T 恤勾勒出胸肌的形状。

"行不行?"

肖龙想说不行,但这不是他说了算,来监督他们训练的老余手一抬:"就让他来,还有赵远阳,一起来,两个领队的。"

魏海扭头望着赵远阳:"来吗?"

赵远阳无所谓地点了一下头,脸颊上那颗小痣在太阳底下比平时看着显眼:"我没意见。"

肖龙气得脸红脖子粗,体育委员的威望顷刻间荡然无存,没人把他放眼里!

中午的时候,老余安排他们训练走方阵,班长和肖龙则去了附近那个号称要开放,却突然没了动静的葵园。

二人走到葵园门外,站在高大的黑色铁门前,里面似乎是有向日葵花田的,看得不太真切。

这里既没有门铃,也似乎没人看守,只是在铁门上方安装了好几个监控摄像头,给人一种戒备森严的感觉。他们想进去都没辙。

这时,一个看上去像保安的男人出现在门内,那人长得又高又壮,神情冷漠,还牵着一条凶猛的大藏獒:"你们是干吗的?"

肖龙说:"我们是一中的学生,这周我们开运动会,想找你们葵园买三十株向日葵。"

"这里不卖东西。"保安说。

"这里不是葵园吗?有向日葵吧?我们是学生,卖给我们三十株吧,不然等花谢了,就只能浪费了。"班长说。

"说了不卖东西,别再来打扰。"

"不卖东西,那我们参观总行吧?你这葵园不是要开放吗?"

那神色肃穆的保安伸手一指:"看清楚,我们这里是私人住宅,不

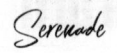

允许外人进入。"

"你们从哪儿来的回哪儿去,这里不接受参观,也不卖东西。"兴许是看在两个人还是学生的分上,保安没有平日里那么冷酷,大藏獒却从喉咙发出低吼,嘴角淌着口水,眼神很可怖地盯着二人。

班长有些发怵,心想:这是什么私人住宅?竟养藏獒看家。

霍戎把这里盘下来后,平日里时常有人来问:"这里不是葵园吗?不开了啊?"

问的人多了,后来就竖了一块巨大的写着"私人住宅"的牌子,结果还是有不长眼的来问。还买向日葵?疯了吧!霍先生说了,那是赵小先生喜欢的,谁都不能碰,不能摘。

待那保安一走,肖龙撇着嘴骂骂咧咧:"什么玩意儿?有生意还不做!我们可是一中的学生!"

就在这时,那森严的大铁门突然开了,肖龙还以为是放他们进去的,结果旁边突然开过来一辆黑色的车,缓缓驶入大门。

肖龙拉着班长,还说进去,就见本来空无一人的道路旁,突然出现两排大汉,统一的黑衣,人手一条藏獒。十几条藏獒,无不安静严整,电影里演的都没这么气派。

班长盯着那开进去的车看,总觉得有些眼熟,像是……

这下,肖龙也发怵了,十几条藏獒!

他拉着班长回学校,班长嘴里喃喃着:"那是……"

"是什么?"

"我想起来了!车,那辆开进去的车,是赵远阳家的!他上次上车的时候,我看见了!"

"你确定?"肖龙看着班长。

"那个车牌号,我不会记错的。"

"不可能吧?这可是私人住宅,赵远阳不是父母双亡吗,他怎么住这儿?"

班长也有些不确定了："我们回去问他吧！"

一中午的训练结束，回到教室后，魏海问赵远阳肩膀酸不酸。

赵远阳回道："腿酸。"

魏海原本打算放他肩膀上的手一顿："那我帮你捏腿吧？"

赵远阳挥手："不要。"

魏海"哎"了一声，给他接了杯热水。

肖龙和班长走到二人的课桌边。

赵远阳喝了口热水，没吭声。

魏海问："有事？"

班长先说话："赵远阳，我们中午去葵园的时候，那个葵园说不做生意，还说是私人住宅。但是我看见了你家的……就是你坐过的车，开了进去，所以我们想问问……"

赵远阳用鼻音"嗯"了一声："所以？"

肖龙看他这态度，就不乐意了："你认识那家人，对吧？你让他卖三十株给我们，不要多的了，一株三块钱，卖不卖？"

赵远阳"哦"了一声，脸上没什么表情："我认识那家人，他们家主人很凶，脾气不好，而且他们家养了几十条藏獒，那藏獒能咬死一头牛，谁要是惹他家主人不高兴了，他就让藏獒咬谁。"

他轻描淡写，肖龙却听得头皮发麻。他回想起那流着口水、露出尖锐牙齿、眼神凶狠的黑色藏獒，心里直发怵。

班长忍不住说："那有没有什么办法让他卖花给我们？我们方案都定下了，如果不行，最近的花市离学校也有四十分钟车程，跑去那里买，代价太高了……"

班长叹气："唉，我们还是重新商讨一个方案吧。之前那个说氢气球的，我觉得也很……"

"没问题。"赵远阳突然说。

班长笑起来:"太好了,那这件事情就交给你了,我帮你申请加十分操行分!"

班长把九十元班费给他:"让他们提前一天,星期三下午送到校门口来,可以吗?"

"不要钱,我和那家人熟。"

"这怎么能行呢?我知道有些少,不过班费不多,都给运动员买东西了,就……不过,这钱还是要给……"

"哎!"肖龙突然打断班长的话,"那行吧,你说不要钱,那就不给钱了啊!别回头再问我们要就行!"

他那神情分明在说:"叫你小子装大款!"

在学校食堂里吃一顿饭,两荤一素只要五元,九十元不少了。赵远阳不要,他还不想给呢!

二人一走,魏海立刻跟赵远阳吐槽起来:"三块钱一株?他们怎么这么抠?吃顿饭都不够。"他没去过赵远阳家,但是司机去过,说赵远阳家里有很大一片向日葵花田,很壮观。

"哎,远阳,什么时候招待我去做客啊?"

运动会当天,秋高气爽,万里无云,太阳暴晒着大地,但时刻都有凉爽的秋风吹来,不会觉得很热。

(一)班的向日葵在昨天下午到了,七八名同学去学校门口取,一人抱几株回教室,其他班的同学都艳羡地看着他们。

"是运动会要用的吧?他们班好有创意!我们怎么就想不到这么好的呢……"

"这向日葵真大,真漂亮!花多少钱买的?"

班长笑呵呵道:"是赵远阳送的,没花钱。"

一听是送的,班上的同学就更高兴了,赶紧拿来几个水桶,将花养起来。

运动会开始前,老余让同学们都把板凳搬到操场去,(一)班的位置划分在靠近跑道的地方。等全校同学把凳子安放好,校领导讲完话,已经上午九点半了。

十点钟开始走方阵,高一(一)班是第一个,高一走完后高二走,高三年级不参与。

广播里播放着《运动员进行曲》,主席台坐着各位校领导。放眼望去,买班服的班级是少数,大部分都穿着校服。

老余以防万一,要求他们在秋季校服里面穿上夏季校服,如果天气炎热,就把外套脱了。

(一)班的方阵旁边,就是他们摆着凳子的观看区域,老余一声令下,全班都把外套脱了。

霍戎知道他们要开运动会,知道赵远阳要走方阵,还是领队,而且有跳高项目,就问他:"允许家长来给你们加油吗?"

赵远阳不太想让霍戎来。他跳高练得不太好,一米七过不了,一米六都得看运气,他不想让霍戎看见。

想到自己还要举着那么一块傻乎乎的班牌,而且一整个班级方阵都举着向日葵,简直太丢脸了,赵远阳抿着唇回答:"好像不允许。"

可霍戎还是来了。他大约也知道自己模样多惹眼,不仅戴了顶鸭舌帽,还戴了墨镜。

这场运动会,学校里还是来了不少家长,都坐在看台的位子上,把看台都坐满了。

霍戎也坐在看台上,给赵远阳发了条消息:"阳阳,我在看台上。你往你右边看,我在最后一排。"

赵远阳正好在玩手机,一看见短信就扭头。霍戎的确很惹眼,又高又帅,笑起来牙齿很白。哪怕他做了一些遮掩,也还是那么帅。

霍戎向他挥了一下手,他也挥手。

对方比了个打电话的动作,赵远阳下意识地说了声:"吵。"

147

隔着那么远的距离，也不知道霍戎是怎么听见的，或者说看清赵远阳在说什么的，反正他明白了赵远阳的意思，继续给他发短信："阳阳加油，哥看着你。"

赵远阳盯着这条短信看了几秒，心说：怎么那么不对劲呢……太不对劲了。

他抬头又看了霍戎一眼。霍戎冲他竖了个大拇指。

魏海眼神没那么好，但他还是能认出，那是赵远阳的哥哥。

赵远阳认的这个哥哥，当真比亲哥哥好。而他，上头有三个哥哥，没一个来看他参加运动会的，虽然他也不屑，毕竟校运会没什么看头，他也只是跑个3000米而已……

十点，赵远阳把手机揣进裤兜。

老余在旁边喊："快！魏海，举旗子！赵远阳，班牌，班牌！向日葵都拿好了！那个胡小全，你拿低一些，别把手臂伸那么长！注意队列，对齐！对齐！别歪了！"

开始向前走时，赵远阳兜里的手机突然振动了一下。不用猜，肯定是霍戎的短信。

他按捺住看一眼短信的冲动。广播社女同学悦耳的声音伴随《运动员进行曲》的音乐响了起来："现在向着主席台走来的是高一（一）班，他们充满着朝气……"

赵远阳将背挺得笔直，步伐和身姿始终和举着旗帜的魏海齐平，没有出一丝差错，状态比彩排时还要好几倍。

他和魏海的外形确实好，人高腿长，比校篮球队的都高，又长得帅。其他年级的学长、学姐都挤在操场内圈看他们，尖叫声连音乐都压不住。

老余脸上露出自豪的神情，第一次觉得，这俩小子也不是那么坏。看，这不是很有集体荣誉感吗？走得多好！

方阵走到主席台前，按照一开始排练好的动作变形，围成一个向日葵的形状，谭梦佳在圈子中央做了几个拉丁舞动作，接着队伍又变成"1"的形状，喊了口号后，随即变回矩形方阵。

几个校领导纷纷点头，鼓掌道："不错，这届学生很出色嘛，朝气蓬勃的，领头的两位学生很阳光嘛！"

确实挺不错的，声音够洪亮，向日葵也好看，黄灿灿的。

一走完方阵，赵远阳立刻就把班牌丢给班长，掏出手机看。

霍戎知道他要开始走方阵，不能看短信了，所以才发的短信。这样他走完了，就能看见。

看了短信内容赵远阳一怔。

后面几个走方阵的班级，状态也都还可以，但声势比（一）班小了许多。赵远阳没有什么心思看别人的表演，他绕了一圈跑上看台。看台最后一排的墙边种了一棵大榕树，坐在最后一排，伸手就能摘到深绿色的叶子。

他报的跳高是第二天上午的项目，所以这一整天可以随便玩，而且有戎哥这个"家长"在，他可以找老余开假条。

霍戎长得实在是太帅了，赵远阳坐在他身旁的时候，尤其能感觉到那种逼人的帅气。那是种很少见的有些危险的气质，哪怕他挡着脸，也还是十分引人注意。

阳光刺眼，赵远阳原本想把霍戎的墨镜取下来戴上，见状又不想这么做了。

他突然很想把霍戎拉走，不想让别人看霍戎。殊不知，那些女生起码有一大半是在看他。

霍戎拧开瓶盖，递给他："喝水。"

赵远阳仰头喝了一口水，喉结因为吞咽而滚动。他压制住自己心里那一丝因为好多人看戎哥而产生的不爽，忍耐着问他："哥，那条短信是什么意思？"

"字面意思。"霍戎回答,"有什么不对吗?"

赵远阳:"……"

他默默地看了霍戎一眼,有种一拳打在棉花上的感觉。

他想说,戎哥你是不是中文没学好?

他很想告诉霍戎,在看到那条短信的时候,他的心脏没来由地漏跳了一拍,太诡异了!

这时,霍戎突然摘下墨镜,给赵远阳戴上。

赵远阳又是一愣。看,明明他什么也没说,什么也没做,这个人就是有本事察觉到他的想法,还能体贴入微,不让他产生任何反感。

霍戎露出他那双时而锐利,时而又温柔似水的眼睛,专注地看着赵远阳:"阳阳,你是我的骄傲。"

赵远阳浑身一抖,望着他那双迷人的眼睛,心里暗骂一声:这哥哥居然还把短信内容念出来了,太腻歪了!他浑身都起鸡皮疙瘩了!

阳光从树叶间落下来,在人的脸上投下点点金色的光斑。广播里循环播放着《运动员进行曲》。看台下,一个个的方阵从面前走过去,这场开幕式,一直持续到中午才结束。

赵远阳坐在那里,不知不觉就喝完了一整瓶矿泉水。

回班级集合时,魏海问他:"远阳,你看见我的校服没?"

"没。"赵远阳看他,"丢了?"

"丢了。"魏海抓抓头皮,"就放在我座椅上,回来就不见了,真麻烦。"

"算了,算了。"魏海仰头灌了一大口矿泉水。不知道他上午干吗去了,发丝里都是汗。他甩了一下头,旁边(二)班的女生集体惊呼起来。

魏海望着赵远阳说道:"中午我回家休息,洗个澡。下午你别不来,我要跑 3000 米呢,你必须来给我加油。"

赵远阳说:"好。"

要不是魏海提起,他都忘了下午魏海有项目。

中午,赵远阳看着魏海上车。那车瞧着不是平时接送魏海的那辆,司机也不同。他盯着那车看了两秒,恍然大悟,那是魏海二哥的车。

上了霍戎的车后,赵远阳还在想这件事情。那个魏庭均不是善类,怎么突然……他明明提醒过魏海。

正值秋老虎发威,天气实在热,在外面待一个上午,便满身是汗。

魏海没问为什么今天是魏庭均来接自己,也没跟他打招呼,坐上车后就戴上耳机玩游戏。

后座是商务座椅,两个座位之间隔着一个中央扶手,魏海低头专注地玩游戏,也没注意车是往哪儿开的。

等车子停了他才发现,眼前是一个完全陌生的地方。

"这是哪里?"他皱眉,扭头盯着魏庭均。

"是我的公寓。小海,这里离你们学校近一些,阿姨已经做好午饭了。"魏庭均看着是个挺温和的人,但魏海一直不喜欢他。或许是因为别的兄弟不喜欢这个魏老二,导致了他对魏庭均的感觉也不好。

赵远阳叫他不要和魏庭均作对后,他对魏庭均的感觉就更奇怪了。

总觉得他笑或不笑,都是一副老谋深算的模样,还有他那腿……

魏海低头盯着他的腿看。

他的眼神毫无顾忌,也没有嘲笑的意味,就像是在研究它们。

魏庭均淡淡一笑。司机下车,把后备厢的轮椅搬下来,接着就要抱魏庭均坐上轮椅,这个过程有些狼狈。他扭头看向还在车上的魏海,说道:"小海,看二哥的腿做什么?二哥的腿早就废了,废了十年了。"

魏海微微眯眼,眼神有些古怪,但他什么也没说,只是默默地开门下车。

下午,霍戎把赵远阳送到学校后,也跟着下了车。

赵远阳不解道："哥，我下午没项目，就坐在看台上看比赛，你跟着我干吗？"

霍戎认真地说道："我没看过这种运动会，想看看，而且我也要看着你。"

赵远阳"哦"了一声，心想：戎哥这样的人，怎么会对高中生运动会有兴趣？

"可是我下午要陪跑，不能一直陪着你。"

霍戎说："没关系，我看着你就好。"

在进校门的时候，霍戎被拦住了，保安让他拿身份证登记后才放他进去。

下午的项目除了重头戏 3000 米长跑，还有 50 米接力、4×100 米接力、扔铅球和跳远等项目。

老余积极地给运动员鼓劲："胡小全、肖龙，你们扔铅球的，拿第一名奖励钢笔，第二名奖励笔记本，第三名奖励一支中性笔，都给我加把劲了！女生这边，谁没项目的，都别闲着，去给我当啦啦队，给运动员加油。"

他一个个地分组，赵远阳提前溜了。他跟魏海说："等会儿你要热身了就叫我。我哥在看台，他一个人呢，我不放心。"

魏海的嘴唇动了动，心说：你那哥哥多大人了，有什么不放心的？

他想起魏庭均送自己过来时，司机下车把轮椅搬下来，接着打开了车门，看起来准备下车，他阻止道："下车干吗？"

魏庭均说："你下午不是要长跑？我去给你加油。"

魏海不耐烦道："加什么油？不嫌丢人啊！"说完，他看见魏庭均的脸色似乎变了，眼神也暗淡下来。

他们家基因好，或者说他家老头子爱好美女，因此几个子女的模样都出挑。魏庭均眼睫毛一垂，魏海就有些后悔了，不禁觉得自己是不是太没良心了。

欺负个瘸的算什么?

"天太热了,你别给我加油,回去吹你的空调吧!"

闻言,魏庭均没再坚持,只让他拿张奖状回来。

魏海抬着下巴说:"必须的。"

赵远阳一走,魏海就满操场地去找自己的校服去了。

校服不重要,重要的是他兜里有好几个限量版的耳钉呢,赵远阳去年送他的也在里边。

老余正支使着几个得空的人,又叫住魏海:"你们上楼搬两张桌子下来,还有饮水机。"

魏海说没空,转头就飞快地跑了。

老余气急败坏,只得重新找人:"肖龙,你过来,和他们一起上楼搬两张桌子下来。"

此时教室里几乎没人,肖龙和班上几个同学上楼准备抬桌子,其中一个同学问:"老班让我们搬桌子,我们搬谁的?"

"只能搬自己的呗!"

"抽屉里那么多书,放地上啊?"

"不然呢?搬别人的桌子?"

肖龙是有这个打算。他抽屉里藏着东西,不能拿出来的。

一个人抱着饮水机下去了,另一个人妥协了,把自己的课桌腾了,搬着去了操场。

肖龙说:"我刚丢完铅球,有些累,我休息一会儿就下去。"

这下,教室里就只剩肖龙一个人了,两边的窗户敞开着,凉爽的风穿流而过,炽热的阳光从窗户外面泻进来,铺洒在空寂的教室里。

四下无人,寂静的教室里只有头顶的风扇在咯吱咯吱地响。

肖龙走到后门处,用脚轻轻地踢上门。

开学才一个月,却已经换了三次座位了。一组换到二组,二组换到三组,三组换到四组,四组换到一组,一排往后坐,最后一排又往前坐。老余似乎时时刻刻都在分析班上同学的学习情况,同桌之间谁影响谁,他全知道,一旦发现不对,立即换座!

赵远阳和魏海却不受影响,座位一直是固定的。他无意间听到魏海主动跟老余说:"我就喜欢那位子,敞亮,我不换。"

老余就说:"你不想换,人家赵远阳也不换啊?你替他做决定?"

魏海吊儿郎当道:"他就跟我做同桌,哪儿也不去。"

肖龙突然想到什么,矮身在魏海抽屉里一阵乱摸。

他知道魏海有钱,上次他看见魏海的抽屉里有一盒进口巧克力,就悄悄拿了几根。

魏海神经大条,似乎没发现。

这次教室没人,正好方便他作案。巧的是还有一包开过的!

肖龙打开盒子,眼睛一扫,还挺多的。这牌子其实他不认识,他没见过这种。

他犹豫了一下,抽了三块出来,盖上盒子后一咬牙,又打开来拿了两块。

肖龙搬着桌子去操场交差,老余又差遣他:"3000米长跑的同学在热身了,都去给我当啦啦队!"

老余叉着腰转头喊道:"魏海呢?他人呢?都要开跑了,他怎么不见了?快,那个谁,你去找一下他!"

过了几分钟,魏海回来了。

老余问他去哪儿了,他理直气壮地回答:"我找校服去了。"

老余也不能说他:"快点儿,去热身了。认真做准备运动,3000米别一会儿跑岔气了,好好跑,拿第一名啊!"

魏海应了一声,转身四下张望,寻着赵远阳。他给赵远阳打了个电话。

"四海,你去跑道那里热身吧,我马上过去。"挂了电话,赵远阳给霍戎说了一声。

霍戎把帽子扣到他头上,又给他拧开一瓶矿泉水:"当心热。"

说完,还拿了一瓶葡萄糖给赵远阳:"3000米长跑很耗体力,让他喝这个。"

魏海高高兴兴地喝了葡萄糖。他专门换了一条七分运动裤,露出劲瘦的小腿。

赵远阳为了鼓励他,就笑着说:"必须给我拿个第一名,我喜欢那钢笔,你拿了第一名,奖品就送给我。"

其实他才不喜欢那钢笔,他的字丑成那样,还用什么钢笔,但为了激励魏海,他还是这么说了。

魏海咧嘴一笑,快速地做着高抬腿运动:"你要钢笔跟我说啊,学校那个奖品不太好,我送你支好的。"

"两码事。"他轻轻摇头,鸭舌帽下方,细碎的头发长得有些遮住了眼睛,老余催他剪头发催了好几次了。

他道:"你先拿第一名,把钢笔送我,你要是还想送我一支更好的,那我肯定不拒绝。"

"成。"魏海点头,把这件事情记在了心里。

做完高抬腿,他又开始做扩胸运动。体育课的时候他向来懒得做,这会儿倒主动做起了准备运动。

这时广播开始播报:"男子3000米,男子3000米,高一组,念到名字的来跑道报到了。高一(一)班,魏海;高一(二)班……"

长跑这种项目,每年报的人都少,有人报了名又后悔了,直接弃权,所以高一组只分了两组出来,每组只有五个人。魏海排在第一组第一跑道,穿了件荧光绿的背心。

坐在裁判席的老师说了一遍规则:"所有选手不得越出其指定赛道,否则取消资格;不得干扰或阻碍其他参赛者,违规者一经发现,其所在

155

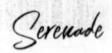

班级扣二十分……

魏海弯腰,双拳撑地,单膝跪地,这是标准的田径赛姿势,反观其他人,姿势都不够标准。

赵远阳要申请陪跑,魏海不同意,告诉他,老师说没这个规定,不允许陪跑。于是他站在跑道外给魏海加油:"好好跑,拿第一名。"

魏海咧嘴一笑:"等我。"

广播台响了起来:"高一(一)班的魏海同学,加油,加油,加油!高二(十)班……陈雪庭来稿。"

赵远阳看着他,旁边(一)班的同学起哄:"哟,高二的级花哦,关系不一般哦……"

魏海歪了一下脑袋,跟赵远阳说:"我不认识她。"

"各就各位……"

一声枪响,选手们迅速冲了出去。

魏海人高腿长,但同组有个校田径队的,是(三)班的徐东雷。一开始徐东雷领先一小段,因为魏海占据的是最外侧的那条赛道,看起来比别人吃亏,但很快,他就冲到第一位去了,且迅速与别人拉开距离。

但这是长跑,是耐力赛,不是短跑,不拼爆发力。

田径队的那个选手紧紧跟随在后面,所有人都为魏海捏了一把汗。

魏海长得帅,在学校颇有知名度,有不少女生专门来看他跑步,而且女生大多爱拉着朋友凑热闹,相互带动,一起大声给他加油。

老余派遣的啦啦队也声势浩大,班长喊"一、二、三",啦啦队就喊"魏海!魏海!魏海",别的班根本就比不了。

魏海一跑起来,谁还有工夫看别人跑,都看魏海去了。

赵远阳不爱挤在人堆里,可为了给魏海加油,只能硬着头皮挤到前面去:"同学,让让,让让。"

女生们回头看见是他,就主动让开了。

赵远阳眼看着魏海跑过来了,就拧开瓶盖,伸手:"四海,喝水。"

那瓶子里没多少水了,魏海伸手接过去喝了一口,就把瓶子扔了。

汗水从他的额头、脖子淌落,他的眼神专注于前方,不看任何人,但是听见赵远阳的加油声时,会扭过头看一眼,嘴角带着微笑。

3000米,七圈半,赵远阳数着数着就数不清了,只好问旁边学生会的同学。

"还有两圈。"

魏海在跑道跑,赵远阳在操场内圈陪着跑。他人高,边跑边挥手,相当引人注目。

田径队的那名同学耐力很好,但自从被魏海反超,就再也没追上过。

赵远阳看见魏海跑过来了,跳起来提醒他:"还有一圈,保持!"

小组第一名已经毫无悬念,赵远阳在终点处等魏海跑来,就站在裁判员旁边。魏海冲过终点那一瞬间,裁判员激动地说:"成绩挺好,险些破校纪录了!"

赵远阳又递了瓶水给他,他仰着头喝水,那流汗的模样不知多迷人,周围不时传来女生的尖叫声。

通过今天这一亮相,说不定魏海就会变成一中新一届的校草。

他刚跑完3000米,却并没有喘得脸红脖子粗,只是全身被汗水浸湿。

魏海向前缓缓走了几步,手臂突然伸过去搭在赵远阳的肩膀上,要他扶着走。

赵远阳扶着他回到班级里。

老余笑容满面,夸他:"好小子,拿了第一名呢!不错,不错,没给我丢脸。"

他笑了一声,问:"奖品什么时候发?"

老余茫然不解:"啊?"

157

"就是钢笔啊,不是第一名就有吗?"

"奖品等运动会结束了,下周发,和月考成绩一起发。"

听到"月考成绩"四个字,魏海不说话了。他坐在椅子上,跷着腿咬着吸管喝葡萄糖。

有人问魏海,他跟高二的级花陈雪庭是什么关系。

魏海抖着腿,挑眉道:"没关系。谁呀?"

"那她怎么给你加油呢?你听见广播没?高二(十)班陈雪庭来稿,专门给你加油呢!"

"她不是你的女朋友?"

魏海淡淡地说:"不认识。"

"那个陈雪庭,不是刚开学时追过赵远阳吗?来我们班上问他要QQ,赵远阳说没有,又问他要电话,赵远阳还是说没有,是不是有这回事?"旁边有同学想了起来。

"对的,对的,我也记得的,还带了好多女生。"

听到这儿,魏海看了赵远阳一眼:"有这回事?"

"我不记得了。"赵远阳说。

魏海"哦"了一声,笑了一下:"那就是没有。"

下午放了学,晚上还得上自习,学生都怨声载道。

霍戎发短信给赵远阳说是有事,提前离开了,跟他说了对不起。短信发出的时间,刚好是男子3000米结束的时候。

那会儿赵远阳正陪着魏海,全班都在庆祝魏海得了第一名。

今天的项目里,(一)班除了魏海的3000米得了第一名,铅球还拿了个第三名,跳远、标枪、4×100米接力也均获得了名次。

不过别的班都有体育生,(一)班却几乎都是优等生,所以在体育方面,整体水平是要差不少的。

能取得这样的名次,老余很高兴,在教室里放了电影,鼓励大家:"再接再厉!"

晚上放学，赵远阳第一次没在校门口见到霍戎的身影，只有那辆车停在熟悉的地方。那个他到现在都叫不出名字的助理站在车门旁，等他走过去，就沉默地帮他打开车门。

赵远阳坐上车，给霍戎发了条短信，问他去哪儿了。可是短信犹如石沉大海，一直没有回音。

前面开车的司机开口解释道："霍先生临时有事，已经上飞机了。"这位司机从不说话，也听不见别人说话。哪怕在那个很长的梦里，那么久的时间，赵远阳不仅不知道他的名字，也从没听他说过一句话，就如同一尊石像，高大威武，总是站在霍戎身后。

赵远阳"哦"了一声，心情有些低落。

他知道霍戎一直是个大忙人，但这一个月以来，霍戎都围着自己转，搞得他以为霍戎以后都会这样了。可回想起来，霍戎一直是很忙的，经常在国外和禹海之间来回飞。

这几年，他事业的重心都在非洲，有时候赵远阳听他打电话，都是用的赵远阳完全听不懂的小语种。

合同上的文字倒是英文的，赵远阳在他书房里瞥见过一两次——是钻石矿的转让合同。

到家后，赵远阳看见了霍戎的手机。手机被留下来，他人却走了。

赵远阳一个人吃晚饭，味同嚼蜡，没有食欲。

他太颓丧了，就这状态，第二天还怎么跳高？

赵远阳不想学习，早早地就睡下了。似乎又回到了从前，他觉得没安全感，哪里都不对劲，一直失眠。

第二天天气转凉，所有人都穿上了秋季校服外套。只有魏海一个人穿夏季校服，他的校服还没找到，不知道让谁捡走了。

上午，赵远阳和魏海都要参加集体项目——踢毽子。

159

这个项目体育课的时候练习过，不计人数，谁都可以上。赵远阳在旁边试了试，他踢得很不好，笨手笨脚的，一个都没踢中。

老余没办法，只能让他下来，再换个人上去踢。

魏海倒是踢得不错，比一些女生都厉害。

踢毽子不行，赵远阳就跑去练习跳长绳，结果他刚钻进去，就被绳子绊住，打在了脚踝上。

魏海哈哈大笑，说："远阳，过来，别凑热闹了，下午好好跳高，跳个一米八出来，跳出世界水准！"

跳高这个项目需要提前练习，于是赵远阳就去器材室练习了一会儿。比赛开始时，老师让他们先试跳几次，找找感觉，赵远阳用背越式翻过一米五五的杆，又翻过一米六的杆。

和他同一组的，还有两个跳高队的。

这两个跳高队的来自同一个班级，一个高，一个矮，都很厉害。赵远阳原本是抱着玩一玩的心态，见状神情变得凝重起来。

跳高在一中是个很热门的项目，因为学校的跳高队很厉害，请的都是省队的退休教练，队里不少人还拿过奖。

赵远阳想拿第一名，但他一个没经过专业训练的人，几乎是不可能的。

几轮比赛后，那些来凑热闹的全部被淘汰了。

赵远阳还在坚持着。

跳高项目的比赛场地在操场中央，是个用石灰线画出的圆形地盘，周围圈着麻绳，用以阻拦围观的学生靠近。

此刻，麻绳外围了一圈又一圈的人，闲着的学生几乎都跑过来围观："里面有跳高队的？哪两个啊？那个是吗？"

"不是那个。那两个穿红衣服的是跳高队的，那个穿校服的好像是（一）班的学生。"

"那个（一）班的，对，赵远阳啊，我知道，我们班好多女生给他送过情书……"

众人窃窃私语，魏海吼了声："远阳加油！"

赵远阳微微侧头，对魏海露出一个微笑，接着点了一下头。他唇红齿白，笑容灿烂。

围观的女生都忍不住发出尖叫，说他太好看了。

赵远阳眯眼打量着远处横杆的高度。两个学生帮着量高度，眼看着那横杆都快比人高了——高度已达一米六八。

他脸上挂着细密的汗珠，发丝被汗水浸湿，七分裤紧贴着肌肤，钉鞋抓着草地。他在原地跳了几下后，助跑冲向横杆。他背靠横杆，右腿起跳。

他整个身躯伸展开，腾空时姿态非常优美，两条大长腿弯出漂亮的曲线。可人翻过去时头着地，狠狠地摔了一下。

成功了。

两个和他竞赛的校队学生，这一轮之后就只剩一个了。

那个被淘汰的男生坐在旁边喝水，眼神不善地盯着赵远阳。

学校的体育生都是特招生，水平很高，但文化课非常差，因为他们大部分的时间都拿来训练了。现在突然让一个没有经过训练，姿势都有错误的外行人抢了名次，他们怎么能不恨？

那个继续和赵远阳争夺冠军的男生，则不停地喝水，满头都是汗珠，看起来压力很大。

魏海把水丢给赵远阳，赵远阳没喝，只是盯着那一米七的横杆看，伸出舌头舔了一下干燥的嘴皮。

他的鼻尖渗出细密的汗珠，眼神专注。

现在二人打成平手，到了赛点。如果一米七的高度两个人都选择不跳，那么便并列第一名。如果赵远阳不跳，跳高队的选择试一试，倘若跳高队的成功了，那这个第一名就跑了。

赵远阳对第一名其实不太热衷，可是男人都有热血，或许是运动神经太过兴奋的缘故,他真的很想试试看。

裁判老师问他:"跳吗?多高?"

赵远阳点头道:"一米七。"

那个和他竞争的人,显然没想到会被人逼到这一步。一米七这个高度,他平时练习的时候,也曾经越过去过。

但现在这个局面,他不一定能跳成功。

赵远阳先试跳,失败。

他跌坐在软垫上,姿态狼狈,站起来时用手抹了一下额头,一手的汗水。

裁判老师问他还要不要跳,或者要不要放弃,他轻轻摇头。

放弃也太丢人了,这么多人看着呢!

跳高队的试跳成功,登时士气大涨。刚刚被淘汰的那个校队队友,挥着拳头给他鼓劲:"一鹏加油,冠军是你的!"

但试跳成绩不作数,所以还得跳第二次。

这次,赵远阳助跑完,右脚起跳后有些急了,左脚猛地崴了一下。他倏地蹲下来,脸色霎时白了,一副很痛苦的样子。

魏海见状,立刻拨开学生会的人,违规钻进了比赛区域。他跑到赵远阳旁边,把他扶起来,一脸担忧道:"脚崴了?不跳了,不跳了,我们不跳了!第二名已经很好了。"

赵远阳很少崴脚,他不知道严不严重,只觉得太疼了,左脚软弱无力,只能让魏海扶着,单脚跳着走了回来。

虽然出了事故,但胜负还未定。

跳高队的那个看见赵远阳出了事故,松了一口气。可能就是这口气松了,这一跳没成功,碰杆了。

裁判吹哨,二人打了个平手。

赵远阳整个人靠在魏海身上,嘴角露出笑容。

魏海过了好几秒才反应过来,猛地拍他的背:"你是第一名!远阳,你拿了第一！第一！第一！"

旁边围观的学生也大呼过瘾。

"可惜了，陈一鹏试跳都过了。唉，要是他刚刚不试跳，直接跳就好了。"

"有什么可惜的？都是第一名。陈一鹏是第一名，赵远阳也是第一名。不过，赵远阳好厉害，和跳高队的并列第一名！"

比赛时，裁判叫过几次他的名字，很多人都知道了他叫赵远阳。

他眼角眉梢都带着笑，得意扬扬。

赵远阳拍了拍魏海的肩膀："四海，你的校草宝座要让给我了。"

3000米冠军和跳高冠军哪个更帅？当然是跳高啊！

赵远阳是这么认为的。

魏海眯着眼笑："没事，校草让给你，我当班草就好。"

因为赵远阳受伤，魏海去跟老余请假："报告，赵远阳崴了腿，我要送他去医院。"

老余爽快地批了假条。

魏海没骗人，他真的把赵远阳送去医院了。赵远阳的脚崴得很严重，脚踝肿得老高，跟馒头似的，让人看着都心疼。

医生说回去必须坚持每天冰敷，不能走路，不然会加重伤情。

魏海要背他，他不肯。魏海不一定能背起他，说不定他们都得摔一跤，他自己单脚跳着上楼下楼更稳妥。

出了医院，赵远阳意外地看见了家里的车。他忍不住想：是戎哥知道他崴了脚吗？戎哥回来了吗？

可让他失望的是，车上没有霍戎，只有那个高大的司机，照例帮他开了车门，态度毕恭毕敬。

魏海把他扶上车："我跟你一起走吧？我去你家，帮你上药。"

"不用了。你别管我，我自己上药就好了。"不就是拿红花油搓一会

163

儿，再冰敷吗？这有什么难的。

"一个人？那怎么行？"魏海紧紧蹙眉。

赵远阳很固执，说不要就是不要。

魏海拿他没辙，千叮万嘱，要他一定记得冰敷，记得上药，不可马虎。等车开走了，他还在吼："先冰敷，再上药！"

赵远阳点头道："嗯，我知道了。"

到了家，餐桌上的饭菜很丰盛，他却没食欲。

上药和冰敷，他没忘记，可是打开红花油的盖子，还没将药倒手心里，他就受不了那味道了。

赵远阳把盖子拧上，从制冰机里拿了几块冰，用毛巾包着，摁在脚踝处。

由于隔着毛巾，刚开始赵远阳没什么感觉，过了一会儿，冰化了，寒意渗透出来，冷得他骨头都疼。

他忍不了了，把冰块丢进卫生间，等它自己化掉。

没人看着他，他连上药这么简单的事都懒得做。

晚上睡觉前，脚踝还是没消肿，反倒看上去更严重了，整个脚踝都鼓了起来，骨头都看不见了。他拿医院买的医用绷带缠住脚踝，缠了好几圈，心想，或许睡一觉就好了吧！

夜里，风似乎把门给吹开了，赵远阳没醒。

早上，闹铃没响，他自然就睡过头了。

一觉睡醒起来，赵远阳下床的时候，才意识到自己的脚踝崴得有多严重。

他没穿拖鞋，单脚蹦到窗前把窗帘拉开。

外面天色昏暗，阴雨霏霏，屋檐滴着水，在窗前连成珠帘。前几日还热烈绽放的向日葵枯萎了，只剩下光秃秃的花盘在风雨里摇摆不定。

赵远阳靠着窗户，轻轻把脚上的绷带解开。昨天晚上红肿着的脚踝，变得有些发青了，能看见皮肉下的瘀血。他伸手碰了一下，立刻疼得"咝"了一声。

他小声地骂了一句，又蹦回床边坐着。

赵远阳看了一眼时间，这才想起来，今天虽说是周六，但还是得上课，而他没请假，就这么干脆利落地翘课了。

刚给他拿了个第一名就这么逃课了，也不知老余会不会气死。

但赵远阳不记得自己关过闹铃。或许是闹铃响起来的第一秒，他就一下子给按掉了。

这时，房间门突然被人推开。

赵远阳扭头一看，愣住了——居然是霍戎。

他看上去风尘仆仆，身上有很重的烟草味，以及雨水潮湿的味道。

赵远阳眼睛倏然明亮起来，每次一见到哥哥，他的眼里就有如檐上落下的星。

几乎是下意识的，连他自己也没有意识到。

第四章

冬柿

赵远阳眨了几下眼睛,才逐渐反应过来,眼中透出惊愕:"哥,你怎么……回来了?"

霍戎没回答,而是大步走向他,鞋面上还沾着雨水。

"脚怎么样了?"他目光锐利。

"还……还好。"赵远阳有些不敢和他对视,别过头去,手还遮遮掩掩地摁住红肿的脚踝。

霍戎皱眉拿开他的手。

他沉默了一会儿,抬头看赵远阳,声音平静:"你管这样叫还好?"

赵远阳却从他平静的声音里听出了愠怒。

其实霍戎是个很霸道的人,但他对自己又实在是温柔,导致很长一段时间里,赵远阳都没意识到这一点。

他是从别人的嘴里,才渐渐拼凑出一个完整的霍戎来的。

赵远阳抿唇不说话,霍戎的目光牢牢地锁住他,逼迫他和自己对视。

"医生让你冰敷、上药,你都忘记了?"霍戎抓住他的脚掌。明明他的脚也不小了，穿四十三码的鞋，霍戎的手却能包裹住他的脚掌。

"我没忘。"赵远阳扭头，想把脚抽出来，可抽不动。

赵远阳也没追究霍戎为什么会知道自己去看了医生，还知道医生的嘱咐。

"那你上药了？"霍戎盯着他。

"没有。"赵远阳丝毫不心虚，理直气壮道，"药太难闻了。"

霍戎要被他气笑了："冰敷呢？"

"太冷了。"

"你还想要自己的脚吗？"霍戎低头看着他的脚踝，眉头皱成"川"字。

赵远阳心想：哪有那么吓人？

他不以为然道："这又不是什么大问题，大不了我不走路，过几天就好了。"

霍戎叹了一口气："在这儿坐着。"

说完，他的手终于从赵远阳的脚上撤离，赵远阳看着男人离开房间的背影，松了一口气。

他根本没注意到，刚刚霍戎连门都没敲就直接进来了。

过了一会儿，霍戎拿着药箱和冰袋进来了。

他把药箱放在赵远阳的床头柜上，接着果断地把冰袋摁在赵远阳肿得像皮球的脚踝处。

赵远阳冷得一缩，霍戎按住他的小腿："忍着。"

冰袋没有做任何隔离，直接贴着皮肤，不过几秒那股冰寒就侵入了皮肉下的骨头。

赵远阳冷得脚趾都绷紧。

冰冷入骨的刺痛感比脚踝崴伤原本的疼痛还要让他难以忍耐，可是霍戎紧紧地抓着他的小腿，不让他逃。

"很冷？"

169

赵远阳委屈巴巴地点头。

霍戎的神情松动了:"再敷一会儿,实在忍不了了再跟我说。"

他勉强地点头,最后躺下来。霍戎用被子盖住他的脚,手还是握住他的小腿。

霍戎手掌的温度和被窝的温暖,衬得脚踝处的冰寒更甚了,赵远阳坚持了没多久就嚷嚷:"你拿开!拿开!我不敷了!"

霍戎看着他,手上的冰袋松了一些,望着他的眼睛:"发脾气?"

赵远阳用另一只脚踹了他一下,没用劲,瞪着他:"哥,你快拿开,拿开!我受不了了!"

霍戎把冰袋从他的脚踝上拿开,接着用自己的手掌包住,声音变得温柔起来:"好些没?"

赵远阳点点头:"嗯。"

"我帮你请了假,你在床上坐着,别下床。我把早餐给你拿进来,等会儿再冷敷一次。"

"还要冷敷?!"

"要的。"霍戎的神色有些凝重。其实也不是什么大不了的伤势,可是赵远阳肯定没吃过这种苦,看他那叫唤的模样就知道了。

"你自己看看,你的脚伤得有多严重。要是你昨天自己记得冷敷了,今天就不用吃这种苦头了。"

赵远阳不说话了,低垂着头,一副"我没错,我就不认错"的模样。

霍戎轻轻地摇了摇头,对自己说道:他还小。

霍戎焐着赵远阳的脚踝,直到给焐热乎了,才出去端来早餐。

他在赵远阳的床上摆了一张矮桌,把盛着早餐的托盘放在桌上。见赵远阳立刻就要动筷子,他把杯子递给对方,阻止道:"先喝些热水再吃东西。"

赵远阳这会儿舒坦多了,脾气也没了,安安静静地抱着杯子喝水,又变成了那个乖宝宝。

赵远阳这时才想起一件重要的事情来——霍戎怎么回来了？他不是去了国外？

他喝了一口热水，抬头看着霍戎，问道："你怎么回来了？"

"事情忙完了就回来了。"他轻描淡写地解释。

"这么快就忙完了？"赵远阳显然是不信的。

"不是什么大事。"他说。

霍戎坐在床边的沙发椅上，这个沙发椅靠背很高，座椅上有个和地毯配套的象牙色长毛坐垫，坐在上面时，就像坐在雪上似的，很柔软。

赵远阳经常盘着腿坐在上面看书。

这张赵远阳可以盘坐的沙发，霍戎坐着刚刚合适。他顺手拿过旁边小书架上一本摊开的书，暗红色的精装本。他看着封面，念出声来："《基督山伯爵》，阳阳喜欢看这个？"

赵远阳拿着勺子，嘴里含混不清地说："我就随便看看。"

语文老师上课推荐书单的时候提到了这本，说这是写复仇的，他就乐颠颠地跑去买了一本。

结果他果然不是什么读书的料，死活看不进去，就闲置了。

霍戎笑了一下，坐在那里，捧着书安静地看了起来。

过了一会儿，他把外套脱了，搭在椅背上。

等赵远阳吃完了早餐，他就把东西收拾出去，很快又回来，就坐在赵远阳的房间里看书。

赵远阳无聊得很，便摸了本教辅书来看。

这种教辅对他来说比较方便，有理论，有知识点整理，有习题，有解析，有答案，边做边回顾，他也能独立学习了。

中午，霍戎检查了一下他的脚："比早上好些了。"

吃完饭，他继续给赵远阳用冰袋冷敷，赵远阳很抗拒，哇哇乱叫。

霍戎态度强硬，不让赵远阳挣脱，语气却很温柔，叫他忍着。

赵远阳喊疼，喊冷，可怜巴巴地睁着眼睛望着他，希望他可以不要

171

那么铁血。

霍戎就说:"再敷一会儿,阳阳,再忍一会儿,不然这个月你都别想走路了。"但他也不嫌赵远阳烦人。

等到赵远阳午睡时,霍戎就出去了。

下午,魏海给他打来了电话:"远阳,脚怎么样了?还肿着吗?"

赵远阳看了一眼自己的脚,已经没有早起时看着那么夸张了,便道:"消肿了,但还不能走路。"

"你千万别下床啊,这周你都别来学校上课了,我已经帮你向老余请假了!"

"不行,我要去上课。不然,以我这种智商,几天不上课就两眼一抹黑。"

要放在平时,能不上课,赵远阳开心都来不及,可他又知道,请假一周不上课的话,等他回到学校,肯定是跟不上进度的。

虽然他现在也不怎么跟得上。

魏海说要来家里看他,他拒绝了,觉得自己这也不是什么多严重的伤,哪里需要人来探病?而且(一)班就在教学楼底楼,不需要爬楼梯,下周上课,他可以每天让霍戎把他送到教室门口。

晚上,霍戎用滚烫的热毛巾帮他热敷。那毛巾刚刚浸过开水,非常烫,覆在脚踝处,烫得他眼泪都要出来了。

霍戎还是那一句:"再忍忍,阳阳,再忍忍,马上就好了。"他不怎么会安慰人,看赵远阳实在难受,就一只手拍着赵远阳的肩背安抚,一只手拿着热毛巾,按在赵远阳的脚踝处。

赵远阳难受得要哭,觉得有一万只虫子在脚上爬,还是那种从岩浆里爬出来的虫子!

毛巾在开水里浸泡过,两面都有热度,两面的热度都是相同的。霍戎的手掌却似乎丝毫感觉不到烫人的温度。

他像是没有痛觉,或者说他能承受的痛苦程度远远高于赵远阳。

赵远阳眼眶发红,眼角湿润,呼吸粗重。

毛巾的温度渐渐降了下来,赵远阳终于觉得舒服了,有气无力地睁开眼睛:"哥,你帮我看看,我的脚是不是好了?"

"哪有这么快就好?"霍戎低声笑道,胸腔随之振动,赵远阳觉得耳边嗡嗡的。

"那我是不是还得敷几天?"

"明天不用冷敷了。"

赵远阳还没来得松一口气,就听见霍戎继续道:"不过你还得坚持热敷。"

赵远阳可怜兮兮地望着他:"哥哥,可不可以不敷了?"

"不可以。"霍戎一口拒绝,又看他可怜,用掌心抚摸了一下他的头顶,"阳阳乖啊!"

赵远阳闭上眼,心里万般无奈。好吧,好吧,要听戎哥的话。

热敷过了还不算完,还得上活血化瘀的药。

医生给赵远阳开的是红花油,味道难闻,还很重,赵远阳觉得刺鼻,不想让自己身上沾染上这股味道,所以对此非常抗拒。

一听霍戎说要擦药,他就急了,眼睛瞪圆:"冷敷就算了,还热敷,热敷我也忍了,但我坚决不搽药油!"

"不搽红花油。"霍戎伸长手臂,打开床头柜的医药箱,拿了个玻璃瓶出来。

那玻璃瓶长得像支试管,里面是半满的黄色液体,瓶口用木塞塞着。

"你不喜欢那个味道我们就不搽,但药是一定要搽的。"霍戎不容分说道。

赵远阳看向那个玻璃瓶,瓶子里装着的淡黄色液体像是油。当霍戎打开瓶盖时,他闻到一股有些臭的酒味,但是味道没有红花油那么大,那么刺鼻。他屏住呼吸,勉强可以忍耐。

霍戎把药油倒在手心,搓了一下,开始以活血化瘀的手法,帮他按揉着脚踝："疼不？"

赵远阳用鼻音"嗯"了一声："哥，你再轻些。"

霍戎的声音里带着笑意："好，不过力度轻了药效没那么容易发挥，就得按久一些。"

"那得按多久？"霍戎的手法是真的温柔，赵远阳没觉得多疼，现在那股味道散开了些，似乎也没那么难闻了。

"半个小时吧！"

"啊？"赵远阳抬起眼皮看他，不满地说道，"要这么久啊？"

霍戎低声安慰他，让他再忍忍。

赵远阳动了动嘴角，又不疼，哪里用得着忍？

但半个小时是什么鬼？！

"那不能快一些吗？"他皱着眉。

"可以。"霍戎的声音还是很温柔，"那我使点儿劲，可能会疼，阳阳忍忍。"说着他手上就用劲了。

"哎，哎，哎！别，别，别！半……半个小时就半个小时吧，我怕疼。"

霍戎眼里带笑，"嗯"了一声。

终于，霍戎给他搽完了药，叮嘱他："阳阳，晚上睡觉规矩一些，脑袋别缩在被子里了。"

赵远阳看他："说我吗？我脑袋缩在被子里睡觉？我怎么不知道？"

"你习惯了。"

屋子里有药油的味道，霍戎走到窗边，打开窗户通风。那药油是用毒蛇去了毒腺后，以特殊方法制成的，很管用，赵远阳的伤势不太严重，最多再搽两天就没事了。

他洗了手，给赵远阳端了杯热牛奶进来，又说了声"晚安"，完全像在照顾小孩子一样。

赵远阳听话地捧起牛奶杯，把牛奶喝了。他一开始不大喜欢这东西，觉得小孩子才喝这种东西！可渐渐就习惯了。

似乎真的可以帮助睡眠。

玻璃杯壁上还残留着一些白色牛奶，赵远阳把杯子放到床头柜上，挂在杯壁上的牛奶缓慢地向下流动，最后汇聚到杯底。

这时，赵远阳突然瞥见沙发椅背上霍戎的黑色外套。

戎哥忘记穿走了。

他下了床，单脚站立着，伸手拽过霍戎的外套，想着给他送过去。

就是这么一拽，有什么小东西掉了出来，掉在地上，发出弹珠落地般的声音，但要更微小。

什么东西掉了？赵远阳低头寻找着。

可地上铺了很厚的白色羊毛地毯，毛很长，脚踝都能陷进去，若是小东西掉在上面，不太容易找到。

突然，有一道反光刺了赵远阳的眼睛一下。他眯起眼，低头仔细地看着。他缓缓地蹲下来查看，但他一条腿伤了，只能有些难看地向前平伸，免得触地。

赵远阳伸手，拨弄地毯的长羊毛，最后他搜索到一个什么东西……

这是什么？

他把那鱼眼珠大小的、会发光的东西捡起来，对着屋里的灯光看。

是钻石，不是市面上可以看到的那种钻石，而是那种未经打磨的裸钻。即便如此，它却在灯光下呈现七彩的光芒，哪怕外形简朴，也不能掩盖它的美丽。赵远阳屏住呼吸，把那颗细小的钻石放回霍戎的衣兜里。可当他把手伸进衣兜里时，脸色却微微一变。

衣兜里全是钻石，大大小小的，一抓一大把，一只手都抓不完。大的估计有弹珠般大，小的也有刚刚从地毯上捡起来的那么大。

他把外套一丝不苟放回原位。

这时，刚刚跟他道了晚安的霍戎又回来了。

赵远阳躺在床上，手里拿着那本《基督山伯爵》。厚厚的精装本挡着他的脸，他微微歪头望向霍戎。

霍戎说："我忘记拿外套了。阳阳，看书的时候别拿那么近，容易近视。"

他伸手拿过自己的外套,低头时,却在地毯里瞥见一闪而过的光芒。他微微眯眼,不动声色地弯腰帮赵远阳打开床头灯:"这样会更亮一些。别看太晚。"

赵远阳微抿着唇,没看他,只盯着书上的字"嗯"了一声。

等霍戎走后,他才丢掉书,长长地呼了口气。

赵远阳不确定霍戎看出来没有,毕竟他是个洞察力惊人的人。

因为赵远阳脚受伤的事,霍戎连夜赶回来。

第二天,赵远阳没表现出一丝异样,霍戎也没试探他,只是等他进厕所的时候,弯腰从地毯里捡起那些不易被发现的细小钻石。

霍戎给赵远阳的脚踝做热敷,又用药油按摩了一会儿,眼看着肿胀已经消了许多,只不过左脚和右脚比起来,左脚还是要肿一些。

赵远阳问他:"我是不是可以下地走路了?那我明天可不可以去学校上学啊?"

"能是能,不过千万得小心。阳阳,哥还有事,送你去上晚自习后就得上飞机,明天不能送你去学校了。"

赵远阳愣了一下,随即道:"我一个人也行的。"

霍戎说了声"乖",接着抚摸了一下他的头顶。

晚上天气凉,出门的时候霍戎给他拿了条围巾,免得他吹了风感冒。车开到校门处,保安没放行,但还是很客气地走到车窗那里道:"不好意思,只有教师的车辆能停进学校。"

后座车窗玻璃降下来,霍戎说:"孩子前几天运动会受伤了,脚不能走路,麻烦通融一下。"

保安看了一眼穿着校服的赵远阳,挥手开了电动门。

车子直接开到教学楼底下。六点半的晚自习,此时刚过六点,太阳还高高挂在天边,没落下去。

高一和高二两栋教学楼之间,有一个很大的活动区域,楼下有很多人,也有很多人趴在楼道栏杆处向下看。

车子一开过来,就有许多人扭头看去:"学校是不是刚换了个校长?这是校长的车吧?好大的排场。"

"哇,居然有司机给开门。"

换校长就是这两天的事,事发突然,有人说前任校长升官了,还有人说他是惹到了什么人,被发配了。

司机拉开车门,霍戎下车后,再帮赵远阳开门。他微微俯身,让赵远阳把手臂搭在自己肩上。

赵远阳受伤的那只脚缠着绷带,还穿着拖鞋,看起来像伤情很严重的样子。霍戎扶着他,他还有些不好意思,觉得自己装得过头了,明明可以走路。

赵远阳微微垂下头,手臂搭在霍戎的肩上。霍戎也低着头,二人靠得很近,赵远阳感觉自己的头发蹭着他的下巴:"哥……不然我自己走吧,别扶我了,我的脚好了。"

霍戎却道:"上自习时要是想上厕所了,让同学帮忙扶着你。"

赵远阳尴尬地咳了一声:"我哪有这么……"上厕所都要人帮忙,明明在家的时候,不也是他自己去的吗?也没见霍戎提出要帮忙啊!

霍戎把赵远阳送到教室里,跟他交代了几句话就走了。

他一走,班上的同学热烈地讨论开了,说赵远阳他哥好帅,人好高,腿好长,好体贴,又说那辆是什么什么车,车牌号好牛。

连孔三思都问他:"你家还有保镖啊?那个开门的是不是就是传说中的保镖?好壮实一个,就像电影里那种。"他比了个拿机关枪的动作。

赵远阳说他"脑洞"大。

不过那个沉默寡言的司机还真是保镖。既是保镖,又是特助,还是司机,全能的。

快上课时,魏海才到。他一般是不上周末这个晚自习的,但下午出去玩的时候遇到了魏庭均。

魏庭均看见他和女生在一起，就说："我送你和你同学回学校吧，正好我要路过那边。"

于是魏海就这么来了。

周末晚上是老余的英语自习，临上课时，他招呼学生帮他搬了个纸箱子进来。

他站在讲台上，说了一通什么话。

赵远阳看见魏海身上穿的校服，便问："新校服？"

"不是，是丢的那件。"

"找到了啊？"赵远阳瞥了他一眼。

"是啊，一个女同学给我送来的。"魏海不太记得她的名字了。那女同学给他送来校服后，还自我介绍了一番，魏海只记得她是高二的，于是他就叫人家"学姐"。

兜里的耳钉一个没丢，魏海挺高兴的，就说请她吃饭。

这不，下午就被魏庭均给逮了个正着，还明里暗里给他做思想工作，让他别玩过火。

魏海本来想解释一下，可是看到魏庭均那云淡风轻的模样，他就什么都不想说了。

误会就误会吧！

这二哥，跟老妈子似的，太爱唠叨了，他爹都不管他那么多。

老余终于讲完了，教室里稀稀拉拉有几个人鼓掌。他抬了抬双手，示意大家不用鼓掌了。

"班委，把这张奖状贴在后黑板旁边。"

这次运动会，（一）班的总成绩名列前茅，是全年级第三名，这已经是很不错的成绩了。

学校发了张超大的奖状，还给班上奖励了大量的运动器材——四对羽毛球拍、四对乒乓球拍、篮球两个、羽毛球和乒乓球若干……

"以后每个星期六不做课间操的时候,同学们就可以借器材去运动。大家每次借器材前,先去体育委员那里登记,有借有还,谁弄丢的谁负责。现在,我念到名字的同学,上来领奖品和奖状。"

念到魏海的时候,他打算顺便把赵远阳的也领了:"余老师,赵远阳的腿不方便,他的奖状和奖品我帮他领吧!"

老余低头找奖状,魏海自己在那儿找钢笔盒。

最后他拿着两张奖状和两个被压得有些破损的纸盒回到座位。

拆开盒子,里面还有个装钢笔的盒子,和眼镜盒长得很相似。

赵远阳的那支钢笔是黑色的,笔帽上印着钢笔的品牌名。这个年代这个牌子的钢笔应该是学校拿得出的最阔气的奖品了,这个款的笔在外面文具店要卖六十元一支。

旁边的同学都很羡慕,要借来看看。魏海宝贝得很,不给看。

魏海把自己专门挑的那支白色的送给了赵远阳:"喏,这个是你要的,下次再送支更好的给你。"

赵远阳摆手:"你拿着用,我这儿有一支了。"

"那就用两支,一起用,反正我也不做作业。"说着,他还从抽屉里摸出一瓶墨水出来。这是他下午去买的,那个学姐说,这个牌子的墨水味道比较香,不像有的墨水,是臭的。

魏海嫌价格便宜了:"这么便宜还能香?"

学姐说:"你送什么礼物我……嗯,那个收礼物的人应该都不会嫌弃的,这个墨水我很喜欢。"

所以魏海就掏钱买了,还买了包装的礼盒,礼盒丝带却是粉红色的。魏海跟店老板说:"送男生的,不要粉色,我要蓝色的。"

等包装好了,他揣进兜里就走了,还跟学姐说"谢谢"。

学姐看他那副美滋滋的样子,一句"不用谢"硬生生卡在嗓子里。

魏海一定要把钢笔给赵远阳,还喜滋滋地帮他打开墨水盒子,却不知道怎么给钢笔加墨水。

如果说赵远阳的字丑,魏海就是不会写字,活脱脱一个文盲,从小

179

到大几乎没用过笔。

赵远阳给钢笔吸了墨水,试着写了两个字,觉得还挺顺滑,于是把奖状和另外的那支笔都放进了书包里。从小到大,这是他第一次得奖状,尽管只是运动会的奖状。

发完奖品,老余开始说另一件事情:"明天我们班要派一名代表上主席台领奖。"

"新校长很重视这次运动会,很高兴同学们的精神面貌因为这次运动会而发生的改变。校领导将亲自给我们班颁奖。"

老余原本想着让一个精神面貌好的人上去领奖,最好是女同学,后来他又想着让赵远阳去。赵远阳长得倒是一副好学生模样,可是赵远阳的脚受伤了,于是他看了一眼魏海。

要说精神面貌,班上还真是这两个不合群的"差生"最优秀。

老余沉吟了一下,钦点了魏海。

他是有自己的考虑,星期六开总结会议时,几个校领导还专门对魏海提出了表扬。

让魏海去领奖,更讨喜一些。

点了他后,老余说了句"大家自习",接着走下讲台叮嘱魏海:"明天你上主席台领奖,校服、校裤穿规矩了,领子理好,拉链别松松垮垮的,也别吊儿郎当的。"

魏海漫不经心地"哦"了一声,没把这当回事。

"记住了吗?要给班集体争光,而不是丢分。"

魏海点了一下头。他不明白老余为什么让自己去主席台领奖,这不是有毛病吗?

晚上,司机把车开了进来,停在下午停的那个位置。

车开到教学楼下,车灯的光芒非常引人注目,引得还没下课的学生频频往外望,很是羡慕赵远阳。

赵远阳憋了一晚上没上厕所，膀胱要炸了，一下课就抓着书包要走。魏海要把他扶到车上去，赵远阳说自己的脚伤没那么严重，不让扶，魏海就瞪着他："那你想一瘸一拐地走路吗？"

扶他坐上车，魏海看了一眼车里："你哥呢？"

"他有事要忙。"

二人告别，车子在同学们艳羡的目光下开走。赵远阳看着车窗外，正好看见有个女同学从高二那边的教学楼走过来，走到魏海旁边，跟他说话。

人群好像在起哄。

赵远阳坐在寂静的车厢里，也能感觉到外面的喧闹，随着车子驶出校门，他便缓缓远离了这喧闹。

星期一，魏海上主席台领奖。

他就站在陈雪庭旁边，长相阳光大方。

陈雪庭偷偷地看了他一眼。

下面传来起哄声。

大家回到教室后，月考成绩已经贴了出来。

赵远阳和魏海的成绩不在成绩单上，赵远阳单独去办公室找老余问了问。

老余把他的试卷给他："这次考得还行，英语考了一百一十分，不过在班上还是中游，得加把劲了。

"我看了你的试卷，扣分点都在单词上。你是不是平时不背单词？看得出你的词汇量很大，很多生僻词你都会，但是你总写不对。

"总体来说，成绩是不错的，都及格了，就只有语文差一些。再接再厉。"

赵远阳特别高兴，回到班上，他把自己的试卷拿给魏海看："总分七百五十分，我考了四百六十六分！"

魏海不明白"四百六十六分"是个什么水平，不过他一个交白卷的，别说四百六十六分，就算是两百分那也是厉害的！

"远阳真棒，考这么高的分！"

赵远阳犹不知足，专门要去找虐。他看了其他人的成绩单，发现班上最后一名的成绩也比自己的高。

但也高不到哪儿去，就高区区三十分罢了。赵远阳很满足了。

他是完全凭借自己的努力，考到了这个分数。要知道先前他简直就是个文盲，初中知识都不会。

分数下来后，班上热闹了一番，同学们纷纷讨论着这次考试的成绩与排名。

班上考第一名的是语文课代表兼副班长谭梦佳，第二名是张凝，两个人是好朋友。

老余单独将她们提出来表扬了一通："什么叫互相学习？这才叫互相学习，是你们的榜样。"

他说话的时候，有人看见了站在前门的新校长。

新校长刚刚走马上任，自然要视察一下学生的学习情况。他先去高三看了一番，发现学习氛围非常好。

他一路看到了高一，越看越满意。

他刚离开，（一）班的同学就哄堂大笑。有人小声地说："那个校长真的好矮，好迷你！你不知道今天早上魏海上去领奖，魏海站在他面前把他整个人都挡住了，哈哈哈……"

这次，霍戎足足消失了五天，到了星期五晚上才回来。

赵远阳放学在校门外看见他，立刻跑向他。他都没意识到自己的表情有多欢喜："哥，你回来了！"

"脚好了？这就开始跑了？"霍戎正准备伸出手臂接人，哪知道赵远阳一个急刹，在他面前停住。

这样的行为，看在霍戎眼里就显得很奇怪了。

他发现，赵远阳对自己十分依赖，却抗拒跟他有肢体接触。那种仿佛与生俱来的依赖感,把自己当成可信任的家人般,而那股子抗拒,也非常明显。

譬如方才,赵远阳眼看着就要扑上来了,下一秒却生生顿住,像是强迫自己一般。

霍戎什么也没说,只是问他脚怎么样了。

"好了,好了。你走后我也没忘记热敷,很快就好了。"

"明白'伤筋动骨一百天'是什么意思吗?意思就是,一百天以内,你最好不要剧烈运动,不要跑步。"他说教的样子,像个一本正经的老大夫。

赵远阳"哎"了两声,心想:哪有那么夸张?

他书包里积攒了一大堆题目,就等着霍戎回来问呢!

其实这些题,问老师或问同学都是可以的。老余常说不耻下问是美德,但赵远阳拉不下脸,不肯去问。

别人不知道他笨,只当他不肯学,就像老余,总爱说他:"你这么聪明,要是努力一些就好了。"但事实是,他不算多聪明。旁人不知道,戎哥还不知道吗!

既然戎哥知道,那他就不在乎什么面子不面子的了。

霍戎旅途劳顿,到家就进了浴室。

赵远阳放下书包就开始吃夜宵,他吃得心不在焉,见霍戎还不出来,便进了衣帽间里。

他们共用一个衣帽间,通向各自卧室的两道门都是没有锁的。也就是说,要是霍戎晚上想进入他的房间,只要推开门就能进来。他想去霍戎那边也是一样的。

但他从来没有那么做过。

他看见衣帽间里通向霍戎房间里的那道门没关,只是虚掩着。而衣帽间的换衣凳上,杂乱无章地堆着上衣、袜子、长裤和内裤。

衣帽间里,两个人的空间其实是泾渭分明的,中间仿佛有一条看不见的楚河。

他们作息不一样,所以平时几乎不会在衣帽间里碰面。当然,这也是赵远阳刻意避开的结果。

他盯着那堆衣服,又看看那道门,始终拿不定主意是推门或敲门进去,还是回去等戎哥自己过来。正当他纠结的时候,那道虚掩的门突然开了。

霍戎刚洗完澡出来。

衣帽间的落地镜照出他健硕的侧影。

霍戎随意地用浴巾擦干头上的水,声音低沉:"去房间等我。"

赵远阳:"……"

霍戎回头看他一眼:"不是要讲题吗?"

"对……对哦!"赵远阳嘴角一抽,转身就跑。

他一跑,霍戎就喊:"阳阳,当心脚。"

闻言,赵远阳跑得更快了,棉拖鞋踩在柔软的地毯上,寂静无声。

他把书本找出来,规规矩矩地坐在书桌前,打开了台灯。

霍戎出来时,赵远阳趿拉着棉拖鞋,放在小沙发的扶手上。

他就规矩不了多久,分分钟原形毕露。

霍戎也不说他。

现在这个天气,屋里已经开了暖气,但温度并不高。

霍戎给他讲课,赵远阳却在走神研究戎哥是不是又变黑了。

"两颗人造卫星,它们的质量比是……轨道半径比是……现在求它们所受的向心力比。"霍戎递了张干净的草稿纸给他。

赵远阳右手握笔,左手靠在嘴边,他思考时有咬手的习惯。霍戎判断他是否走神,除了看他的眼神,还可以看他的小动作。

过了一会儿,他得出答案。

霍戎继续问下一个问题,当赵远阳答不出来或者答错时,霍戎就会耐心地给他讲解答案。

暖黄的灯光映着霍戎的眉眼,在波浪般的窗帘上投出优美的轮廓剪影。

赵远阳看了一眼他的脸庞,他说话时,低垂的睫毛如同蝉翼一般,微微颤动。

他又低头看霍戎写字的手。

霍戎刚开始写中文的时候,字也不是很好看,临摹了一段时间的字帖后,他的字已经非常漂亮了。他比赵远阳聪明许多,远比赵远阳有毅力。

字漂亮,手却黑。

但手掌大,手指长,比赵远阳的手好看多了。

有段时间,他心心念念想要晒成霍戎这种肤色,觉得这才有男人味。后来他去做美黑,将全身晒成了小麦色,却还是没有戎哥身上的那种男人味。

他半个月没出门,就自然而然地白了回来。

见他发呆,霍戎停了下来,问:"是不是困了?"

赵远阳用胳膊肘支着下巴,"嗯"了一声。

他不是个特别有毅力的人,"坚持"两个字对他来说真的很难。他曾经是个不学无术,对学习非常抗拒的人,现如今做了这些改变,他难免觉得累。

霍戎摸摸他的头顶,安慰他:"阳阳已经做得很好了。"

他没接触过曾经的赵远阳,但他知道赵远阳以前是什么样的。来接管赵远阳之前,他对赵远阳做了一个仔细的调查,赵远阳的方方面面他都了解。

赵远阳回国后,因为成绩落后而留了级,和班上的同学格格不入,他因此逃课成瘾。加上他的朋友也都爱玩,他便也爱玩。

但自从霍戎到来后,赵远阳就像变了个人,基本不出去玩,百分之百听他的话。

不管从哪方面来说,都称得上是个很乖的孩子。

但霍戎知道,赵远阳并不是那种听话的人,只是偏偏听他的话。

185

霍戎把书本合上，又帮赵远阳整理好书桌，接着关了台灯，温柔地问："洗个澡再睡觉吧？"

赵远阳打了个哈欠，眉目间透出倦意："好。"

学习真是太累人了，但有时候又给他带来意想不到的快乐。最主要的是，学习可以抑制很多蠢蠢欲动的念头，让他变得安分，变得讨人喜欢。而且，就连霍戎这个没怎么念过书的"外国人"，都能教他学课本知识，他有什么理由不学啊！

从前戎哥对他很无奈，但总是纵容他。现在的他，在戎哥眼里，一定是乖得不得了，一丝问题都没有吧！

魏海之前问他怎么突然认真学习了。

赵远阳说："我想变好。"

魏海不解："你已经够好了。学习成绩好了，人就能变好吗？"

赵远阳想了想，道："至少某一方面不再让人操心了，看起来像个乖孩子了，也讨人喜欢了。"

禹海的十一月，已经步入深秋，操场边的银杏树叶子黄澄澄的，落得满地是。

这个月底，一中有期中考试。

这个期中考可不一般，不仅要考九个科目，考完试还得全年级召开家长会！

第一次月考后，学的内容就越来越难了，赵远阳又是个贪玩的，没什么毅力，有时候前一秒还在记笔记，后一秒就趴下了。

上课是这种状态，他想要跟上的话，就只能在课余加倍努力。可他真的不够聪明，不会举一反三，也背不下公式，连教辅书都没办法帮他。

霍戎照例每天晚上都帮他补习。他并非那种一定要孩子成绩好的家长，如果赵远阳表现出一丝不乐意、不想学，他都不会勉强。

可是他每天给赵远阳补习的时候，都能察觉到对方其实是喜欢学习的，至少在他们相处的那几个小时里，赵远阳是觉得愉快的。

但是除掉那几个小时，赵远阳在学校上课还是经常会不专心。

下课铃一响，魏海就摘掉耳机，从抽屉里摸了包巧克力出来："最近我这巧克力吃得很快啊！"

赵远阳看向他。

魏海递给他一块，赵远阳要了一块。

魏海疑惑道："一大盒这么快就没了，我怎么觉得又少了两包？"

赵远阳微微蹙了一下眉："四海，你下次别把巧克力放在抽屉里，一放还放这么多，容易丢。"

魏海一脸不可置信，质疑道："我都塞那么里面了，谁偷啊？"

赵远阳："……"

这人的神经真大条，那么大一盒，怎么会没人看见？

"再说，我们班不都是好学生吗？"魏海也不在意，懒得深究，转而说道，"对了，我知道实验楼那边有空教室，没锁的，也没人，过去待会儿？"

正好是课间操的时间，他们便直接跑了。

实验楼离教学楼有些远，从教学楼这边过去，要走一段蜿蜒的小路，路旁边就是小山。小山上种了很多树木，都挂着木牌标签，种得最多的就是西府海棠。

实验楼这个地方，有些奇奇怪怪的传言。

高三的学生说，他们上高一的时候，有个高三的住校生，因为考试成绩差了，要被火箭班踢出去，就从实验楼的顶楼跳了下去。

还有人说，这里太阴森了，夏天阴风阵阵，但哪怕再凉爽也没人敢在这里久待。

可因为教室经常空着，这里就成了学生的秘密基地。像他们这样翘掉课间操来此的，不在少数。

生物实验室的凳子和桌子上有很多仪器，全是灰，没地方坐。魏海就蹲下，赵远阳站着。

除了他们，实验室里面还有一拨人，是四个男生。赵远阳认出了其中两人是跳高队的，忘了名字。他们都在另一个角落里蹲着，不知道在干什么。

这时，那四个学生突然慌张起来："不好，我看见罗主任了！"

生物实验室在二楼，几人从窗户看到了一楼的罗主任，罗主任自然也看见了他们。他吼了一声，撸起袖子就要上来捉人。

四个人赶紧跑了。魏海像看精神病患一样看着他们落荒而逃的背影："一群傻瓜。"

这有什么好跑的？

才跑出去的四个人，正好遇到了两个老师左右包抄，被逮个正着。

两名主任训斥他们："躲这儿抽烟呢？"

"没有！"

"哦，那是我鼻子失灵了，怎么这么大烟味？"罗主任伸手，示意他们自己上交。

这四个人罗主任都认识，两个是跳高队的，剩下两个是（二十一）班的混子。

侯旺突然道："罗主任，我们真没抽烟，是别人在抽，他们现在还在教室里呢！"

侯旺就是跳高队那个被赵远阳比下去的第二名。他个子不高，人瘦，看着精明，所以大家都叫他"猴子"。

罗主任不信他的鬼话："那你们几个不做课间操，来这里做什么？"

"猴子"面不改色说："我们听说有人在这里跳过楼，觉得好奇，过来看一眼。"

罗主任的脸色顿时难看起来。

"猴子"继续说："您要抓的抽烟的，不是我们，他们几个还在里面呢！"

"别给我废话！把烟给我拿出来。"罗主任神色凛然，大声呵斥。

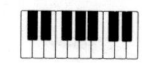

"猴子"说："您别不信，不然您去看一眼……喏，他们出来了。"

这一下，罗主任正好看见了赵远阳，表情变得十分难看："你给我过来！"

这时，魏海也跟着出来了。

罗主任傻眼了。

魏海跟着赵远阳走过来，双手插兜，笑眯眯地问道："什么事啊，主任？"

罗主任咳了一声，声音立刻变得和风细雨起来："没什么，抓几个抽烟的学生。"那态度，比对上面来视察的领导还亲热。

转头他就变了脸："你们四个，马上给我把东西交出来，不然叫你们家长来！"

侯旺夸张地"哟"了一声："凭什么啊？他们就不用交？"

见他不依不饶，罗主任道："他们抽没抽我闻不到？你别废话，你小子最皮，快拿出来！"

"不拿，没有，这烟味不知道是哪个留下的，我们没抽。"侯旺看赵远阳很不顺眼，他学着他们的样子，双手插在校裤兜里，望着天。

"成，不拿就不拿。先跟我回政教处，给你们教练打电话，让你们教练来领人。"

闻言，二人脸色都变了。

叫家长不怕，可是叫教练就不一样了。

一旁的陈一鹏跟侯旺对视一眼："我们真没抽烟。我们教练爱抽烟，我们身上的烟味也许就是在他办公室染上的！教室里还有他们，就是他们抽的！"

罗主任的脸色更难看了，认定他们在说瞎话："那你们几个躲在里面干什么？牙齿都是黑的，不是抽烟才怪！"

陈一鹏跟侯旺又对视一眼，掏了一包红色包装的东西出来。

罗主任看了看："就一包巧克力？"

"就一包巧克力。"侯旺咧开嘴，露出牙齿，"真是巧克力，没有抽烟啊，主任！"

罗主任："……"

而后，他大手一挥："写八百字检讨，明天上午交到政教处来。"

四人脸一垮："凭什么？！"

"写不写？不写我找你们教练。"

四人不情不愿地答应了，转身打算离开。赵远阳看见那巧克力，神色一变。他看了看四人，突然喊住他们："等等，巧克力是哪里买的？"

陈一鹏说："外面超市。"

赵远阳盯着他，一字一顿道："超市？哪个啊？"

"哎，你是不是想挑事？"侯旺神情不善。

魏海直接上手，揪住他的校服领子，俯视他："你找事？"

侯旺被他吓住了，吞咽了一下口水，眼神凶猛："你想干吗？有本事下午放学佳群工地见。"

"佳群"是开发商名称，那工地离学校不远。

"干吗？我废了你。"他眼神凶，魏海比他更凶，更别提魏海那么高、那么壮了。魏海一下子拎着侯旺的领子，把他摁在墙上。

那三人都怒了，要上来打魏海。

赵远阳伸手揪住一个，就要打起来。

罗主任人还在呢，几个人就一副嚣张要干架的模样，这是不把他放在眼里？！

"住手！都给我住手！"罗主任大喊。

魏海哪里会听主任的话，盯着侯旺厉声道："道不道歉？不道歉我今天真废了你。"

侯旺一张脸涨得通红，死死地瞪着他。

魏海轻蔑一笑："还跟我横呢？我跟你说，你要是想上外面约架，你就别想活命。"

罗主任简直要气疯了。

这几个人都疯了！疯了！竟敢当着他的面打架！

他气急败坏，偏偏又不能动魏海，只能和另一个主任用力拉开其他几个人。

陈一鹏气得眼睛都红了。他从没见过魏海这样的学生，好像他真敢杀人！还一脸的从容不迫！

还有那个赵远阳，看着是奶油小生一个，谁知道力气那么大！一脚就把他踹开了！

真撞邪了！

这件事情是怎么挑起来的？

他想起来了，不过就是赵远阳问了句巧克力是在哪里买的，他撒谎说超市，然后就出事了。

他赶紧喊："住手！"

魏海张口就来一句："滚！"

赵远阳知道魏海下手看着狠，其实是有分寸的，只是把人制住。

赵远阳倒是冷静，问陈一鹏："我再问你一遍，这盒巧克力是哪里买的？"

"是从我们宿舍楼的贩子，高二（十）班的夏荣生那里买的。"他哪里还敢撒谎，老老实实就把人给供了出来。

陈一鹏瞪着赵远阳。一个杀人，一个纵凶。得，两个"凶神"，以后看见都绕道走吧！

赵远阳看他的表情，知道他没有说谎。

他喊了声："四海，放开他吧！"

魏海果然听话，松开了手。侯旺也没扑上来打人，他发怵了，心里十分后悔，觉得这次真惹错人了。

侯旺顺着墙面瘫软地坐在地上。

罗主任瞥了那个不怕事大的魏海一眼，眼角一抽，这祖宗啊，又给他惹事。

赵远阳和魏海转身走了，罗主任跟几人说："打架斗殴是要被开除的！今天看在你们没有动手的分上，我放你们一马，下次别让我逮着你们几个！这检讨，每个人都必须写。"

这巧克力，虽说是进口的，很难搞，不过也不一定只有魏海能搞到，或许学校里还有别人有这本事呢？

可是恰逢魏海觉得自己东西丢了，此事就不对了。

魏海琢磨着赵远阳是不是发现了什么，就问他怎么回事。

赵远阳说："你回去数数，看是不是巧克力丢了。"

其实丢东西不是什么大事，况且丢的也不算贵重物品，但赵远阳不能容忍这种行为。魏海又是个心大的，今天丢这个，明天丢的保不准就是他的钻石耳钉了。

他非把那偷东西的贼揪出来不可。

魏海当然是全力配合"小赵警官"办案了。

刚回教室，赵远阳就看见了魏海新交的那个朋友。

如同班上人议论的那样，陈雪庭像个洋娃娃，眼睛大，皮肤白，高马尾看着很精神。据说她学习成绩也好，还是钢琴十级。

最好的一点是，她不黏魏海，不会随时随地给他打电话，不会让他觉得烦。

陈雪庭给魏海带了不少小零食，比如威化饼干、巧克力棒什么的，都是进口货。

"你上次说你喜欢，我就让亲戚从国外给我寄了一些。"

魏海打开包装袋，低头闻了一下："这个是甜的吗？"

陈雪庭点头说："你说你要甜的，我就专门……"

魏海伸手拿了块威化饼吃。他吃了一口就皱起眉，随即舒展眉头，将一整盒威化饼递给赵远阳："远阳，给，这个真够甜的。"

赵远阳看了一眼陈雪庭，她居然没有表现出一丝不高兴！见赵远阳吃了零食，她反倒笑得更甜了："你们喜欢吃，我就再带一些。"

魏海问赵远阳："好吃吗？"

赵远阳觉得甜是够甜，就是没有戎哥买给他的好吃。而且，这是陈雪庭送给魏海吃的，最后受惠的却是他，挺不好的。于是他说："最近我不爱吃甜的了，牙疼。"

魏海把威化饼放下了："下次别带零食了，我们都不吃甜的。"

陈雪庭点头："我中午来找你，我们一起去吃饭，我在食堂的小炒馆点了菜。"

学校食堂有个专门卖小炒的窗口，一般同学过生日，就来这里点菜，不过得提前一天预约。

魏海"嗯"了一声。

赵远阳突然想起来，这个陈雪庭是不是高二（十）班的来着？

好像那个谁……夏什么，也是高二（十）班的。这才多久工夫，赵远阳就把人家的名字给忘了。

他问道："你们班是不是有个什么贩子？什么东西都卖的。"

"啊？"陈雪庭看向他，小声地说，"你也知道？你要买啊？"

"不买，有事问他。"

陈雪庭欲言又止。

"不找他麻烦。"赵远阳补充。

"那我跟他说一声，中午一起吃饭，你看成吗？是什么事啊？"

"没什么大事。"赵远阳看了一眼教室里的时钟，说道，"中午我有事，不跟你们一路，下午吧！"

这些天，魏海都跟陈雪庭一起吃饭，不过通常是他请陈雪庭，陈雪庭觉得不好意思，就说给他送零食。

魏海说："零食可以，要甜的，特别甜的。"

陈雪庭一送来才知道，为什么不爱吃甜食的魏海专门说要甜的，原来是给赵远阳吃的。

魏海对赵远阳太好了。不过，陈雪庭知道男生之间的友谊就是这样的，同穿一件校服、一条校裤，一起犯事，被抓了一起承担，一起写检讨书。

不过，她一丝嫉妒的心都没有。谁叫赵远阳长得比魏海好看？

193

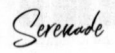

前些天运动会的时候,班上一群"花痴"在叽叽喳喳地讨论——"那两个高一的学弟都好帅,赵远阳比我还白……"

"你看赵远阳跳高没?太帅了!还有,他脸上那颗痣,怎么就那么好看呢……"

"两个都好帅,我选不出来了,好难。"

…………

吃饱了撑得慌才会想这种不切实际的问题,陈雪庭没参与讨论,却也想过,万一……呢!

把校服还给魏海时,她成功认识了他,没想到他和完全不给面子的赵远阳不一样。

陈雪庭向魏海问起过赵远阳:"他是不是单身?他交不交女朋友啊?我好多闺密对他很感兴趣,都是美女哦!"

魏海却说:"远阳喜欢读书,不谈恋爱,不早恋。"

可以说是非常扯了。

可事实还真是这样。赵远阳为了读书,已经身心俱疲了,哪有精力去交女朋友?

天赋不够,只能用勤奋来凑,可赵远阳又不够专注,这毛病怎么都改不了,也只有霍戎跟他讲题的时候,他才能专注那么一会儿。

在火箭班里,赵远阳这种状态,学习成绩只能不上不下的。

家住得近,好处就是中午可以回家午休,不用趴在硬邦邦的课桌上睡觉。

中午睡觉太误事了,他总是特别困,睡着了就起不来,后果就是迟到。

车子在路上开得飞快,霍戎伸手帮赵远阳整理校服领子,又用手压了压他的头顶:"头发睡翘了。"

"翘了?"赵远阳一看后视镜,得,果真有几根竖立的头发。他拿手去摁,就是摁不下去。

赵远阳的嘴角撇下来。霍戎安慰他说:"挺可爱的。"

闻言,他更不高兴了,但他没办法,只能郁闷地顶着乱翘的头发进了学校。

赵远阳从后门摸进教室,数学老师看了他一眼,什么都没说。

魏海把他的笔记本还给他:"刚刚尤勇就讲了这些,我写得乱七八糟的,你看看对不对。"

赵远阳预习过这课,魏海照着黑板记笔记,当然不会错,但魏海的字也是真够丑的。

魏海往他这边偏头:"我看你的笔记本上有别人的字迹,是不是你哥写的?"

赵远阳点点头。

魏海又说:"你哥叫霍戎啊?"

赵远阳倏地抬头看他。

魏海咳了一声:"你还挺崇拜他,书上全是他的名字。"

赵远阳什么都还没来得及说呢,魏海就翻到他数学书的某一页:"这画的是你哥?"他指着一幅简笔画,那画画得很抽象,需要认真看才能看出画的是个人。

赵远阳说:"是,怎么?"

"没怎么。"魏海竖起拇指,"艺术,大艺术家,比梵高还厉害。"

赵远阳拿回自己的书:"看来你是真不懂了。梵高是印象派,我这是和蒙德里安学的,标准的抽象派。"说完,他开始埋头记笔记。

下午,陈雪庭带着魏海和赵远阳去了篮球场,说:"夏荣生喜欢打篮球,是篮球队的。"

"我已经跟他说了,有什么好好问啊,别打人。"陈雪庭想的是,夏荣生是不是哪里惹到赵远阳,赵远阳是来找他麻烦的。

夏荣生看见陈雪庭带着人过来,就上下打量了魏海和赵远阳几眼,

195

接着拎起自己放在旁边篮球架底下的书包，走向他们。

夏荣生皮肤很黑，长得不高，不到一米八，但投篮很准，是校篮球队的主力。

赵远阳还看见，和他一起打篮球的那群人中，有个眼熟的人。

"你们要买那种？"

"夏荣生，他们不买，就是找你问些事。"陈雪庭道。

夏荣生脸上的笑容马上消失了："不买？不买一边去，耽误我时间。"

他转身要回去打球，赵远阳突然出声："我们只要巧克力，你有吗？要进口的。"

夏荣生看了他一眼，从书包里摸了一包出来："就这个，这个三十块钱。"

赵远阳看了他手上的："不要这个，我要最贵的。"

他脸色微变："最贵的没有，卖光了。"

"我要这个。"赵远阳说着从校服口袋里摸出一个盒子，红色的包装袋，问他，"有吧？"

夏荣生拉上书包拉链转身就走："有毛病。"

赵远阳伸手就抓住他的上衣，不让他走。

夏荣生反手一肘子："搞什么啊？不做你的生意！"

魏海看他居然还手，登时反剪他的手，膝盖将他压在地上："老实一些，他问什么，你回答什么，知道吗？"

打篮球的人见状都停了下来。

陈雪庭急了："不是说好不打人的吗？"

魏海抵着夏荣生的膝盖弯，不让他起身："这家伙不配合，不给他些颜色看看不知天高地厚。"

赵远阳说："我们不搅和你做生意，只要你说是谁把这种巧克力卖给你的，我们保证不动你。"

魏海一脸凶狠道："快说！"

夏荣生望着赵远阳，老实交代了："肖龙。"

赵远阳这下想起来了。刚才他觉得眼熟的那个人是他们班的体育委员，但他不记得名字，夏荣生一说，他就反应过来了，伸手一指："他，对吧？"

篮球场上，肖龙吓得脸色发白，双腿打战，但没敢跑。

魏海移开腿，放了他："早早地老实交代就不用吃苦头了嘛！"

夏荣生站起来，到底没说什么，只是暗自记下了这仇。

魏海教育他："以后别收来路不明的东西。知道这是什么货吗？不知道你敢随便收？是那姓肖的偷我的。"

夏荣生不说话，只是脸色有些难看。

魏海又道："你多少钱收的？卖多少？"

夏荣生沉默了一下："四十块钱收的，卖一百块钱。"

魏海彻底无语了。这个人有毛病，四十块钱就卖了？这贩子也蠢，七八百块钱一包的东西，一百块钱就卖了？

"他卖给你多少包？"

夏荣生老实交代："总共可能有八包，他还送了我半包。"

赵远阳和魏海对视一眼，很无语。

一盒巧克力让人顺走这么多？魏海也傻了，这人胆子这么大？起先赵远阳提醒他时，他还不相信有人敢做这种事，现在想想就觉得脸疼。

他气急败坏，只好对着夏荣生撒气，让他赔钱："八百五十块钱，拿来！"

夏荣生脸一抽："一包我赚人家六十块钱，你怎么要我八百五十块钱？"

魏海算不清楚八乘以六十是多少，他知道自己算不出来，也不管那么多，只把眼睛一瞪："八百五十块钱！"

夏荣生卖东西，开小卖部，身上有钱，又怕魏海打他，只犹豫了两秒就老实赔钱了。

这两个人力气太大了，太蛮横了，他不想跟两个蛮不讲理的人在校

197

园斗殴。

打架斗殴，被老师发现了写检讨还是小事，要是让人抓到他私自在男寝卖东西，就是退学的事了。

魏海又要去找肖龙麻烦。赵远阳远远地看见肖龙站在那群篮球队队员中间，腿一直在抖，惊慌失措地看着他们这边。他的眼神一扫过去，肖龙就低下头。

赵远阳拉住魏海，小声道："我们先不找他麻烦，那个谁赔了你八百五十块钱，自然会收拾他。"

魏海不动了。随后他果然看见夏荣生走到肖龙面前，一脚踹在他膝盖上。

旁边的人要拦："怎么了？荣生，怎么打他……"

"你们让他自己说他干了什么！"夏荣生又踹了他一脚，"拿那种赃货卖给我。"

"赵哥料事如神，真厉害！"魏海夸了他一句，拿着八张百元纸币高兴地说，"远阳，赚钱了，我们明天吃好的。"

赵远阳看他那副真心高兴的模样，很是无语。

他在心里帮魏海算了一笔账。魏海才收回了八百五十块钱，等于赔了五千多块钱，还挺乐呵，觉得赚钱了。

傻瓜。

晚自习，肖龙没回来。

放学后，赵远阳看见了一个意料不到的人。

周淳在教室门口等他，胡子拉碴，一脸憔悴，往日仿若怀胎十月的啤酒肚都平了下来。

"远阳……"

"你来干什么？"赵远阳倒没有不理他，看周淳这副倒霉模样，怕是有事求自己。

赵远阳最喜欢有人求自己了。

"是这样的，我……最近生意上遇到了麻烦，很严重，再不解决就要破产了！远阳，公司是你的，你也不想看见这种局面吧？不如你把你的股份拿去套现，缓解一下公司的危机。我保证，等钱回来了，我就赎回你的股份，再还给你。"

"你没病吧？"赵远阳笑了，眼神斜睨着他，"你怎么不把你的卖了？"

"我……"周淳握紧拳头，"这是你的公司，你父母留下的，你不长心吗？你都这么大了，好歹也该懂事了……怎么能在这种紧要关头任性！"

同样的亏，赵远阳怎么可能吃两次？

噩梦里，周淳也用同样的理由套走了他父母给他留的股份。那时候他毫不犹豫把所有股份都给了周淳，让周淳拿去套现，能套多少套多少，只求能保住父母留给他的公司。

那是个圈套，但这回约莫是真的，估计是霍戎给周淳设的陷阱。

"不然这样吧，你把你的股份卖给我，我按市价给你钱，公司你也别管了，我请经理人来管。"

周淳一下子愣住了，没想到赵远阳能说出这样的话，他不是什么都不懂吗？

可他为"东方地产"打拼了这么多年，他怎么可能轻易撒手？不但不能撒手，还必须把赵远阳手里的股份抢过来！

赵远阳这么说，简直是在断他财路！

"不行，绝对不行。"周淳坚决不同意。

赵远阳笑眯眯地看着他，一副为他考虑的模样："不是要赔钱了吗？现在不套现，真等公司破产了再抽身？"

周淳又是一愣，张了张嘴，却无法反驳。

真到了那个地步，的确是赵远阳给出的方案划算。可就算是要卖股份，他也要卖给别人，把赵远阳的百分之五十一一起卖出去，这样就可以最大限度地套现。

他想不明白，明明公司势头正好，怎么最近四处碰壁不说，还突然到了这种地步，就像是有人专门在搞他一样。

想到这里，他有些怀疑地盯着赵远阳。

不，不是赵远阳。

赵远阳有一半股份，怎么可能做这种自寻死路的蠢事？

也不可能是他那个哥哥做的。

要知道搞垮公司，赵远阳可就什么东西都不剩了，抚养他毫无利益可言。

"这公司是你父母留下的，要是没了，你也就什么都没了。"周淳对他说。

"没了就没了。"赵远阳神情淡漠。

周淳惊愕地看着他。

赵远阳不同意卖股份套现，他还继续为这个即将破产的公司卖力，就是蠢。他认清了，他从赵远阳身上再也捞不到好处了。

他索性撕破脸："你的公司你都不管，我也不想帮你管了，等着破产吧！"

对此，赵远阳的反应很平静："对了，我清点了一下我父母留给我的遗产，有很多都不见了。还有那些你当时说暂时存放在你家里的东西，可以还给我了吗？"

股份骗不到了，周淳怎么肯把东西还给他？

他"呸"了一声道："做你的美梦！什么东西？没拿过！"

闻言，赵远阳也不恼，笑着说了句："那希望你和你的家人，今晚都能睡个安稳觉。"

他也从霍戎身上学到了一些东西，就是让人看不穿他。

周淳不明白赵远阳说这话是什么意思，可没等他想明白，赵远阳已经背着书包走远了。

赵远阳要是想找周淳麻烦，想把自己的东西拿回来，他一个人是做不到的。他缓缓地踱出校门，想着，要不然问问魏海。但当他望见在校门外站着等自己的霍戎时，刚才那个想法就打消了。

其实，他是可以相信戎哥的。

记得在梦中，他就是不肯相信霍戎，才吃了那么多亏。

赵远阳没有拐弯抹角，也没演戏说委屈，直接跟霍戎说家里很多东西都被人拿走了，他想拿回来。

霍戎听见他这么说，笑了一下："我本来在想，阳阳什么时候才会告诉我。"他伸手摸了摸赵远阳翘着几根头发的头顶，用一贯的温和嗓音道，"阳阳放心，哥肯定一样都不少地帮你拿回来。"

赵远阳鼻头一酸，心想，只有这个人疼他。他犯了那么多错误，霍戎还是包容他、宠着他。

他正想跟霍戎说谢谢，对方突然道："阳阳，谢谢你相信我！"

霍戎这么礼貌，这样有绅士风度，说话也好像很煽情，其实都是因为他中文学得不够好，又或者说太好了。赵远阳老是被他搞得满身鸡皮疙瘩，觉得肉麻死了，正常人哪里会这么说话？

他张了张嘴："哥，你……你别这样，是我该谢谢你。你知道我没有家人了，我……"他的鼻子酸了，话也说不下去了。

"阳阳，你还有家人，现在我就是你的家人，明白吗？"霍戎拍拍他的肩，犹豫了一下，没告诉他关于他父亲的事。

赵远阳知道希望渺茫，所以一直也没问霍戎结果。

他点点头，表示知道。

他想，如果戎哥能一直把自己当成家人就好了。

赵远阳望向窗外，看见玻璃反光里霍戎的英俊脸庞，回过头，又在霍戎眼里看见了自己。

一晚上过去，赵远阳早起时，收到了一份大礼。

他不知道周淳一家的下场是什么样的，反正肯定好不到哪里去。霍戎说到做到，他的东西，一样不少地帮他拿了回来。

赵远阳一边漱口，一边望着堆在阳台外面的东西。他叼着牙刷站在阳台上，眼睛有些发直。

橘红色的霞光投射在他身上，让他通身笼上一层耀眼的光芒。

"如果还少了什么，我再去帮你拿回来。"

赵远阳嘴里含着牙膏沫子，只能一只手拿着牙刷，含混不清道："谢谢哥！"

一开始赵远阳是想慢慢收拾周家人的，让周淳体会到渐渐失去所有珍爱的东西的绝望，再把他送进深渊，和《基督山伯爵》里的套路相似。

可昨天周淳来找他，说了那样的话，他就不那么想了。

仇人自己上门来找死了，他还要放过吗？换句话说，报仇还要挑日子吗？

深秋十一月，天气晴好。赵远阳换好校服，上了车。

临走前，霍戎给他拿了条围巾，帮他围在脖子上："天气预报说晚上降温，会冷，戴上。"

赵远阳嫌热，就摘下来装进书包里了。

他望着霍戎，心中有种失而复得的感慨。

到了学校，刚从车上下来，果然就觉得有些冷了。

赵远阳从书包里翻出灰色的羊绒围巾戴上，在脖子上围了两圈。

这个季节，好多女生都还没开始戴围巾，魏海笑话他怎么这么怕冷，不如去冬眠算了。

赵远阳单脚搭着魏海的椅子，坐在椅子上向后仰，手一伸，"砰"的一声关上后门，说："围巾是我哥买给我的，我乐意。"

不知不觉间，他已经变成了一个"炫兄狂魔"了。

魏海的嘴角扬起来："我上面的三个哥哥对我都好，跟一家人似的。"他家的情况比普通家庭都复杂，他有好几个兄弟。

按理说，生活在这种家庭，钩心斗角在所难免，魏海却活得很滋润。因为兄长都对他很好，他是被宠着长大的。

别人宠他，他觉得赵远阳好玩，就宠着赵远阳。

上课后，赵远阳看了前面的空座一眼。肖龙还没来上课，或许是被收拾惨了，没脸见人。

午后下了一场雨，降了温。

雨停后，碧空如洗，飘着几片白云，消失了一上午的肖龙回来了。

他一上午没上课，回来时脸上还带着明显的伤，老余把他叫到办公室，神情凝重地问他："遇到什么事了？是不是有人欺负你？"

肖龙深深地垂下头，一言不发。

老余皱眉："遇到事了要打报告，你自己解决不了的，老师帮你解决，老师不行，还有学校。"

肖龙还是不说话，老余没办法了，开始翻报名册："我给你家长打电话，跟他们沟通一下你现在的情况。"

他猛地抬头，嘴里蹦出一个"不"字。

他是住校生，家在外地的乡下，来这里要坐一天的火车。老家的父母要是接到了班主任的电话，肯定会担心他，会专门过来一趟。

"那你又不肯跟我说怎么回事，我不给你家长打电话怎么办？你还没成年，对有些事还不具备判断力。有些事不是忍着就行的。你越忍让，别人就越欺负你。"

肖龙握紧拳头："没人欺负我。"

他不肯说，老余也撬不开他的嘴，只能让他回去上课。他脸上的伤不多，夏荣生没往他脸上招呼，但挨揍时还是被不小心撞了一下，嘴角是瘀青的。

一回到教室，同桌就问他："你怎么一上午没来？我听说你们打篮球起了矛盾，怎么回事啊？谁啊……"

肖龙还没说话，一片阴影笼罩下来，他抬头一看，是赵远阳。

"出来。"赵远阳双手插兜，目光冷漠地低头看着他。

肖龙不受控制地抖了一下，又看见旁边的魏海，想起了昨天这两个人的所作所为。

他没反抗，老老实实跟着出了教室。

赵远阳把他叫到男厕所。厕所里还有人，魏海开始清场："都去二楼上厕所，这里我们征用了。"

"什么时候开始偷的？"赵远阳问他。

"不记得了，上……上个月吧！"

"运动会？"

"运动会前。"肖龙老实答道。面前这二人连夏荣生都能收拾，还收拾不了自己？

"偷了多少？还偷过别的没有？我们班还有谁被你偷过？"赵远阳一连问了三个问题。

"十来包吧，我记不得了。"他露出一丝屈辱的神情，盯着厕所地面，"别的东西我没拿过了。"

"我们不为难你。"赵远阳的声音很平静，但叫人心里没由来地发怵，"赔钱就成了。四海，一盒巧克力多少钱？"

魏海报了个数。

肖龙一听价格，腿登时就软了："我……我没那么多钱……你们坑我是不是？怎么会这么贵？黄金吗？这么贵？！"

"没坑你，就是这个价，你去打听打听，只多不少。"赵远阳说，"赔钱，我们就不计较。"

"我没钱，就算你们打死我，我也没这么多钱。你们打我吧！"肖龙做出一副宁死不屈的神情。

赵远阳："……"

魏海："谁想打你啊？有毛病！打你手不疼啊？"

"大家都是同学，我求求你们了，我道歉，我下跪，还不行吗？我真的没有这么多钱，学费都是借的，真拿不出钱……"肖龙说着，屈辱的眼泪就要掉出来了，搞得好像两人在欺负他一样。

这时，男厕门口传来老余愠怒的声音："赵远阳！魏海！你们给我出来！"

三个人被齐齐抓到了办公室。

"是不是你们欺负的他？把他打成这样？！"老余猛地一拍桌子，叉腰道，"打架斗殴，学校是明令禁止的！我今天话放在这儿了，无论你有什么后台，欺负同学就是不对，必须给我道歉！"

赵远阳面无表情，魏海一脸无语，险些一脚往肖龙身上踹过去："你自己给老班解释，我们欺负你了？"

肖龙浑身一抖："没有，没有！余老师，他们没欺负我，不是他们打的我。"

"不是他们，那是谁？！肖龙，你别怕，今天我给你做主！"老余厉色道。

魏海更无语了，瞪着肖龙："你说不说？不说我真打人了啊！"

肖龙蔫得像霜打的茄子，犹豫半天后，避重就轻地跟老余交代了前因后果。

他偷班上同学东西，卖了钱，被找上了，买他偷来的赃物的人动手打了他。

至于他偷了魏海什么东西，价值几何，他都缄口不言。

魏海听完，嗤笑一声，心想：这人可真懂得运用语言的艺术，不过，他还算老实，没把责任推卸得一干二净。

老余问："你偷他什么东西了？"

肖龙不说，老余道："你现在不说，我也能查出来。"

"巧克力。"他回答。

老余道："虽然东西小，可偷窃这种行为是不应该的！"

肖龙家里的情况，他也清楚。

贫困家庭养出这么个儿子，也不容易。再说肖龙平时表现也还不错，很积极，上课总是第一个举手，成绩是班级前十名。

205

比起另外两个，他肯定是偏心好学生的。可肖龙做了这样的事，又怎么能称为好学生呢？

老余想了想，说道："你犯了错，要改过自新，给魏海道歉没有？"

"道歉了。"

肖龙说完，又转身给魏海说了句："对不起"。

态度诚恳多了。

肖龙恳求道："余老师，我知道错了，你别给我父母打电话。"

老余没回答肖龙的话，转头问魏海："你原谅他没有？"

魏海不是斤斤计较的人，他不在乎这个，可他不喜欢偷鸡摸狗的人。老余这么说，他心里很烦，看了赵远阳一眼。赵远阳点了一下头，对肖龙道："你保证不再犯？"

"我保证！保证！"

老余道："你做一个检讨，当着全班同学的面给他道歉。"

肖龙沉默了一下，最后点头了。

魏海无所谓地说："那这事就这么着吧。余老师，没事的话我们就走了啊！"

"还没完呢，你们欺负同学的事还没说呢！"老余的脸色舒缓了一些，紧接着又板了起来。

"没远阳的事，没打架，他又没受伤，我只是逼迫他道歉，真没打。"哪怕魏海一力承担，老余依然认定他们是共犯。

"一千字检讨，或者明天把家长给我叫来。"

赵远阳和魏海面面相觑，想不通为什么肖龙犯这么大的错误不用找家长，偏偏要请他们的家长。

魏海干脆利落道："那就请家长吧！"

他是无所谓的。但赵远阳不一样，他没欺负同学，没就是没。要是因为这种事情让戎哥来学校一趟，戎哥会怎么想他？

赵远阳动了一下嘴，说道："那我写检讨吧！"

下午，赵远阳在教室里坐着，绞尽脑汁地想着怎么写这个检讨。

魏海在打电话："大哥，你有时间来学校一趟吗？犯事？没有，没有，我没打架，就是违反校规被班主任抓到了，来一趟呗……哦，你在国外啊，那算了。"

魏海把电话挂了，接着是打给他家三哥。

虽然他的兄长对他都好，但在他心里，还是有个排名的，先是大哥，再是三哥，最后才是二哥。

魏庭均是他最不愿亲近的那个。

他也没想过，最后他会沦落到要给魏庭均打电话的地步。让魏庭均来给他当家长，还不如让司机进来装一把！

教室里人多，窗户和门都紧闭着，空气不流通，赵远阳呼吸就不顺畅，觉得不舒服。他戴着暖融融的围巾，将后门开了一条小缝隙通风。

高中和初中就是不一样，连检讨字数都要多一倍。

他这份检讨里不同的句子翻来覆去地表达着同一个意思："我深刻地意识到自己的错误，我不该违反校规校纪，我对不起老师，对不起家长……"

总之，非常不诚恳。

魏海要帮他写，这件事情说到底都是他引起的，这份千字检讨，理应由他来写。

赵远阳不同意，说："你写一份，我再抄一份，不是多事？"

再说了，他每次认魏海的字都特别费劲，还是自己写省事。

晚上，赵远阳把检讨揣回家。他窝在沙发里，没个正形地数着检讨书的字数："六百九十七、六百九十八……"

霍戎一进来，他就飞快地把本子藏到屁股底下："今天的课程我全懂，你不用给我讲题。"

他睁眼说瞎话，其实不懂的多着呢！

霍戎把接了热水的杯子给他，迟疑着问："阳阳，需不需要我帮你请个家教？"

赵远阳吞下一口水，立刻抬头看霍戎，拒绝道："我不要！"态度非常抗拒。

霍戎没问他原因，顿了顿，才说："那还是我给你补习吧。不过，哥哥忙，有时候会顾不上你。"

赵远阳说没关系。

他不在乎霍戎忙不忙，哪怕霍戎忙到不着家，他也不想请家教。第一，他抗拒生人来他的家；第二，他也不是真的那么爱学习。至少他打心眼儿里觉得，学习这件事情就是用来讨好戎哥的。但他不学习也没关系，霍戎不会怪他，也不会不喜欢他。

老余经常给班里的好学生说教："把书读好了，考个好大学，毕业后，再找个好工作，以后就轻松了。"

赵远阳没体验过这种人生，梦里，他书没读好，最后拿着外公的遗产，过得潇洒自在。

可就是太笨了，什么都不懂，被人宠得不知天高地厚，以为地球是绕着自己转的。

认真学习之后，他那些优越感就没了，看看那些叫他脑袋疼的公式和文言文，他就知道自己在某些方面确实是比不上别人。

他看着霍戎，说："要不我以后还是自己一个人学，你别管我了，反正我不请家教。"

"说什么呢？别瞎想。"霍戎坐在沙发上，手一伸，就揽住了他的后颈，那粗糙的手掌心摩挲着肌肤，痒痒的，他心里也跟猫抓了似的。

赵远阳脑袋一歪，不着痕迹地逃出他的手掌。

"那我去洗澡了，我今天要早睡。"说着，赵远阳一翻身，就从沙发上跳起来了，根本忘了屁股底下还藏着检讨书。

霍戎从沙发上拿起它。

"检讨书？"他念出声，挑了一下眉。

字真的很丑，这孩子该练字了。

赵远阳背脊发凉，他怎么就忘了这回事了！

"哥,你听我解释啊,我真没打架,这事是个误会。"他乱七八糟地解释一大堆。

霍戎放下他的检讨书,"嗯"了一声:"我相信你。不过阳阳,你这字该练练了。你看,你这个'错误'的'错',写得像个'钱'字……"

赵远阳羞愧难当:"好……我知道了,我去买本字帖。"

运动会奖的钢笔他用不惯,便一直没用,现在要练字了,正好派得上用场。

霍戎这几天确实忙,他在这边等于是陪"太子"读书,想找的东西没找到,就得一直住下去。碰巧阳阳这孩子他很喜欢,所以他准备在禹海市发展自己的事业。

霍戎出去了,赵远阳洗完澡,躺在床上,重新开始数检讨书的字数够不够。他的检讨书上有不少错别字,是刻意写错,然后被他画掉,专门用来凑字数的。得,一千字检讨,完成啦!

赵远阳吐出一口气,幸好戎哥相信他。他有些纳闷,怎么他说什么霍戎都相信?还是说霍戎是对自己看人的眼光特别自信,一看他就能判断出他是不是在说假话?

他不清楚。

第二天早读课上,老余让肖龙站出来念了检讨书。

偷东西,这是一个很大的污点,肖龙念着念着,眼泪都要掉出来了,哽咽着不敢抬头,怕别人看不起他。

另一方面,班里人看肖龙的眼神都变了,觉得他手脏,都不愿跟他接触。

随后,赵远阳把检讨书交了上去,魏海也把"家长"叫来了,但不是他的司机,是魏庭均的。

赵远阳介绍给他的那个姓肖的司机,被魏庭均打发到别的岗位了。

为此魏海还问过魏庭均:"你是不是信不过我?"

他觉得这是因为魏庭均防着自己,所以对自己介绍来的人也十分警惕。

魏庭均盘着手心里油亮的文玩核桃，意有所指道："小海，防人之心不可无。"

魏海觉得，这句话是对自己的忠告。

家长请了，检讨也交了此事就算告一段落了。

魏海老实了一段时间，没怎么逃课了。陈雪庭还把自己高一的笔记复印了给他："你说赵远阳爱学习，你可以让他看看这个，我的笔记记得很详细。"

魏海翻开看了看，陈雪庭的字很漂亮，但笔记他看不懂，只知道是好东西，就收下了："谢了！"

她笑弯了眼："对你们学习有帮助就好。"

这笔记对赵远阳的帮助很大，笔记内容差不多都是老师上课讲的知识点，还会有一些老师没讲到的方法或总结。

而且陈雪庭的字是很标准的正楷字，和打印出来的似的，看着丝毫不费力。

赵远阳说："帮了我大忙了，该好好谢谢人家。她喜欢什么？"

"她什么都不喜欢，喜欢我。"魏海不要脸地说道。

第五章

霧雨

很快就到了月底，期中考试如期而至。

霍戎有针对性地让赵远阳复习这个，复习那个。赵远阳照着他说的做，加上有陈雪庭的笔记助力，最后的成绩竟然还不错。

上次月考，班上的最后一名被踢出去后，大家都认识到了竞争有多激烈，所以期中考试的成绩均有提高。这次的考试，题目偏难一些，但（一）班最后一名的总分都有七百分。

由于还考了政治、历史和地理三科，总分从七百五十分增加到了一千零五十分。赵远阳考了六百四十分，其中英语突击背了单词，这次考得非常不错，有一百三十几分。

老余在私下对他提出了表扬，但没有当着全班人的面表扬。毕竟，成绩单上是没有他的名字的。

班上考七百分的同学被踢出去了，赵远阳却还在（一）班，对别的同学来说，是何其不公平！

但也没有不公平，（一）班一共有四十二名学生，往年都只收四十名，全年级最拔尖的四十名学生就集中在这个班级。

这一届多了赵远阳和魏海这两个人，但他们算得上是异类，对班级

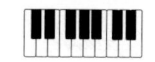

里的优等生生态圈构不成影响。

这两个人一个还算爱学习,一个却是真混,但两个人作为同桌,关系是真铁。

赵远阳的成绩震惊了魏海:"上次才考了四百多分,行啊,远阳,进步神速啊!多了三百分!"

赵远阳也很震惊:"你的口算是怎么回事?"

数学老师都要坐不住了。

"六百多减去四百多,不是三……哦,是两百。"他嬉皮笑脸道,"那也是进步神速啊!老厉害了!"

赵远阳说:"之所以多了快两百分,是因为多考了三门……你不知道吧?"

"那也是很厉害的。"

期中考试一结束,学校就紧锣密鼓地安排了星期六下午两点半在大礼堂开家长会。

这次的家长会,要求每位家长都必须参加。赵远阳将试卷揣在书包里,没好意思拿出来。

他心事重重的样子,被霍戎看在眼里。

霍戎起身:"阳阳,我去给你倒杯水。"

赵远阳点头:"要温水。"

他心烦意乱得很。老余说,他这个成绩在全年级是第五百名左右,高一总共有一千一百名学生。这个排名,似乎真的还不错。

老余道:"保持下去,考个大学没问题。继续进步,争取读个一本院校。"

他的手伸进书包里摸了摸试卷。班级最后一名,年级第五百名……这个成绩,有些拿不出手啊。怎么跟戎哥说呢?

试卷还得让家长签字,他地理就考了 21 分,这种分数……哪怕他把 21 的"1"改成"9",那也没多几分。

他怎么好意思?

这时,霍戎端着杯子进来了。赵远阳还是没正形地窝在沙发上,腿

213

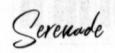

挂在沙发扶手上晃啊晃啊，头靠着抱枕，向后仰着。

霍戎把水递给他，赵远阳仰着头喝了一口，眼睛四处乱瞟："哥……我跟你说一件事啊！"

为了掩饰内心的慌张，他的姿势不变，腿抖啊抖的，整个沙发似乎都在晃。

"那什么……我们班主任今天说……要开家长会，星期六下午两点半，你有没有时间啊？"

赵远阳又掩饰性地抿住杯沿，眼睛向上翻，观察着他的反应。

霍戎微微一笑："参加你的家长会，时间肯定是有的。我也有事跟你说。"

赵远阳看着他。

霍戎没说话，而是拿了一份文件给他。

赵远阳看了一眼，嘴巴里的水呛了一下，跟着手一抖，水全洒在身上了！

在开着暖气的屋子里，他穿的家居服是浅芋色的丝绸长袖衫和长裤，被水这么一泼，衣服全贴着肉了。

"怎么乐成这样……"霍戎无奈地俯身，要给他擦身上的水。

赵远阳的脸瞬间红透了，他伸手想遮，窘迫极了，一时有些不知所措。

霍戎道："阳阳，把湿衣服脱了，会生病。"

赵远阳回视他，觉得呼吸有些困难。他一把拽过抱枕，抱怀里瞪他："不！"

"不什么不？"霍戎眉头一皱，"脱了，我去给你拿干净的。把抱枕拿开，你这样是要感冒的。"他不知道赵远阳为何这么防备着自己，而且脸红成这样。

上次他们运动会，霍戎看见赵远阳那个朋友搂着他。

兄弟之间，原本搂着挺正常的，可搁在赵远阳身上，就不太正常了。

因为赵远阳抗拒同为男人的自己与他有身体接触，却不抗拒别的男性，这里面问题就大了。他是讨厌自己？

他没再说什么，赵远阳也陷入沉默。

霍戎大步走到衣帽间，很快就取了一套睡衣出来。

霍戎举着双手，背过身去，态度是很诚恳。

赵远阳脑子里很乱，想不了太多，只知道霍戎在纵容自己。他快速地脱掉衣服，湿的就丢在地毯上。

他迅速地换好衣服，再套上裤子。

等他换完，霍戎转身，捡起他扔在地上的湿衣服，看见地毯有水湿过的痕迹，沙发上也到处是水迹。

等赵远阳去上学了，这些统统得换掉。

赵远阳盯着地面，欲言又止。

他不想让霍戎碰自己的衣服。见霍戎手里拿着那些湿衣服，他只觉得别扭死了。

赵远阳想到他还给自己手洗衣服，脸色越发怪异，伸手，干巴巴道："你把衣服还给我。"

霍戎的语气也有一丝奇异："还穿？"

赵远阳的声音更干涩了："穿。"

"好吧，等干了再穿。"

霍戎把衣服轻轻地搭在沙发椅上，拿起那份同样湿透了的文件，放在他的书桌上。

赵远阳看见那份文件，不自在地咳了一声。

霍戎给他的这份合同，是收购和转让股份的合同，周淳的那百分之二十的股份，被霍戎暗中收购了。不仅如此，股民担心公司破产抛售的股票也全被霍戎收走了，继而全部转到了他名下。算下来，他已拥有超过百分之九十的公司股份。

也就是说，他父母留给他的地产公司，现在完全属于他，再也没人能够抢走。

周淳最近一直很不顺心。公司眼看着要倒闭了，他一直觉得有人在故意搞他，又猜不出是谁。他到底得罪了谁？

在此期间，周淳和曹小慧吵了很多次架，曹小慧骂他窝囊废，要跟他离婚。

他去找赵远阳，想哄骗他把股份移交给自己。不料赵远阳一口拒绝了，还说什么"破产就破产"。这小子背后一定有人指点，不然一个学生怎么可能有这种想法？

当晚，他家里便进了人，偏偏他们全家都睡得很死。奇怪的是，什么东西都没带走，只打翻了一些东西，他们一家三口居然都没听见动静！

周淳不免想到，他去找赵远阳时，赵远阳最后对他说的那句话。

可不就是安稳觉吗？

曹小慧尖叫着要报案，哭得他脑袋疼。

周淳粗略地清点了一番，只觉得浑身发冷。

有来过人的痕迹，却没有丢任何物品！

简直闹鬼了！

没过多久，有大老板出手收购了他手上的股份，给的价格挺良心，没压价。

听人说这个大老板做的是珠宝生意，很有钱，但周淳没见到人。不管那些，钱到手他心里就踏实多了。

随后，戏剧化的事情出现了。

原本濒临破产的东方地产公司，起死回生了！而且在短短几天的时间里，重整旗鼓，请了新的经理人，拉到了新的投资人，似乎蓬勃发展起来了。

曹小慧把周淳骂了个狗血淋头，拉着他去了民政局，要离婚。

不过，他们的事情赵远阳是完全不知道的。

赵远阳看着那份合同，感觉很不好意思。

他神经过敏，对戎哥太凶了。

赵远阳不敢看霍戎，伸手不安地挠了一下后颈，跟他道歉："对不起，哥，我太凶了。"

霍戎低头注视着他被灯照亮的头顶，眼里满是思索的神色，嘴里却说："是我的错，不该让你那么喝水。"

赵远阳很愧疚，头深深地埋着，盯着自己的脚看："不关你的事，是我自己……"

他没说话了，霍戎也不言，只是目光落在赵远阳身上，若有所思。

霍戎离开赵远阳的房间后，他还心有余悸，小声地叹气。

又忘记将试卷拿给戎哥签名了，算了，算了，他自己签。

第二天赵远阳去学校后，地毯换了新的，沙发椅换了新的，搭在沙发椅上的衣服也收走了。霍戎知道，赵远阳根本没有打算继续穿，也就是不想让自己碰它们。

连着好几天，二人之间的氛围都不大对劲，似有一层透明的墙存在，看不见，摸不着。

星期六下午是家长会，才两点，就有许多家长进了校园。从校门口开始沿路设置了指示牌，为家长指示大礼堂的方向。

礼堂在操场边上，可以容纳三千多人，暑假或周末的时候，有些单位组织文艺会演也会征用一中的礼堂。

霍戎是一个人来的。

他进学校的时候，给赵远阳发了条短信。

赵远阳立刻没心思上课了，掏出手机犹豫半天，回复他："先开年级会议，要去大礼堂，你找得到路吗？找不到就跟着别的家长走。"

年级家长会主要是校领导讲话，年级主任讲话，对本次期中联考进行总结，还为家长传授一些教育孩子、帮助孩子学习的方法，并请了几个优等生家长上台现身说法，分享经验。

一位家长说："我的孩子在火箭班，这次期中考试是年级第一名。我觉得学习方法和自觉性很重要，我孩子住校，但她平时在家就非常自觉，当然……她也没有死读书，而是劳逸结合，该玩时玩，该学习时学习……"

好多家长都打瞌睡了，霍戎却听得很认真。他在取经，并且忍不住

217

拿赵远阳对比别人口中的孩子。

他家阳阳很努力,也很聪明,不比这些别人家的孩子差。

"最重要的一点,坚决不能让孩子谈恋爱。这个阶段是最重要的学习阶段,要是谈了恋爱,保管会毁了孩子!"

一些家长深以为然地点头。

霍戎微微蹙眉,阳阳的心思……是有些不对。

他当然不是那种只看成绩的家长,就算赵远阳不喜欢学习,自己对他的态度也不会有任何差别。

可阳阳……是奇怪了些。

除了个别住在偏远地区,实在赶不过来的,还有魏海这种根本没通知家长的,班上四十二名学生的家长几乎都到了。

魏海连考试都没参加,还请什么家长啊!

下午三点,天气骤变,开始下起暴雨来。

急促的雨点拍在走道上,赵远阳坐在后门处,风吹进来不少雨丝。他扭头一看,教学楼外面雨雾茫茫,天色昏暗。

但雨势来得快,去得也快,过了一会儿暴雨就变成小雨了。

听完校领导的讲座,正好是高一年级的下课时间。这会儿已经快四点了,至少还得开两个小时的班级家长座谈会,每个科目的老师都要上讲台讲十多分钟。

赵远阳站在楼道上,看见礼堂那边的家长浪潮般往教学楼这边涌来,有些带了伞,但大多是完全没做准备的,只能用手挡雨。

许多学生去接家长了,阵势更大了。

望着这雨,赵远阳轻轻皱眉。

教室里,张凝捏着粉笔在黑板上写下几个字:家长座谈会。

班长则领着一部分家长,挨个儿把他们送到他们孩子的座位上。还有同学用纸杯倒了热水送过去,"叔叔""阿姨"地叫着,非常有礼貌。

一时间,教室里变得吵闹起来。

魏海趴在位子上睡觉,被这动静给吵醒了:"怎么回事?地震了吗?"他皱着眉抬起头来,手又酸又麻,脸颊还有红印。

他扭头,看见站在后门外面的赵远阳,便喊了一声。

赵远阳回头道:"四海,我先去接我哥。"

说完,他就消失在魏海的视线里了。

虽说霍戎肯定不会迷路,但看见别的同学都兴高采烈地去接自己的家长了,赵远阳便也觉得自己应该去接一下霍戎,给他同样的待遇。

再说,还在下雨呢,他一个人淋雨过来,赵远阳心里过意不去。

人潮涌来,赵远阳一边讲电话,问他在哪里,一边用目光在人群里搜寻。

绵绵细雨落到头顶、脸颊,凉意顷刻就散了,只有校服微微湿润。

霍戎很高,在人堆里必然是最打眼的那个,很好找,但赵远阳没发现他。

他在电话里问:"哥,你旁边有什么参照物?我在花台这里,你看见池塘了吗?我就在这边。"

霍戎说:"我旁边有棵银杏树。"

赵远阳看着长长的走道两边那两排高大的银杏树,沉默了。

"我看见你了。"霍戎突然说,"站着别动。"

人群已经散去很多了,没有刚才那么密集拥挤,霍戎很快便找到了赵远阳,三两步就走到他身边。

赵远阳正四处张望着,这时,有人拍了他的肩一下,接着捏住他拿手机那只手的手腕:"阳阳。"

他回头,手上传来温热的触感。霍戎手上的力道不大,他却好似无法动弹了。

霍戎头上沾着雨雾,睫毛上也有,他的肩膀是湿润的,脸上的笑意让他整个人都变得柔和起来。

他伸手指了一下,解释道:"我刚刚就在那棵树下,正好挡住了。"

赵远阳反手拉住他的袖子:"你怎么不带伞?"

"出门没看天气,不知道会下雨。"有时候他看一下天,就能判断出天气如何,比天气预报还准。

219

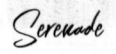

今天恰巧就没看。

赵远阳抓着霍戎的袖子，走得很快。

"哥……我先跟你说啊，我们老师是会念成绩的，但是不会念我的。"他的声音变得小了一些，"我成绩不好，是班上最差的。"

霍戎鼓励他说："阳阳这么努力，会越来越好的。"

这是他刚刚在讲座上学来的，有位家长就常常这么鼓励孩子，成效显著。

果然，赵远阳听见后，显得没那么忧心忡忡了。

其实年级第五百名，似乎也没那么糟糕。他是个很容易满足的人，也很有自知之明，没天赋就是没天赋，的确比不上那些天生会学习的人。

但好在戎哥不嫌弃他成绩差。

霍戎跟着赵远阳从后门进了教室，这时教室里已经变得很拥挤了。家长和学生挤在一起，吵吵闹闹的，雨水气息和各种气味交织在一起。

家长会学生是不能旁听的，家长坐在教室里，学生就得出去等待。

赵远阳让霍戎坐在自己的位子上，又去饮水机那里给他接了杯热水来，接着戳了一下魏海："喂，我们出去。"

魏海"哦"了一声，站起身来。

霍戎盯着魏海身上的外套看，目光变得耐人寻味起来——这是阳阳的外套。

刚才魏海发现自己的抽屉里不知为何有好多本赵远阳的书，就帮他整理好，放回他的抽屉里了。

下了雨，风又大，冷飕飕的。

于是魏海就穿上了赵远阳的外套。

他们平时根本不计较这个，校服经常换着穿，反正码数都一样，也只有觉得赵远阳不对劲的霍戎才会想歪。

赵远阳和魏海出去了，霍戎还盯着他的外套看，真是越看越不对劲。教室里清了场，只剩下老师和家长，连班委都得出来等着。

前门和后门全关上了，窗帘也拉上了，有学生从门上的玻璃偷看一眼,立刻就会被老余瞪上一眼。

赵远阳站在后门口,竖着耳朵想偷听。魏海还是困,穿着赵远阳毛茸茸的黑色外套靠在墙上,说:"远阳,你这衣服真暖和,我穿上立刻就困了。你冷不冷?冷我就脱给你。"

"我里面穿了毛衣,不冷,你穿着吧!"赵远阳很想偷听,可隔着门只能听见老余在说话,说了什么却听不清。

他也看不见霍戎在做什么,他的座位正好在视野盲区。

坐在孩子的座位上,做家长的难免会好奇孩子在学校里的生活。譬如桌上刻了什么东西,抽屉里都是些什么书,书上有没有好好记笔记,作文写得怎么样,作业错误多不多,老师批语是什么……

老师说话的时候,几乎每一位家长都在兴致勃勃地翻孩子的抽屉,只有霍戎没动。

老余站在讲台上总结:"这次期中考试,与上次月考相比,进步了三十名,退步了十二名。"

霍戎听得很认真,他没开过家长会,这对他来说很新鲜。

赵远阳还是想偷听,奈何听不见。

魏海在一旁说:"远阳,我想喝可乐了……你陪我去买吧!"

"你去看看雨停了没有。"赵远阳说。

魏海伸手一探,说:"还在下,但是很小。"

赵远阳便陪着魏海去了。中途,他给霍戎发了消息,问他老师说了什么。霍戎回复了两个字:"总结。"

赵远阳却有些不安,觉得自己什么地方出了纰漏,不应该啊……明明他把那些书都塞到魏海的抽屉里了。

当讲台上的老师一个劲儿地夸个别同学的时候,霍戎看到自己的成绩,一定会觉得自己没出息吧?赵远阳苦恼地想。

魏海是不懂他这种苦恼的,把可乐递给他:"喝一点儿?"

赵远阳也不嫌弃,但他就喝了一口。这种天,冰可乐喝着不舒服,下了肚子浑身都变冷了。

魏海边喝可乐边说话:"对了,远阳,我抽屉里有好多本你的书啊,我全给你整理好，放回你的抽屉了。"

赵远阳惊呆了！

简直是当头一击，担心什么来什么！他还以为万无一失了！结果魏海这个傻帽！大傻帽！

赵远阳一副大受打击，人生无望的模样。

魏海被他吓了一跳："你怎么了？"

"没怎么，你干了一件'好事'……"赵远阳望着不远处的白色教学楼，心中五味杂陈，"你居然帮我整理了书桌，你……"

"是啊。"魏海露齿一笑，斜斜地靠近他，眉毛轻轻一挑，"我知道你哥要来开家长会，当然要帮你把课桌整理好了。"

赵远阳简直不知道说什么好了。

他们回到教室外面时，家长会还没结束，只不过讲话的人已经从英语老师余显变成了数学老师尤勇。

老余开门出来的那一瞬间，赵远阳听见尤老师讲话的声音。老余叫走了肖龙："你家长这次不能来开家长会，给我留了言，跟我去办公室一趟……"

赵远阳的心情实在不大妙，就靠着后门，盯着没心没肺的魏海："好好的，你怎么就帮我整理课桌呢？"

魏海不解，凑到他旁边："怎么要哭了？怎么了？"

赵远阳眉头紧皱，眼神变得忧郁起来。魏海抬手替他抚平眉头："皱什么眉？跟我说说怎么了……哦，是不是因为你书上写了……"

"闭嘴。"赵远阳突然打断他的话。

魏海一噎，超级委屈："怎么还瞪我啊？"

赵远阳没说话，拉着他走开，不再继续靠着后门。

他险些忘了戎哥是干什么的。霍戎的听力非同一般，他和魏海在后门说话，戎哥没准儿全听见了！

兜里手机一振，赵远阳立即紧张起来。

霍戎发短信说："老师刚刚夸你了。"

也不知是真是假，总之没能让赵远阳的心情好起来。他试着透过这条短信揣摩霍戎到底看见他的书没有，可是揣摩不出来。

魏海围着他团团转："喝可乐吧？远阳？你不喝啊？喝别的吗？我给你买成不？"

赵远阳一脸生无可恋，脸色跟外面的阴天似的。

过了好久他才说："四海，你别担心，是我自己的事……"

可能会完蛋的事。

到了六点，好些班的家长会都结束了，（一）班还在开，老师依旧在轮流讲话。

赵远阳站累了，蹲下来。

就连陈雪庭都放学了，过来找魏海："我知道新开了一家法式西餐厅，我请你们吃，去不去？"

赵远阳摇头，他怕等下自己走了，霍戎会帮他收拾书包。

魏海也摇头："我等家长会开完。"

陈雪庭便陪着一起等。

老余跟肖龙谈完话，就放他走了。

在老师办公室里，肖龙和父母通了电话。这个时代，买得起手机的学生不多，平常肖龙要是想和家里联系，就只能去学校的IC电话机打电话。

电话里，母亲语重心长地跟他道："我们没办法去开家长会，就给你老师打了电话问情况，哪知道你……唉，你们班主任说，像你这个年纪的孩子，最容易误入歧途。家里卖了树，钱都打给你了，你还给那位同学吧！"

肖龙抽噎着问："爸呢？"

"你爸不想跟你讲电话。他没想到你会做出这种事情，他问你知不知道'人穷志不穷'是什么意思。"

从办公室里出去，肖龙飞奔回宿舍拿银行卡。学校里就有ATM机，他取了钱回到班里，家长会还没结束。

223

魏海和陈雪庭正在说话。

他走过去，把二十几张百元纸币全部给他："我把钱还给你，我知道不够……但我只有这么多了。"

魏海看他一眼："这是什么钱？"

"欠你的……钱。"他艰难地回答。

"那个啊——"魏海想起来了，也不接他的，"不用。"

旁边的同学都看见了，指指点点的。

这段时间里，肖龙都不跟班上同学一起走了，更是尽量避开魏海，不敢让人看见他。

巨大的心理压力让他喘不过气，考试成绩更是创了新低，险些就要被踢出火箭班了。

哪怕魏海不在乎这么点儿钱，但对肖龙来说，当面把钱还给他，是很重要的事。

这钱，他必须还上，要是不还，或许这件事情就会一直压在他心头，让他抬不起头。

肖龙一直伸着手，很执着的模样。

魏海想说：你是不是有毛病？偷了就偷了，我都不计较了，你怎么还这样？烦死了。

这时，旁边的陈雪庭替他接了过来，和气地对肖龙说道："好了，同学，他原谅你了，以后好好学习，别再犯就是了。"

闻言，肖龙才觉得自己的脊梁骨没那么疼了。

陈雪庭把那一小沓钱揣进魏海的校服兜里，低声说："别拒绝，这是你该收下的。"

魏海皱眉："我不欺负人。"

"没说你欺负人。"她说，"你要是不收，才是欺负人。"

六点四十分，家长会终于结束了。

教室门一开，赵远阳就立刻冲了进去。看见自己的抽屉还是原样，他稍微松了一口气，但他也不确定抽屉被动过没有。他又抬头看霍戎，霍戎也并未表现出异常，只拍了他的肩膀一下："一直在走廊等？冷？"

赵远阳开始收拾书包，眉眼间透出些郁色："不冷。"

"外套都给别人穿了，怎么不冷？"霍戎一把抓住他的手腕，"这么冰了还说不冷。"

赵远阳脸一烧，单手拉上书包拉链："我真不冷啊，哥哥。"

霍戎不置可否，抬眼一看，看见魏海和一个女生站在一起。

赵远阳收拾好了书包，霍戎便帮他背着。

赵远阳和魏海告了别："我就不跟你们去吃西餐了，你们去吧！"

魏海点头，让他有什么事给自己打电话。

上了车，霍戎状似无意般问了一句："你同桌交女朋友了？"

赵远阳扭头看他一眼："没有，就是一个女同学。"

"阳阳呢？"霍戎问道，"你怎么不交女朋友？"

赵远阳一本正经地回答："交了女朋友就是早恋，肯定会耽误我学习。"

霍戎淡淡一笑，说："其实也不能这么说……不过，不想交，也没问题。"

赵远阳看着他，根本无法判断他心里究竟是怎么想的。

犹豫了下，赵远阳忍不住问霍戎："哥……你看见我抽屉里……"

"抽屉里的什么？"

赵远阳盯着他的脸，半晌才道："没什么。"

他抽屉里的课本上，写了很多个霍戎的名字。

晚上，赵远阳睡得特别早，直到第二天中午才起床。

二人相安无事。

霍戎看上去什么都不知道，赵远阳便有些松懈了。

十二月中旬，温度已经很低了。

赵远阳每天全副武装，最里面穿秋衣，秋衣外是羽绒马甲，马甲外面套羊绒毛衣，毛衣外面是薄外套，薄外套外面，还要加上一件校服。表面看起来穿得并不多，但实则比穿棉服要暖和多了。除此，他还要围一条羊绒围巾，上课写字都戴着半指手套。

225

赵远阳身体不差，就是特别怕冷，一到冬天，对他来说，最困难的事就是起床了。他知道自己起不来，就提前跟霍戎说："早上我要是起不来，你无论如何都得把我叫醒了，无论如何！"

但赵远阳的起床气特别大，霍戎要叫醒他，得费很大的劲。

他掀被子，但赵远阳怕冷，死死地拽住被子，不肯撒手。

霍戎就把手伸进他的被窝里："我数三声，你再不起来，就挠你痒痒了啊！"

赵远阳严防死守，蜷缩成一团。

霍戎挠他腰间的痒痒肉。

赵远阳扭来扭去，含混不清地嚷着："我困，我想睡……"

一般见他这样，霍戎就会放过他，给他重新盖好被子："好吧，好吧，睡吧！"

但起床后，赵远阳又会重新跟他强调："我要是不肯，你就揪我，使劲揪，非把我揪疼了，疼醒了不可。"

霍戎自然不会按他说的办。

赵远阳有多怕疼，霍戎是知道的。三分的疼在他那里就是十分的，定然会呼天抢地的。

赵远阳狠心道："往死里揪，我肯定会醒的。"

霍戎说："算了，你这么怕疼。"

"不怕，你来试试。"说着他伸出手臂，仰头看霍戎，"试试。"

霍戎低头看着他的眼睛，伸手碰了他一下。

还没使劲呢，赵远阳就大喊起来："你弄疼我了！"喊完他自己也觉得不好意思。

"算了，算了。"赵远阳说，"对了，我特别怕痒，你挠我的腰或许不管用，但是挠我的脚心，我肯定能醒！"

霍戎还是望着他。

赵远阳认真地说："不然你明早试试。"

冬天的早上，人会贪恋温暖。赵远阳豪情万丈地想，要是自己能有起床的毅力，还有什么是办不到的？

但他并没有自主起床的毅力，定十个八个闹铃都没用。闹铃从早上六点半开始响，每五分钟响一次，他每次都会把手臂伸出被窝，"啪"的一声把闹铃按掉。

霍戎通常是七点进他的房间，先是敲门，没回应的话，就推门而入。

他这辈子都没干过这么难的工作，叫赵远阳起床的时候，得控制力道，免得对方又迷迷糊糊喊一句"你弄疼我了"……

喊得霍戎的心都揪了起来。

冬天天冷，赵远阳仍旧将头蒙在被子里，却不再把脚伸出去了。他就像是冬眠的动物，自己抱住自己，团成一团。

小孩子就是小孩子，连睡觉姿势都这么孩子气。

霍戎掀开他的被子，露出他的半张脸和肩膀来。

赵远阳感觉到冷意，没好气地抓过被子，重新盖住自己。

霍戎蹲在床尾，抓住他的脚踝："阳阳，我知道你醒了，小心我挠你脚心了啊！"

相比赵远阳一直暖在被窝里的脚，霍戎的手有些冰凉，一碰上去，他整个人都抖了一下，脚往里一缩。

霍戎五根手指一起挠他，他猛地蜷缩起来，"嗯"了一声……他太难受了，浑身仿佛通了电般，痒到了骨子里。

"别挠，你走开……我要睡觉……"

霍戎手上没停："阳阳，该醒了。"

赵远阳哼哼："我困，困……"

他实在是难受，五只脚指头紧绷，突然发力，一脚踹在霍戎身上。

赵远阳蒙在被窝里，根本不知道自己踹到了什么地方。他的脚又胡乱在空中蹬了几下，却没踹中。霍戎黑着脸捉住了他的脚。

没人挠痒痒了，赵远阳就不会乱踹人了，而是无意识地喊了一声"冷"。

霍戎在心里叹气，替他把脚盖住，不再继续试图唤醒他。

霍戎一回到房间，就直接进了浴室。

没人吵了，赵远阳终于舒坦了，在床上昏睡了过去。

他睡得很死，根本不知道自己做了什么事。

自从那天早晨他不知为何把霍戎惹到了，霍戎就再也没来叫过他起床了。

赵远阳每次醒过来都会不善地瞪他。

霍戎好笑地点了点他的鼻尖，声音也带着笑意："醒了啊！"

每次等赵远阳睁眼后，霍戎还必须看着他，等他彻底清醒才能走开，不然下一秒他就会缩回被窝里继续冬眠。

这孩子睡着的模样很乖，蜷缩成一团，瞧着跟什么小动物似的。可是醒来后，脑袋伸出被窝，像突然生长的植物，张牙舞爪地瞪着人。平常不瞪人时是迷人的桃花眼，一瞪起人来，眼睛就变得滚圆，仿佛在告诉别人：你惹我生气了！

霍戎感到有趣。

更有意思的是，再过几分钟，赵远阳彻底清醒了，就会记不清自己刚才有多放肆，又变得乖乖的，软绵绵地喊上一声："哥哥，早上好啊。"

这态度前后差别实在太大。

叫赵远阳起床，变成了霍戎每天必做的一项工作。他吃过一次亏，就有了防备，见着那脚开始踹人，他就手疾眼快地抓住赵远阳的小腿。

而在早起时和霍戎对着干，也成了赵远阳的日常。

冬天，他的出勤变得很糟糕，经常迟到不说，上课还老是打瞌睡。他总是围着厚厚的围巾，脑袋一歪，靠在墙上就能睡着，或者垫个软枕在课桌上，随意一趴就能睡着。

这样偷懒的后果就是学习吃力，等他意识到后，就得花费更多的时间进行补救。

十二月下旬，家里提前几天做好了过圣诞节的准备，和上个月的感恩节一样，他们也不会放假。

霍戎丝毫没有表现出要回家的意思，似乎要在这里陪赵远阳过完整个冬天。

作业堆积如山，赵远阳看着便头大。他不仅白天上课会睡觉，晚上霍戎给他补课、讲作业，他也会不小心睡着。

夜深人静，外面严寒刺骨，屋里却暖融融的，只书桌上亮着一盏明灯，暖黄的灯光叫人瞌睡上头，这是很难改掉的习惯。赵远阳意识到后，就把沙发换成了硬邦邦、冷冰冰的金属制椅子。

只要他靠上椅背，冷硬的触感就会让他惊醒。

霍戎每次看他忍耐得很辛苦，就心疼。

赵远阳明明那么困，上下眼皮都要打架了，还在苦苦撑着，嘴里自我催眠："我不困，一点儿也不困。"

霍戎不想那么严格地要求赵远阳，所以对他管得很松，发现他困了，就问他要不要睡觉。

大部分时候赵远阳都会摇头，说："我再学习一会儿。"

少数时候，他似乎是真的坚持不住了，就说："那我休息十分钟。哥，你记得叫我哦！"

赵远阳自己约束自己，霍戎反倒会纵容他。

赵远阳一睡，霍戎就把他挪到床上去。刚睡着的阳阳是真的乖，脚也不会乱动，眉头有一些褶子，他拿手一抚，就舒展了。

霍戎不敢开屋里的大灯和床头的壁灯，只留着书桌那盏灯散发着朦胧的光亮。霍戎把他在床上放好后，又替他盖好被子。

他的视力很好，哪怕床这边光线昏暗，也能清晰地看见赵远阳的身体轮廓，像是长大了的模样。

赵远阳一上床，便自动卷着被子，头一缩，就进了被窝。

霍戎就坐在他的书桌前，检查他的作业，发现他的字写得比之前好看了些，看来有下功夫练字。

他翻开右手边台灯下的那摞字帖，发现赵远阳在规规矩矩地临摹正楷，现在已经快临摹完第二本了。

赵远阳的成绩可能进步不够快，领悟力可能也没那么强，还常常

229

走神，不够专注，但他肯定是聪明的，知道任何事情，只要坚持就能有结果。

霍戎还发现了一些皱巴巴的试卷，上面冒充了家长签名，模仿得还挺像。

他不看赵远阳的书包，只是帮他整理书桌时会看一看他桌上的书本。这些书倒是干净，书页上什么笔记都没做。

和学校里那些不一样。

霍戎不知想到了什么，在他的书桌前坐了很久，眸色深得像窗外的夜色。

早上，赵远阳是霍戎叫醒的。霍戎用手指捏着他的鼻子，他一下子就被憋醒了。

霍戎的脸凑得非常近，赵远阳瞪了他两秒，闻到他身上淡淡的雪茄味道，鼻子动了动。

见他眼神逐渐清明，霍戎又笑："清醒了啊？"

这下，赵远阳闻到了更重的古巴雪茄味，眼睛一眨也不眨地望着他，"嗯"了一声。

赵远阳缓缓地从被窝里坐起来，霍戎递给他一件外套，让他先披上。

赵远阳笨拙地穿上外套，但还是坐在床上不动，像等着人来伺候他。

霍戎走进他的卫生间，拿了漱口杯和挤了牙膏的牙刷出来。

这时赵远阳已经不在床上，而是去衣帽间换衣服了。

他是有意避着霍戎，所以才躲着换的，可他没意识到，这衣帽间里除了衣柜和鞋柜，就只剩下镜子了。

等赵远阳层层叠叠地换上衣服，最后拉上校服拉链，从衣帽间出来，就看见站在阳台门边，拿着漱口杯和牙刷等他的霍戎。

门开了，冷风呼呼地刮进来。

赵远阳也站在阳台上，吹着刀子似的风漱口。

他清醒了不少。

早餐有烤火鸡片、苹果派。

餐桌旁立着一棵不算高的冷杉树，深绿色的树枝上扎着鲜亮的红色蝴蝶结。

赵远阳看了一眼日期，十二月二十四日了。

出门前，霍戎给他拿了一盒姜饼，又拿了几个苹果。

当前还不流行过圣诞节，赵远阳给了魏海一个红苹果，他也不知道什么意思，高高兴兴地就开啃了。

他牙口好，吃什么都让人觉得香。

盒子里是一个完整的姜饼屋，看着很漂亮，赵远阳说可以吃，魏海就掰了块烟囱下来。

魏海仔仔细细地看着手中的烟囱，空心的烟囱上，还瞧得出整齐的砖头纹路，做得还真是精致。他丢进嘴里，嚼了一口，立刻吐了，眉头紧皱："这是什么味啊？怎么有这种饼干！"

赵远阳好笑地把杯子递给他，说："姜饼。"

"姜饼？姜做的啊？"魏海的脸色非常难看，一口接一口地拼命灌水，"我最讨厌姜了。"

哪怕这样喝水，也压不住那股浓烈的姜味。过了一整节课，他仍觉得牙缝里、胃里全是姜，更觉得赵远阳是故意的，把自己害苦了。

心中虽有抱怨，但赵远阳让他削苹果的时候，他还是乖乖照做了。

赵远阳是典型的嘴挑，吃苹果永远不吃皮，但他不会削苹果皮，只能等着别人削好，放在他面前。

魏海把苹果切成八瓣，往自己嘴里塞了一瓣，压下嘴里的那股味道，剩下的全给赵远阳了。

"对了，远阳……你知道不？那个谁，姓周的那女的，她退学了。"

"退学？"他还什么都没做，只是把周淳搞破产了，她怎么就这么脆弱，退学了？

"是啊，因为她爸爸跟人合伙搞了个钢厂，那种厂得关系过硬才能做，就求到我二哥头上来了……"其实也不能说是求，要办什么钢厂、化工厂……除了跟有关部门打交道，还得过他二哥这关。

"你干吗了？"赵远阳看着他。

"没干吗啊，只是把合同偷走了而已。"他不以为意道。

赵远阳盯着他，鼓着腮帮子，嚼苹果："你能随便进你二哥的书房？"

"哎哟喂，说出来你可能不信，别说我二哥的，我爹的我都能进！"他笑嘻嘻道。

赵远阳说："那然后呢？他生意失败，亏钱了？"

"岂止是亏钱了，他是借钱做的生意，你知道，这生意只要做上了，就是稳赚不赔的，人人都想掺和进来……他借了钱，现在还不上钱了，房子都卖了！"

"那周思思退学跟这个有什么关系？"赵远阳把最后一块苹果丢进嘴里。

"这我就不知道了。听说，她班上有个男生喜欢她，可能逼她谈恋爱，或者做其他的事吧……不清楚。"魏海无所谓道。

校园八卦，就算不去打听，也会跑到你耳朵里来。

整个学校就那么大，就那么些人，发生了什么大事，隔天就传得沸沸扬扬。

还有人说，有学生在实验楼乱搞，被发现了，就退学了。

到了晚上，事情已经传得变味了。

赵远阳也不知道是真是假，他对这个不感兴趣。虽然知道周淳一家过得不好，让他觉得舒心，但编派女孩子这种事情，让他心里不爽。

"哪个浑蛋造的谣？她不过是家里出了些事情，就编派人家女孩子，真是有病！"

放学后，霍戎把赵远阳接回家，给他准备了夜宵吃，还是甜腻的苹果派。

他知道圣诞节在这边还不是很流行，觉得赵远阳肯定也不习惯过这种节，所以并没有办得非常隆重，只简单地布置了冷杉和彩灯，又专门给赵远阳准备了一份礼物。

仅此而已。

和平日的每个夜晚都差不多。

对赵远阳而言,这却是他过的最冷清,也是最温情的一个平安夜。

从前,他和一大群人在广场上等待钟声敲醒,冬天的雪地松软,鞋子陷入雪里,冷意立即从脚底升腾起,周围喧哗热闹,人群吵嚷,却并不能给他温暖与安慰。

现在,霍戎的一声"晚安"就是对他的最大安慰。

第二天是十二月二十五日,星期六,学校不放假。

霍戎给他的礼物是一套滑雪装备,说等他放假,就带他去滑雪。

赵远阳收到这套滑雪装备时跟霍戎说了好几声"谢谢"。

他高兴得准备换上试试,霍戎却提醒他:"阳阳,该去上学了,下午回来试吧!"

上车前,霍戎把围巾给他围在脖子上。

赵远阳看见不远处的湖面似乎结冰了。

葵园里有个不大的湖,里面原来是有白天鹅的,但赵远阳对看天鹅没兴趣,自然也没关注天鹅是什么时候不见的。现在湖面结了冰,倒映着蓝天,倒是比原先有意思。

霍戎有事处理,就没送他去学校。

赵远阳心里却在想圣诞礼物的事。他收到礼物,一向是要回礼的,但他没什么好送的,也没有能拿得出手的东西,而且,他还不知道霍戎到底喜欢什么。

他之前也想过这个问题,想着把戎哥或许需要的那张图纸送给他,但他没时间去拿。

图纸这种东西,对他而言是毫无用处的,但对需要的人来说,用处可就大了去了。

到了学校,魏海给了他一个暖手宝。

"雪庭在用,我觉得挺好看的,就给你买了一个,抱着超暖和。"魏海把线扯了,说,"刚充好的电,我抱了一会儿。"

暖手宝是个毛茸茸的动物造型,雪白的毛,麋鹿角,圆圆的黑眼睛,红鼻子,显然是女生用的玩意儿。赵远阳也不嫌弃,把手伸进去抱在肚子上,像抱着个小宝宝似的。

上课铃响了,老余进了教室,脸色显得有些凝重。

"复习昨天学的单词,给你们五分钟,马上听写。"

下课后,学生们还在继续听写,老余拖堂了。

等他走了,众人才开始讨论——

"是不是说的那件事情?"

"应该是吧,不然老余怎么说那么多?"

"真有人在实验楼做坏事被罗主任抓到了?这也太倒霉了吧?还退学了……"

"你们知道退学的那个是谁不?周思思!"

"咱们班上以前那个学习委员?特清高的那个?很有钱的那个大小姐?不是吧……"

哪怕是火箭班,也是需要这种八卦的。

赵远阳正在睡觉,听见声音就把本子砸过去:"闭嘴!"

班上霎时安静了几秒。

"别生气啊,赵远阳,你不是跟她关系不好吗?你们还有矛盾。"

"是啊,是啊,你怎么还帮她说话呢?"

赵远阳抬起头来,脸色有些冷:"关系再不好,也听不得你们造这种谣啊!有空不知道多背几个单词吗?"

被指责的同学噎住了。

赵远阳叫他背单词。

"也是……"班长起来说,"这种子虚乌有的事,对女生名声不好,大家不要乱说了。背单词、背公式去,马上上课了。"

讨论的热度还没下去,尤老师就进来上课了。

他让值日生上去擦黑板,笑着说:"我觉得你们该听余老师的话,你们这个年纪,喜欢美好的东西,防是防不住的。不过,我遇到的学生,大多毕业就分手了。大家都得树立自己的目标并为之努力,被别的事情耽误了就遗憾了。"

"整天脑子里都是怎么谈恋爱、怎么约会、怎么不让老师同学发现……就会耽误学习了。"

下午放学,赵远阳抱着魏海送的那个暖宝宝走出校门。

他一个男生,还是高一年级的风云人物,抱着这种暖宝宝走在校园里,格外引人注目。

有人猜测赵远阳是不是谈恋爱了,看着像女朋友送的。

赵远阳上了车,霍戎也对他这个暖手宝表现出了好奇:"阳阳,这是谁送你的?女同学?"

"不是,是我同桌。他说暖和,就给我买了一个。"赵远阳把手放在里头,除了写字,其他时候都不乐意拿出来。

他微微侧头,望着霍戎:"哥,你要不要试试?很暖和的,我给你买一个吧!"

霍戎摇头,手却伸过来,一下子就塞了进去。

那暖手袋原本是给一个人用的,突然多出一双大手,里面就变得特别拥挤,更别说那手和一直暖着的赵远阳的手相比,冷得叫人不由得打了一个哆嗦。

"是挺暖和的。"霍戎没有要把手拿出来的意思,"不过,哥哥不需要这个,在你这里用一用就成了。"

霍戎的手在赵远阳的暖手宝里待了一路。

等到了家,霍戎把手拿出来,赵远阳才终于松了一口气,觉得好好一个暖手宝让戎哥生生给撑大了!

星期六的晚上,默认是赵远阳的娱乐和休息时间。霍戎没给他讲课,自己在书房里办公。

他的珠宝生意才起步,刚刚注册了公司,事情很多。

估摸着到赵远阳睡觉的时间了,霍戎才过去敲门。

"阳阳,要不要喝热牛奶?"

赵远阳戴着耳机没听清,他取下耳机后霍戎又说了遍。

"要!"赵远阳大声地回答,"要多加糖!"

过了十分钟,霍戎端着一杯热牛奶进来了。奶牛原本是附近的牧场养的,霍戎专门买了两头养在葵园里,雇专人照看,每天让人把新鲜牛奶送过来。

葵园很大,赵远阳平日不会去逛,也不知道多了很多新东西。

赵远阳把牛奶喝了,把杯子还给霍戎,最后伸出舌尖在上唇舔了一下。

霍戎看着他,让他去漱口。

赵远阳把电影摁了暂停键,取下耳机一看时间,快到十二点了。

他从床上坐起身,迟疑着问霍戎:"哥……你有没有……特别想要的东西?"

说话时,赵远阳放在被子上的手指绞在一起,似乎很纠结。

"怎么了?"霍戎轻轻挑眉。

"没什么,礼尚往来。"他用一副大人似的语气说,"你送了我滑雪装备,我当然要送你一个更好的。"

他不爱亏欠别人,人家送他价值数万美元的花瓶,他就会送个价值十万美元的古董回去。

他亏欠霍戎最多,什么都想给对方。

霍戎沉默了一下,最后微微俯身,大手揉了一把他的头顶,深深地凝视他,说:"哥没有特别想要的,只想要你快乐一些。"

他站着,赵远阳坐着,他一俯身,二人突然隔得很近,能听见对方的呼吸声。赵远阳一愣,朝露似的眼睛望着他,鬼使神差地伸手揽着对方的肩膀。

他闻到霍戎身上的烟草味,还有股独特的体香,他觉得好闻。

霍戎能很清晰地感受到他对自己的依赖。

从赵远阳那儿出来后,霍戎没有回房间,而是去了书房。

他虽然还年轻，但什么都经历过了。

霍戎轻轻皱眉，不由得想起赵远阳在课本上密密麻麻写的那些名字。书房里只开了一盏灯，霍戎一晚上没出去，就坐在灯光下。

朦胧的白光从顶上透入，显得那盏灯的光芒有些微不足道，书房的陈设显出轮廓，霍戎这才意识到——天亮了。

一晚上没睡，他的精神头还算好。他捏了捏眉心，发觉书房里的味道实在够呛，便开了窗通风。

平常这个时间点，他该去外面骑一圈马，再练会儿靶的。等他练完靶，就到了可以叫赵远阳起床的时间了。

不过今天是周末，霍戎准备让他睡个懒觉，自己也进房间去补觉。

他和赵远阳的房间是并列着的，中间只隔了一个衣帽间。这衣帽间，当时说是二人暂时共用，可一个季度过去了，还是在共用。

他们的作息习惯不同，很少同时出现在衣帽间，也就避免了尴尬的事发生。

赵远阳爱干净，每天都要换衣服，里面穿的和外面穿的，都要换，连外套也每日一换。但他又懒，衣服脱了就随手丢，有时候丢在床上，有时候丢在地毯上，有时候就脱在衣帽间的换衣凳上。

他养尊处优惯了，什么东西都有人给他收拾，所以没有收拾的习惯，也意识不到自己这习惯不好。而霍戎也乐得惯着他，觉得他年纪还小，小孩子就是得宠着。

下午，赵远阳在电脑上玩了几局游戏，就手痒想练靶了。

其实也没什么游戏好玩，他唯一玩不腻的就是目前开着的这款游戏。他跟霍戎说想玩会儿射击，霍戎就带他去了专业射击场。

射击场里有一些先进的设备，最主要的是做了隔音，在这里进行射击练习，外面肯定是听不见声响的。

枪这东西，一天不碰就会手生，所以霍戎每天都练。他把赵远阳带过去，问："打多远的？"

赵远阳说："二十米吧！"

二十米是他的极限了,超过二十米,他连靶子上的红点在哪儿都快看不清了。

"那阳阳先等会儿。"

赵远阳站着等他。

过了一会儿,霍戎拿了装备来——在室内射击场,需要防护耳罩。

霍戎给赵远阳戴上后,再帮他装好步枪,在一旁给他做动作讲解:"它有十五发子弹,把弹仓滑上去,像这样锁上……"

他一边缓慢示范,一边讲解着步骤。

"上膛的时候,空弹夹会掉出来,向后拉这个滑块……这时把新的推进去,然后——"他细致地教导着赵远阳,"拉这里上膛。"

哪怕赵远阳都知道,也还是很给面子地认真听着。在霍戎这个专业人士面前,他没资格举手说自己全懂。

赵远阳占据了射击枪和靶子,霍戎就只得在旁边看着,指导他。

赵远阳是练过的,他没让霍戎失望,准头也不错,就是姿势不太标准。

霍戎走上前去,一只手握住赵远阳的手臂,另一只手捏住他的肩膀,调整他肩膀的高度。

霍戎整个人贴着赵远阳,眼睛微眯,帮他调整好姿势和角度:"要像这样……不然后座力会让你的韧带受损。"

他靠得极近。赵远阳怕痒,不由自主抖了一下。

"别动。"霍戎说着,重新帮他调整姿势,另一只手伸过去,带着他的手上膛。

赵远阳扣动扳机。

"嘭!"

靶子停止移动,十环。

赵远阳刚才自己打了十几发,最好的成绩只有八点五环,他还是第一次打中十环,不由得眉开眼笑起来。

他脸上的笑意那么明显,霍戎也受了他的感染,看着他笑:"阳阳很棒。"说着,他慢慢放开赵远阳。

赵远阳谦虚地摆手:"跟哥哥你没法儿比。"

新旧年交替的这段时间,整个城市的气温真正开始变低。赵远阳连耳罩都戴上了,那种女生喜欢戴的耳罩,他也买了一副,浅灰色的,毛茸茸的。

好多人问他是不是交女朋友了,不然怎么戴这种玩意儿。

赵远阳回一句:"我就喜欢,你管得着吗?"他才不早恋。

其实耳罩也有男款,但赵远阳就喜欢毛茸茸的,觉得看着更暖和。他也不在乎别人怎么想他,只要不冷就行了。

这年的元旦节正好是星期六,星期五便放假了。

魏海给他打电话,问:"远阳,跟我去跨年吗?"

赵远阳知道,他说的跨年其实是去看跨年演唱会的直播,等散场了,一行人再驱车到市郊的海边,在沙滩上放烟花。

他问:"人多吗?"

"都是你认识的。"魏海说。

"那我要先问问我哥,他同意我才去,我不能喝酒。"赵远阳现在俨然一副怕家长的乖孩子模样。

"别啊,不喝酒有什么意思……"魏海"啧"了声,"你们家家教也太严了。"

"喝酒伤肝,抽烟伤肺,总之我都不碰,你也别碰。"赵远阳认真道。

"不喝酒也成,"魏海妥协,"我给你点橙汁。但打牌总得来吧?不赌钱,打牌娱乐……你可别说不行啊。"

"那……"赵远阳沉吟道,"那我先问我哥,问了再给你答复。"

"那我晚上去接你。"

其实赵远阳知道,只要他开了口,霍戎都不会拒绝他的要求。霍戎是个负责、又相当开明的好家长。

果不其然,霍戎只是略微思索便同意了。

晚上，魏海来赵远阳家里接他。这是他第一次来赵远阳家里，车子开进去后，他也忍不住惊讶起来。不知道赵远阳这哥哥什么来头，他也没打听过，现在一看，果然不简单。

晚上冷，赵远阳穿得特别多。

霍戎一听他可能要去海滩，又给他戴了顶帽子。

"要是下车冷，你就别下车，待在车上。不可以开车，更不能喝了酒开车。"霍戎边说边把他的手机铃声和振动全部打开，再放回他的大衣内袋。

这样一来，手机一响，赵远阳就会第一时间知道。

"我给你打电话，你必须接，有什么事也记住第一时间给我打电话。"霍戎说。

赵远阳"嗯"了好几声，没有显露出一丝不耐烦："我知道了。"

魏海坐在车上，瞠目结舌地看着赵远阳那个瞧着挺冷漠的哥哥，老妈子似的跟他一句一句地叮嘱。

上车前，霍戎又叮嘱了他一句："阳阳，别喝来历不明的酒。"

赵远阳信誓旦旦道："我肯定不喝酒，保证不喝。"

他举手发誓。

霍戎笑起来，准备揉他的头发，可他戴了帽子，霍戎就只拍了一下他的肩，说了句"乖"，又接着道："来历不明的饮料也不行。"

赵远阳眨了一下眼："好。"看起来是真的把他的话听进去了。

"外面坏人多，我担心你。"霍戎最后说了句，"别和陌生人说话，晚上我去接你。"

这时忍无可忍的魏海把头伸出窗外："您别担心，我肯定会完完整整地把远阳送回家的。"

他今天穿了皮夹克，浓眉大眼，头发上抹了发胶，有种不良少年的气质，像个混混。

霍戎没说什么，认真交代赵远阳："记得给我打电话。"

等赵远阳上了车，魏海才忍不住吐槽："嚯，还真能说。"

车里有暖气，赵远阳上车就把帽子、围巾和手套脱掉。他眼角眉梢都带着暖融融的笑："我哥那是关心我。"

"又不是亲的，你怎么这么嘚瑟？"魏海忍不住笑。

赵远阳漫不经心道："要是亲的，我就该乐了。"

魏海好像听明白了他的意思，又不太明白："远阳，为什么你家里人走了，会来了个这么远的亲戚收养你？"

"其实他也不是我亲戚，跟我没有血缘上的关系。"赵远阳解释着，"他……是我外公的一个熟人，但之前我也没怎么见过他。"

由赵远阳口中说出来，魏海觉得霍戎扑朔迷离的身份变得更加可疑了："这种来历不明的人你也相信？我还以为你跟他很熟，一口一个'哥哥'的……啧。"

"具体的我就不清楚了，但四海，你不用担心这个，他肯定是个好人。"赵远阳的语气笃定。

魏海想说："你这种盲目的自信到底打哪儿来的？亲哥哥都不能相信，更别说认的干哥哥了。"可当他看到赵远阳说话时眼睛里流露出的信任，这话就被他吞进了肚子里。

他靠在座椅上，忍不住地想，其实他的三个哥哥看似对他都很好，其实真正对他好的……可能一个都没有吧！

他们对他好，不过是看他够差劲。

赵远阳和魏海闲聊着，车子很快抵达目的地。

魏海下了车，他的皮夹克短，显得一双腿特别长，更别说他穿了黑色牛仔裤，脚下蹬着同色的马丁靴。

赵远阳穿得就多了，酒红色的大衣长到了膝盖。刚从车上下来，他就把围巾围上了，怀里还揣了个暖宝宝。

围巾遮了下巴，喉结和下颌骨也统统被遮住了，头发藏在帽子里，要是忽略他的身高，只看他的五官和扮相，还真是个大美人。可他长那么高，没人会认错他的性别。

桌游吧外面停着一辆辆机车，都是很不错的车。

魏海一只胳膊搭在赵远阳肩上，歪着头得意地说："那辆机车是我

241

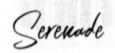

的，好看吧？等会儿带你啊！"

车是挺酷的，但赵远阳想了一下骑在机车上该有多冷，眉头一皱，长腿迈开，摆脱他的手臂，朝店里走去："我不要吹风，太冷了。"

魏海追上他："有头盔！可以挡风的！"

桌游吧被他们包了场，里头坐着的，都是认识的人。

其实魏海的朋友还真跟赵远阳八竿子打不着。他父母没去世，现在事业还在蒸蒸日上的话，没准儿能混到他的这个圈子外围。

但魏海待赵远阳特别好，把所有朋友都介绍给他，说："谁要是欺负你，我就带人找他麻烦。"

霍戎也是这种人，但霍戎从不跟赵远阳说自己做了什么，只会默默地帮他摆平所有事端。

赵远阳还在心里盘算着要先把周淳这样，再那样，烤了、炸了，最后再煎了的时候，霍戎就已出手把东方地产公司搞垮了，迫使周淳卖出股份，和公司脱离关系。

周淳拿了钱又借款准备东山再起时，霍戎又给了他致命一击。

这简直就是把人从绝境里捞出来，再推回绝境，如此反复，堪称报复的典范。

相比起来，赵远阳心里的那些小算计，简直不值一提。

如果不是因为一场噩梦让他看清了现实，得知霍戎把公司搞到快破产了，他一定会跟霍戎势不两立。

因为以他的脑子，根本想不到霍戎其实是在帮他。

大电视屏幕上还在直播着某电视台的跨年演唱会，某歌星正在唱歌。

"远阳，你是想打桥牌还是斗地主？"

赵远阳想了想，选了一个："斗地主。"他很久都没有娱乐了，学习占据了他的大脑太久，是时候放松一下了。

吵闹的人声，反倒让他的神经放松下来。

"成，那就斗地主。"这时，魏海的手机响了。他看了一眼来电显示,是陈雪庭。他犹豫了一会儿,还是接了。

魏海边接电话边往外走。

这时赵远阳发现店里清静了许多,人也少了许多,似乎被清了场。赵远阳大致望了一眼,发现里面几乎都是他认得的面孔,也就是说,不认识的人全部被请走了。

又玩了一局斗地主,魏海放在桌子上的手机再次嗡嗡作响。

他直接接了电话:"你到门口了?那直接进来……放心,不是什么不好的地方,我朋友开的。"

薛问看他一眼,丢了个红桃3:"那个……啊?"

魏海平静地"嗯"了一声。

薛问露齿笑道:"可喜可贺,我得给你哥说说这个好消息。"

魏海皱眉:"你烦不烦?"

说话的时候,陈雪庭进来了。大冬天的,她穿得挺少,粉红色裙子,还露了小腿。

这样的好学生,从没来过这里,一坐下就问:"这是桌游吧还是咖啡厅啊?怎么还有人弹钢琴?"

薛问得意地甩了一对王炸,笑着说:"这叫商务桌游吧,和别的不一样。"

魏海瞥了一眼那两张牌,又瞪了一眼薛问。

——不是叫你别出,别出!要出也必须拆了再出,怎么这么傻!

眼看着赵远阳要输了,他没好气地丢了牌:"不打了,我去上洗手间。"

扰乱了牌局,桌上就没个输赢。

赵远阳是最大赢家。

魏海一走,他胸口处振动起来,是霍戎走前放在他外套内袋的手机。想都不用想,电话是霍戎打来的。

接电话前,赵远阳看了一眼时间。现在才十一点钟不到,这么会儿工夫看不见他就要催他回家了?

243

果不其然,霍戎的第一句话就是:"阳阳,什么时候回来?"

赵远阳道:"等一下放了烟花就回去。哥,你不用等我。"

"我等一下去接你。"霍戎说,"别到处乱跑。"

"好……那我在这儿等你。"

薛问闻言啧啧了几声,这家教可真够严了。

这就是赵远阳突然变乖的原因不成?

结束和霍戎的通话,魏海从卫生间回来了,三人继续打牌,陈雪庭旁观。她没事可干,薛问看她闲得无聊,把牌递过去,主动问:"要不然让你打一局?"

"我不会这个,你们玩吧……"她顿了顿,纤细的手指幅度很小地指了一下,"那边那个,钢琴……我可以去弹吗?"

"哟,还会弹钢琴啊!那敢情好啊!"

那架钢琴摆在二楼,视野非常棒。

陈雪庭坐在琴凳上背对着人,看不见她手指的动作,但是能听见从她手下流淌出的美妙琴声。

是一曲应景的《铃儿响叮当》。

薛问出牌,并道:"她不错啊,看着是个好学生。"

魏海嘴里含着一颗糖,抬头瞥了一眼她的背影。

陈雪庭弹了两三首曲目后,魏海走过去叫她停下:"去放烟花了,别弹了。"

陈雪庭笑着问他:"我弹得好不好?"

魏海不懂钢琴,就端着说:"还可以。"

到底怎么样,他也不知道,只不过听人说钢琴十级特别厉害,还是夸她一句吧!

"学校音乐教室有钢琴,我认识老师,可以拿到钥匙,下次我再给你弹。"

从桌游吧出去,魏海发现自己的机车不见了。一辆黑色轿车停在他面前,与此同时,魏海收到一条来自他二哥的短信:"骑摩托不安全,让司机送你回家吧。"

接着，司机下了车，喊了他一声。

"滚蛋。"魏海黑着脸道。

司机便不知从哪儿推出一辆山地车给魏海："您二哥说了，如果一定要骑车，就骑这个。"

魏海："……"

赵远阳："……"

魏海一阵无语，这个阴魂不散的二哥！

魏海对司机说："你还是推回去吧，不骑了。"

薛问主动招呼几人："来，上我的车。"

薛问叫了一个店员给他开车。

魏海上了薛问的车，薛问坐在前面的副驾驶座，而陈雪庭和他们挤后座。

车后座一时之间变得有些拥挤。

赵远阳坐在靠门的位子，薛问一直在念叨着辛酸往事，还跟陈雪庭说魏海的糗事。

魏海抓过一个抱枕砸在他脑袋上："别瞎说。"

薛问还是喋喋不休："魏海啊魏海，你这朋友……找得……真好，我要给你二哥打电话，我手机……手机呢？我得跟他打报告……手机……哦，我摸到了……"他一面打着酒嗝，一面拨电话，魏海却一把将他的手机夺了过来。

"打报告"三个字让魏海脸色发黑："你还没打够吗？打报告，打报告，就知道打报告，原来是你让他把我的车弄走了。"等魏海拿到薛问的手机，看见薛问的通话记录和短信，脸更黑了。

魏海盯着手机屏幕，摁了一下那个手机号码。

接通后，听见那边传来了一声熟悉的"喂"，魏海便挂断了电话。他开始觉得赵远阳之前跟他说的那些，是真的了。

薛问迷茫地看着他："你怎么了？手机还给我……手机，你二哥对你是真好，你千万别做什么傻事……"

魏海冷着脸，伸长手臂，把车窗降下来，干脆利落地把他的手机给丢了出去，还爆了句粗口。

薛问"哎哟"了一声，拍着大腿道："才买的！才买的！祖宗！"

这里快靠近海边了，窗户一开，坐在车窗旁边的赵远阳就闻到了海风的味道。

咸腥味的海风，让他整个人都僵硬了。他怎么给忘了？

赵远阳还隐约听见了海浪拍打在礁石上的声音，他突然就喊道："停车！"

还在生着气的魏海，一转头就看见赵远阳的脸色苍白得有些不正常。

车倏地停下来，赵远阳快速打开车门，一些非常糟糕、非常恐怖的回忆随着海风的气味侵袭了他的大脑。

这三个多月来，赵远阳实在是过得太过安逸了，都忘了这回事了。

他也没想到，光是海浪的声音和海风的味道就让他这么不适，可想而知梦中死亡的阴影对他影响有多么大。

魏海跟着他下了车。

"怎么了，远阳？"他扶住像是要被狂风吹得歪倒过去的赵远阳，"我们马上就到了。"

赵远阳的脸色非常难看，苍白得不见血色："你们去，我不去了，我要回家。"

魏海更担忧了，舌头都开始打结了："怎么……怎么就不高兴了啊？外面这么冷，你先……先回车上吧！"

这条路正好就靠着海边，已经可以望见夜色下深黑色的海面了。他们耽搁了一会儿，所以路上只剩下他们这一辆车。黑漆漆的公路上，只有两盏车灯投射出的长长的黄色光芒。

赵远阳说什么也不愿再前进一步了，更是直接蹲下身，用手捂住耳朵："四海，我不舒服……你们先走，我让我哥来接我。"

他打电话前，先看了一眼时间："马上十二点了，你们要错过放烟花了，别管我。"

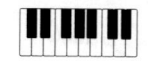

黑夜里，海的压迫感比白天更大，更吓人。

赵远阳已经开始觉得头晕了，他滴酒未沾，脑子里却一片混沌。

他勉强支撑着打电话，低头盯着柏油公路，电话接通的那一刻，霍戎的声音让他找到了一丝安全感，他这才稳住身形。

"哥，我不舒服，你来接我好吗？"他的声音轻得仿佛可以被风吹跑。

霍戎一句废话也没有："等着我，别挂电话。"

陈雪庭也下了车，海风大得简直要把她吹倒了，直吹得她长长的黑发扬起来，寸步难行："魏海，他怎么了？"

魏海也不知道怎么回事，又拿他没辙，干脆陪着他蹲下来："你们先走，我陪远阳等他哥过来。"

"上车等吧，蹲着算怎么回事？"她冷得不行了。

赵远阳连挪动脚步都困难，更别说站起来了。

他提不起一丝力气，满脑子都是海水的形态和味道。深蓝色的海水逐渐侵蚀他，他感觉自己要失去意识了，连呼吸都觉得艰难，只能一只手蒙着耳朵，一只手捏着手机贴在耳朵上。

这时，远处突然出现两道强光。

伴随着汽车的引擎声，那光亮移动得非常快。赵远阳勉强抬起头，耳边传来霍戎的声音："阳阳，说话。"

他"嗯"了一声："哥……"

霍戎下了车，扶他起来。

赵远阳一时脱力，手机掉在地上。

十二点一到，烟花就准时在海面上空绽开。

赵远阳看不清，只能感觉到五彩的光。

魏海语无伦次地跟霍戎解释："远阳突然不知道怎么了……他忽然说要停车，然后下了车，蹲下就站不起来了，好像很痛苦。我……我跟你们去医院吧！"

魏海怀疑赵远阳是不是肠胃出毛病了，他看着赵远阳被霍戎扶着，小半张侧脸白得骇人。他慌乱极了，整个人顿时清醒了大半："他晚上没喝酒,我看着的,没吃什么不该吃的,就吃了些坚果、牛肉干,喝了橙汁什么的……也没抽烟,他从来不抽的……"

霍戎要镇定许多,跟他说:"我带他走,你们好好玩。"

霍戎搀扶着赵远阳上车,手掌托着他的后颈,低头看着他煞白的脸,唤道:"阳阳?"

随后,一行人注视着那辆黑色的加长豪车以超跑般的速度疾驰而去。霍戎的手搭在赵远阳的额头上——没发烧。

他又伸手摸他的肚皮:"肚子疼?"

赵远阳缓慢地摇了一下头。

"哪里不舒服?"霍戎低声问。

车窗紧闭,车子隔音好,赵远阳听不见海浪的声音了,可还是没缓过来。他感觉眼前全是淹死他的海水,黑色的海水仍旧在他的脑子里狂乱地汹涌着。

赵远阳揪着霍戎的衣服,要哭一般地望着他:"哥,我要死了……你救救我。"

有时候心理疾病比生理上的疾病要严重得多,更别提他的心理障碍是源于梦中另一段人生里的死亡。他原本以为只是在海滩放个烟花,又不下海,没什么关系,谁知道……

他根本没料到连海浪的声音都能对他产生这么大的威胁。

一瞬间,赵远阳觉得自己脆弱极了,当真是感觉到了死亡。

赵远阳是不是无病呻吟,霍戎当然听得出,他敏锐地感觉到了,阳阳是真的难受到了要死的地步。

他牢牢地盯着赵远阳,声音一如既往镇定,似乎没什么事情能让他感到惊慌。

"阳阳别怕,我们马上就到医院了。"

赵远阳仰头喘息道:"我……不是病了,我不用去……医院。"

直到现在,他耳边还回响着呼啸的海浪声,胸腔里像是灌满了海水,满嘴腥咸味。

他眼前发黑,甚至看不清霍戎的脸。

霍戎轻轻地拍他的背,像安慰孩子一样:"医生会治好你的。"

察觉到赵远阳闭上了眼睛,他立刻贴在赵远阳的耳边说:"跟哥哥说话,别睡,随便说些什么。"

霍戎不知道赵远阳是哪里出了问题,只知道他情绪很不稳定,只能尽力安慰着他。

赵远阳大口呼吸着:"我要淹死了……"他用力抱紧霍戎的手臂,把对方当成救命的浮木。

赵远阳有种快要溺死的感觉,呼吸不上来。

明明周围没有海水,怎么会产生这种错觉?

赵远阳不断告诉自己,他是硬汉,可以坚持住,可是做不到。

"我不要医生,我不需要……你带我回家……"

车上开了暖气,他穿这么多不免觉得热,身上已经开始冒汗,可是他毫无力气,他全身的力气都被恐惧抽干了。

"我想回家,想睡觉……"

"别睡,阳阳想吃什么?哥哥给你买。"霍戎托着他的后脑勺儿,低头看见他渐渐闭上眼睛。

赵远阳真的没力气了,坚持不住了,又含混不清地说了句什么,便彻底失去意识。

霍戎先是探他的呼吸,又低头听他的心跳,好在无碍。

赵远阳打来电话后,他就叫了救护车,他比救护车要快,所以在回去的路上正好和救护车相遇。

他抱着赵远阳下车,上了救护车。

随车护士对他进行了一些检查,什么毛病都没检查出来。

可赵远阳就是昏迷了。

到了医院后,医院又给他做了全身检查,说他像是溺水后的反应,可他明明没触过水。

最后医生下了结论:"惊吓过度,带回去休息,醒了就好了。"

也不是多么严重的事,至少没有生命威胁,可是赵远阳之前那濒死的模样,仍让霍戎心有余悸,他相信赵远阳是真的难受到了快要死掉的

249

地步。

既然没有问题,自然该把人带回家了。

霍戎全程照顾着他,不假人手。

折腾半宿到了家,天还没亮。

赵远阳果然不像是有病的样子,醒得很快,天色微亮,他就睁开了眼睛。

霍戎就坐在他旁边,看见他的手有气无力地从被窝里探出来,似是想触碰什么。

霍戎把手伸过去,赵远阳立即抓住,像抓住一块浮木。

"阳阳,怎么样了?"

赵远阳动了动嘴巴,没声音。

霍戎看出来了,问:"渴了?"

他微微点头,黑沉沉的眼睛望着霍戎,脸上恢复了些许生机——他还活着。

霍戎要去倒水,赵远阳却伸手抓住他,不让他走。

他看着没什么力气,抓霍戎的时候,力气却大得可怕,表情可怜。

霍戎只好吩咐人倒水端进来。

赵远阳喝了水,眼睛微微有了神采,说的第一句话就是:"我没有生病。"

霍戎伸出手掌轻轻地抚摸他的额头:"嗯,我们阳阳没病,很健康,也很听话。"

他抬了抬手臂,看见身上的睡衣:"你让人帮我……换了衣服?"

霍戎"嗯"了一声:"你出了很多汗。"

一听见"出汗"二字,赵远阳就受不了了,好看的眉毛拧着,要求道:"哥,我想洗澡。"

霍戎没说话,顿了顿:"我去给你放水。"

"不,不要,我不要浴缸。"他抗拒道。

霍戎低头看着他。

赵远阳的脸苍白得毫无血色:"我怕那个,不要泡澡。"

怕哪个?

尽管赵远阳没说清楚,霍戎还是很快就联想到了:阳阳怕水?或者说是怕海?

他轻轻皱眉,医生说他像个溺水的人。

霍戎没继续深想,赵远阳已经自己掀开被子了:"我要洗澡。"

他爱干净,是真受不了自己浑身是汗就这么睡觉了。

但他提不起什么力气,走路摇摇晃晃的。

霍戎打算帮他,伸手接住他摇摇欲坠的身体:"真要洗?"

赵远阳"嗯"了一声。浴室里那个浴缸,他一次都没用过,每次都是站着冲洗,而且通常很快就出来了。

"别管我。"赵远阳推了一下霍戎,"我自己洗,我又不小了。"

"别逞强,站都站不起来还要自己去洗澡。"霍戎扶着赵远阳的姿势,让赵远阳感觉自己像个几岁的小孩子,这算什么?

赵远阳无可奈何道:"哥,你让我自己来,我不小了。"

霍戎不为所动,赵远阳也根本无法撼动他钢铁一般的双臂。

"阳阳,别闹,你现在走不动路。"霍戎柔声道。

赵远阳瞪了他两秒,随后放弃了挣扎。

从床边到浴室,不过几步路。

霍戎放他下来,仍旧用手臂支撑着他:"能站稳吗?"

"我又不是腿折了……"赵远阳轻轻推开他的手臂,嘟囔道,"我自己洗澡,不用看着我。"他眼睛狭长,此时非常专注地望着霍戎,里头透着执拗。

霍戎靠在浴室门口看他。

赵远阳要洗澡,首先要脱衣服,霍戎不走,他便不动,手指轻轻捏着上衣下摆,做出一副"我现在要脱了"的样子:"你怎么还不走?"

"怕你等下摔倒,我不看你。"霍戎说着背过身去,不容置喙道,"但是门必须开着。"

赵远阳还是觉得别扭。

可他知道霍戎是个说一不二的人，说什么就是什么，不会反悔，也不会说假话。

赵远阳略微放心了些，关上淋浴间的弧形玻璃门，开了花洒。

瀑布式水龙头镶嵌在天花板上，放热水时，如同在下雨一般。

赵远阳怕海，怕那种密不透风的窒息感，也怕水，待在水里会让他回忆起不好的事情来，产生溺水的错觉，所以让他泡澡他肯定是不敢的。但是下雨，他就没什么好怕的了。

霍戎就在门外，门开着。

而他光着身体在里面洗澡，只有一扇磨砂的玻璃门遮掩，浴室里水汽氤氲，玻璃门上雾蒙蒙一片。

赵远阳有些心不在焉，光盯着霍戎的背影看。

但他也看不太清，只能用手指在玻璃上抹出一片清晰的地方出来。

霍戎果然说到做到，背影岿然如山，一动不动。虽然是背过身，但他的听力很好，有什么异动他能第一时间听到，所以并不担心赵远阳出事。赵远阳洗澡时倒是没什么奇奇怪怪的毛病，不唱歌，也不会想事情，完全放空。

整个洗澡过程安然无恙，赵远阳尤其注意脚下，防止脚滑，一定不能脚滑。不然他一滑倒，戎哥就冲进来怎么办？

但怕什么来什么。

赵远阳洗完澡，换上睡衣，推开磨砂玻璃门往外走，脚意外地一滑，眼看着就要摔个四脚朝天了，他忍不住闭上了眼睛。不过眨眼间，他就被人扶住了。

霍戎拽住了他的胳膊。

如同上次他骑马，"闪电"发疯，戎哥救他时一样。

霍戎的速度快得不可思议，赵远阳还没反应过来，霍戎就把他给救了。

霍戎拉着他走，小心得像是在教导小孩子学步，时刻注意着他的脚下，直到他踩到松软干燥的地毯上。

晚上还有晚自习，但赵远阳实在没什么心情去上课，他吃完早餐便困了。不过有了浴室的事分散注意力,他现在已经好了许多,至少躺下时,不会感觉到床四周有海水蔓延。

霍戎没走,坐在小沙发上。

赵远阳疲惫地耷拉着眼皮,侧躺在床上,拉着丝绸的被子:"哥哥,你昨晚是不是也没休息?你快去休息吧,别看着我了,我没事了。"

"等你睡着了我再去休息。"

霍戎发现赵远阳又变乖了,叫他"哥哥"。方才,赵远阳可是非常不客气,没有称呼,像在跟他发威似的。

非常有意思,太两面派了。

赵远阳注视着他,又道:"你别这样……"明明霍戎自己也没睡,偏还要操劳他的事,现在还要等他睡着了才去休息。

赵远阳不肯,坚持让他回房去睡觉。

霍戎站起来,走到床边,微微俯身,低声道:"阳阳,我不放心你。等一下你做噩梦了,叫我时我得在你旁边。"

"你担心我,我也担心你啊!你又不是超人,超人也是需要睡觉的。"

赵远阳有些不敢看他专注的眼睛,眼皮再次合上,长睫毛一颤一颤的。

"那哥在你旁边吧?哥陪着你,等你睡着了,我再出去。"霍戎轻笑一声。

赵远阳猛地睁开眼睛,想说拒绝的话,又觉得伤人。

赵远阳以前哪里会怕伤人心,怎么想的就怎么说,现在却事事都要顾及戎哥,顾及他的感受,顾及他会不会伤心。

赵远阳知道自己不会说话,常常口是心非,脑子里想的是一回事,嘴上说出来又是另一回事。

他注视着霍戎,看到他的下巴都冒出了青色的胡楂,眼睛下面也是青色的,神色疲惫,显然没休息好。

赵远阳心疼了,原本想要赶他走的话也说不出口了。

"那……那……"他支吾着,避开霍戎的目光,"那你要待就待,我睡相特别好,肯定是不会动的。"

霍戎点头,眼里含着笑:"我抱床被子来,不会跟你抢被子,就陪着你,坐在你床边。"

赵远阳也点头,闭上眼睛装睡。

约莫是因为霍戎在身边,赵远阳知道自己很安全,很快便睡着了。

他信任霍戎,不仅仅是因为知道霍戎没坏心,对自己好,还因为霍戎能给他带来安全感。

他的睡相不能说好,但是很规矩,不会乱动,钻进被子里就跟乌龟缩进壳里似的。

霍戎就坐在他身旁,听着他的呼吸声睡觉。他睡觉和通常意义上的睡眠太一样,闭上眼睛后,神志仍旧处于高度警备的状态,一有什么风吹草动,他就会立刻睁眼。

因为担心赵远阳,他一开始睡不着。

但后来不知不觉地,他进入了深度睡眠,沉沉睡了过去,如同婴儿那样安稳,仿佛没什么能打扰到他。

赵远阳一觉睡到了下午。

醒来时,他望着白色的天花板发了一会儿呆,突然想起什么,扭头看旁边。

霍戎早就已经醒了,一条腿屈着,手上拿了几张图纸,一张草稿纸,垫在膝盖上写写画画。

见赵远阳醒来,霍戎就放下东西,伸手摸他的额头,探他的温度。

赵远阳轻轻眨眼:"哥,你在画画吗?"

"没。"

赵远阳伸手:"我想看看。"

霍戎看了他一眼,把图纸递给他。

图纸非常精密,比电脑做出来的 3D 效果图还要精密,密密麻麻地标注着性能、材质。

赵远阳看不懂这是什么,猜想应该是武器一类的。他看了一眼就还给霍戎，装作不在意的语气道："我外公那里也有很多这种图纸，你喜欢这些吗？"

他看向霍戎："我都送给你好不好？"

霍戎沉默了一下："阳阳……"

赵远阳笑了笑："我没别的意思。哥，你对我这么好，我不知道你喜欢什么东西，看到你唯一上心研究的，就是这些东西了。正好我有，还有很多，我自己又用不上，看不懂。我送给你。"

他一口气解释了这么多，霍戎还是推拒了。

他拍拍赵远阳的肩膀："哥哥不要你的东西。我对你好，不是为了你的东西，你明白吗？"

这一次，赵远阳不知他是不是在说真话。二人都跳过了这个话题。

晚上还有晚自习，赵远阳还没有决定要不要去。

可霍戎已经帮他请了病假，要他在家好好休息，什么也别干，更不要看书。

他难得放松，一整天都没下床。霍戎还抱了乐高到他床上来，跟他一起拼。

明明是儿童才喜欢玩的东西，赵远阳却玩得很高兴。

饿了霍戎给他拿吃的，渴了霍戎给他端水来，困了闭眼就能睡。

六点半，魏海准时坐在教室里。上课才十分钟，老余还在讲台守着，他就突然站起来往外走。

老余根本喊不住他。

他也顾不上打电话喊司机了，就在校门口打了辆出租车，让他开到葵园去。

到达目的地，魏海下了车。面前，葵园黑色的大门紧闭，透着森严的气息。

外面有四个监控摄像头在转。他听见一声凶猛的犬吠。

此时，天色还未完全暗下去，路灯已经亮了，魏海隐约看见有个人影走过来，手中还牵着狗。

似乎是看门的。

"你有什么事？"

那人走近了，魏海这才看见看门的人长得很高大，浑身都是肌肉。他手中牵着的那条黑色的狗，居然是纯种的藏獒，正看着自己的眼睛，目露凶光。

他没被吓住，他家保安也多，每次回家都能看见一排保安。

"我找赵远阳，请问他在家吗？"他客气地问。

保安警惕地盯着他，重复道："你有什么事？"

"我是他的朋友，你和他说一声，我进去看看他。"魏海还算有耐心，毕竟他面对的是赵远阳家的保安。保安嘛，警惕一些，凶悍一些，是好事情。

保安听了，就走开了。

过了两分钟，大门开了。

魏海抬头，看见围墙上布满了电网，安防这样严密，恐怕只有鸟才能飞进去吧？

等他走进去后，有辆小车来载他，送他到房子那里去。

他坐在车上，看见黑黝黝的树林里，有许多双狼一般的眼睛，阴森森。他立刻反应过来，这些全都是藏獒！

而且每只藏獒都配了一个保安。

从大门到白色房子那段路，小车行驶了两三分钟，这段路程，魏海看见那树林里密布着保安和狗。

他心里惊讶不已。好大的派头！他老爹都不敢弄这么多保安，更别说这些保安个个牛高马大，训练有素。

上次来的时候是白天，他没注意到这些细节，这次他是一个人来的，还是晚上，却意外发现了不得了的事。

虽然是第二次来，但进赵远阳家的家门，还是第一次。

房子不大，是赵远阳的哥哥给他开的门，还叫他"小同学"。

魏海颇不适应，觉得有些压抑。进了赵远阳的房间，房门关上后，他才觉得舒服了些。

他从裤兜里掏出一样东西递给赵远阳:"你的手机。"说完,他又仔细打量赵远阳的脸色,"生病了啊?昨晚怎么回事?"

赵远阳一天没下床了,不想动。他指了指太阳穴:"突然不舒服。"

魏海坐到他旁边来。"去医院没有?严重吗?"

"不严重,没生病。"他问一句,赵远阳答一句。

他靠着赵远阳的肩膀,头微侧,两个人靠得非常近。

"那现在好了吗?"他注意到赵远阳床上拼好的乐高积木。

暖气太足,他热得慌,于是把外套脱了,搭在腿上。

赵远阳"嗯"了一声。

魏海没问出什么来,狐疑地看着他:"真好了?昨晚你都站不起来了,一个劲地发抖。"

想到昨天夜里发生的事,他现在还惊魂未定。好好的跨年活动,突然就出事了。赵远阳走后,他也没心思放烟花了,把女孩子送到家,他也回家了。

可是他一晚上都惦记着赵远阳,满脑子瞎想赵远阳是生病了还是怎么了。

"真的。"赵远阳真诚地说道。

魏海看着他,嘴唇动了动,最终也没再追问,而是问了他别的问题:"我进来的时候,看见你家好多藏獒和保安。远阳,你跟我说实话——"

魏海压低声音:"你哥到底是干吗的?"

赵远阳也压低声音:"家里地方大,保安就多,安全起见嘛!"

魏海觉得不正常,太不正常了。

赵远阳解释:"他投资了一个安保公司,所以——"

"哦,这样啊……"魏海便理解了。

他们说话的时候,霍戎进来了一次,像个和气的好家长,给他们拿吃的和喝的。

魏海坐在赵远阳的床上,脱了外套,搭着他肩膀的姿势,正好让霍戎看见了。

他扫了一眼赵远阳，发现阳阳似乎习以为常，没什么反应。

远阳这个朋友……他微微蹙眉。

等魏海走后，夜已经深了。

霍戎给他倒了一杯水进来，小心翼翼地把床上的乐高搬到桌上去。这是两个人一下午的成果，得千万小心才是。

第六章

露草

第二天，赵远阳就彻底恢复了。他的心理创伤不像一些人，一直念念不忘，随时随地都可能发作。他忘性大，不愉快的事情忘得很快，只要不让他见到海，他就能一直安然无恙。

他的元旦作业一个字没动，一整个上午都趴在课桌上补作业。

眼看着期末考试快到了，学习吃紧，赵远阳这才意识到前段时间犯懒，落下了不少功课。

魏海安稳地陪他读了两天书，每天扳着手指算："你要生日了，对，十七岁生日，那四舍五入差不多就是十八岁……等你十八岁了，就又可以跟我一起放纵人生了。"

这种日子持续了没几天，魏海觉得没意思了，就又开始逃课。

一中是高一下学期分科，一月份就得填写文理科志愿表。

老余下来找赵远阳问："魏海人呢？他什么时候回来？你让他回来把表填了。"

赵远阳给魏海打电话时，听见那头传来呼呼的风声，魏海的声音被风吹得有些飘："远阳，你说什么？大点儿声，我骑车呢！"

赵远阳的心一下子就提了起来，声音也不由自主拔高了："你骑车居然还敢接电话？！"

"喂？哎，远阳，我听不见你说什么啊……等会儿我停车再给你打。"说完，电话那头就只剩下了忙音。

赵远阳眉头紧皱。

梦中那场车祸，应该是高二或高三发生的事情，赵远阳记不太清了，总之肯定不是这个冬天的事，没这么早。

因为他记得，当时魏海去考了雅思，只考了一分。

他这才放心了些，可还是怕出什么差错。

直到魏海的电话打过来。

他似乎是停了车，电话那头没有猛烈的风声了，他的声音变得平稳，像带着阳光："什么事啊，远阳？"

赵远阳松了一口气："不是什么大事，文理分科，你选哪科？"

"你读文还是读理？"

"理。"赵远阳回答。

"那我也读理。"读文还是读理这种问题于他毫无意义，反正他什么也不会，在学校读书纯粹是混日子。

赵远阳低头帮他填了理科，又伪造了他的签名。

"你人在哪儿？"他问道。

魏海报出地址。

"别骑车了，把你的车放下，不许骑。然后打电话给司机，让司机来接你。"赵远阳交代他。

说完赵远阳还不放心，直接一个电话打到魏海家里。

隔了几天，魏海来上课了，委屈得很："你居然跟我哥打小报告！我被罚关了好几天禁闭！"

"我没打小报告，我只是让你家司机去接你，至于你哥知道了这件事情……本来就是你不对，那车速度多快、多危险你知道吗？"

"不知道。"魏海一副"我不听，我不听"的样子。

车都被缴了，还有什么危险？

赵远阳得知他的车被家里缴了后，这才算安心。至少不用随时担心他作死了。

261

（一）

赵远阳的生日在星期六，因为下周就期末考试了，所以这周他们班有模拟小考，上午考三门，下午考两门。

赵远阳被即将考试的恐惧支配，提不起一丝过生日的欲望。

十七岁生日，魏海给他送了条限量版的破洞牛仔裤，是很难买到的款式，在别人眼里一文不值，但在圈内人眼里就是宝贝。

赵远阳以前最喜欢这玩意儿了，只是现在醒悟了，他就穿得少了。

魏海还想给赵远阳弄个派对庆生，他却说自己要回家，活脱脱一副乖宝宝样。

"怎么回事啊？要回家？你以前生日都是跟我过的，蛋糕都给你订好了。"赵远阳嗜甜，爱吃蛋糕，所以魏海给他订了个超大的四层蛋糕。

人也叫好了，就等着给他过生日，去唱歌，多好啊！

赵远阳满怀歉意地说："我跟我哥说好了今天下课就回家。"

一听见他提起那个哥哥，魏海就没话说了。

他一直在想，到底是多专制、多强权的人，才能把赵远阳改造成现在这副乖宝宝模样？

连生日都不乐意让赵远阳和朋友一起过，这……

他想告诉赵远阳得反抗，像这种严苛的家长，就得给他些颜色看看，要叛逆。

可他知道，那并不是赵远阳的亲哥哥，赵远阳不能这么折腾。

魏海叹了一口气，无奈道："那我让人把蛋糕送到你家里去吧，很大一个，有这么大、这么高……"他张开手臂比画了一下，"你一个人吃不完别硬撑，吃不完就丢了。"

回到家，赵远阳首先签收了蛋糕。这蛋糕是专门用面包车运过来的，的确很大一个。

进家门的时候，赵远阳听见里面很吵。他推开门，吓了一跳。

屋里的陈设换了，装潢也大变样。几个工人正在高高的梯子上给客厅换灯，还有人在打扫，小心翼翼地擦着花瓶。

虽然吵闹，但是一切井然有序，而且就快完工了。

这房子虽然面积不算大，但穹顶很高，顶上有几面斜着的窗户，白天的时候日光从顶上投射进来，会在地上形成一圈金色的漂亮图案。

赵远阳准备换鞋时，发现地毯也换了新的。地毯是很难清理的物件，尤其是白色地毯，一有脏污就得整体换掉。

霍戎站在那里监工，见他回来了，便伸手拉过他，带着他从旁边绕过去。

房门一关上，外头的声音就小了许多。

霍戎笑道："去看看。"

赵远阳看见自己房间的地毯和陈设也有了变化，不过变化较小。方形的书桌换成了很长很宽的一张，边上放着一张同样长的、柔软的白色牛皮沙发。

房间里还专门整理出了一个角落，放着他和霍戎那天在床上拼的乐高积木，还有些别的，在他眼里很瞧不起的，认为只有小孩子才会玩的玩具。

好在还有一套电玩，这让赵远阳心中平衡了不少。这才对嘛，这才是大人玩的。

房间的窗帘全部拉开了，阳台上多了一张秋千椅。

那秋千椅呈球形，被风吹得微微晃动，这是个大号的秋千椅，两个人坐都没问题，看起来有种藤编的器具冰凉感，里面塞着毛茸茸的靠垫。赵远阳想着天气好的时候，可以窝在上面打游戏。

他还看见浴室里的浴缸已经被拆除了。

不过衣帽间还是没有变化……不是说好会拆分成两个的吗？真是个大骗子。

衣帽间拆分开，不再相通，他一锁门，霍戎就不能随意出入了。

赵远阳顺便在衣帽间把衣服给换了。他每天回家的第一件事情就是脱掉校服。校服不在身上了，会觉得少了许多束缚。

这些改造应该是早上他去上学后开始的，到下午就几乎完工了。

赵远阳把书包放好，坐在书桌前那张象牙白的牛皮沙发上。是他喜欢的柔软感，一靠上去，简直像是坐在棉花糖里，太软，太舒服了，而且和书桌的高度正好契合。

他四下看了看，发现这些新的家具，正好都适合过冬，处处透着暖意。霍戎坐在他旁边，沙发太软了，他一坐上来，就像座山，要把沙发压垮了似的。

赵远阳明显地感觉到了旁边塌陷了下去。

霍戎问他喜不喜欢新的装潢。

赵远阳点头，问他："哥，怎么突然想着换家具了？"

"觉得你会喜欢。"霍戎的坐姿很端正，哪怕坐在这么软的沙发上，他依旧挺直着背脊，不像赵远阳，骨头都没了。他看着赵远阳，又问，"沙发舒服吗？"

"舒服是挺舒服的，就是靠着想打盹。"赵远阳蹬掉拖鞋，把脚也抬上来，问道，"哥……我们……衣帽间……还是用一个吗？"

霍戎点头，神色未变："要拆分的话，得重新造面墙出来，工程量太大了。"

赵远阳觉得他在胡说，什么工程大……呸呸呸，明明一天就能完工的事！如果这都叫工程量大，那全套家具换新、换地毯，不是更复杂吗？

"前几天我问你想要什么，你说什么都不想要。"他注视着赵远阳，"真的没什么特别想要的吗？"

赵远阳摇头。从前他的生活让人羡慕，什么都不缺，有花不光的钱，还有那么多人爱他，是标准的人生赢家，但他真没有想要的东西，所以整天都是找乐子、玩刺激，什么没玩过就玩什么。

只要他想要的，都能得到。

那样的人生，看着比旁人肆意潇洒，他却从没爱过什么。

他一心想报仇雪恨，可报仇太简单了，丝毫没有难度。如果现在问他有什么想要的，那就是想让霍戎真的把他收养了，成为真正的一家人。

这样，他们就能皆大欢喜了。

但难就难在，霍戎根本无法真正地收养他。

赵远阳低头，看着对方的手掌。

霍戎的手上有很多茧和伤疤。

不仅手上，背上和胸口也是一样的。

而赵远阳打出生起就没做过家务活，连自己的书桌都收拾不好。他小时候上学就不爱做作业，长大了也是差生，一天到晚只知道吃喝玩乐，是一个养尊处优的少爷。

别看他身上有些肌肉，还有六块腹肌，可那都是花架子，对上霍戎这样的男人，是断然拧不过的。

霍戎的手和脚有着明显的色差。

这时，霍戎突然动了一下。

他的听力非常好，是从小训练的，赵远阳有时候嘀咕什么，他都听得见。

他在自己的房间里，赵远阳在隔壁做些什么，他也能立刻听见。所以他必须住在安静的地方才行，可是这座城市正在迅速发展，赵远阳的学校附近找不到很合适的地方。但他的运气好，发现了还没对外开放的葵园。

房子正好建在葵园里面，从大门开车到房子外面，要两三分钟，算是隔绝了喧嚣。

也让他因为异于常人的听力而受到的困扰被减弱了许多。

霍戎听见外面的客厅完工了，工人都走了。

此时，天色已经暗了下来。客厅刚换上的灯开了。

那灯是树枝状的，暖黄色的光格外明亮。

魏海送的蛋糕很大，足足有四层，得放在推车上。他下午一签收就让人拿去冷藏了，现在送过来，还是冰冷的，奶油凝固得很漂亮。

霍戎不知道赵远阳的朋友会送蛋糕过来，所以提前让家里的西点师傅做了一个。

家里的西点师傅做的蛋糕比起魏海送的那个小了很多，但贵在精致。赵远阳看着眼馋，一点儿也不想吃饭，只想把两个蛋糕都吃了。

他捏起一块巧克力吃："我决定了，晚上不吃饭了，我就吃蛋糕。"

听见这话，霍戎没说不许。他把灯关了，点上蜡烛让赵远阳许愿。

这些都是他听别人说的，事实上，他从没给人过过生日，他自己也没这个习惯。突然要给一个孩子过十七岁生日，他什么都不知道，对此很茫然。

赵远阳过生日一向是要开派对的，他不许愿，不搞那一套。霍戎让他许愿的时候，他闭着眼睛，什么也没想，等了几秒就睁开了。

他正准备吹蜡烛，霍戎的手却快他一步伸过去，用拇指和食指直接把

265

那两个数字蜡烛给捻灭了。

赵远阳:"……"

"阳阳,蜡烛还留着做纪念吗?"灯关了,蜡烛也灭了,他的声音在黑暗里响起来。

赵远阳有气无力地应了一声:"丢掉吧,蜡烛又不能吃,明年也不能用。"

他现在看不太清,因为霍戎为了达到黑暗的效果,把所有窗帘都拉上了,只有屋顶几面斜着的窗户没有窗帘,透入些许月光来。

赵远阳摸索着拿起勺子,在外侧的奶油上挖了一勺子。

没外人,蛋糕都不用切,霍戎也不怎么吃甜的,也就是说,他可以独享两个大蛋糕。

霍戎在黑暗里也能看清,等他把灯打开时,赵远阳已经摸黑偷吃了好几口,嘴角都是奶油。

他一只手拿勺子,一只手拿叉子,去叉蛋糕上的草莓,但巧克力易碎,勺子和叉子都不管用,他干脆低头直接用嘴去叼。

他连鼻子上都沾了奶油,自己还不知道。

吃个蛋糕,却吃得像只花猫,霍戎觉得好笑,伸手擦掉他鼻尖上的奶油:"慢点儿吃,哥不跟你抢。"

赵远阳舔着勺子扭头:"哥,你一点儿也不吃?"

"阳阳多吃点儿。"霍戎的眼睛在笑,空气里弥漫着奶油的香甜气味,他从前不喜欢这味道,现在却觉得挺好闻,甚至第一次有了尝试的念头。

蛋糕是专门为赵远阳多加了糖的,吃着甜腻,他却喜欢这味道,甜食总是让人感到幸福。

他吃得幸福,看的人也觉得幸福,觉得这孩子活得快乐,一点儿烦恼都没有。

这是霍戎向往的模样。

吃了这么多甜的,赵远阳也吃不下多少晚饭,喝了碗汤就不肯吃了。他早上已经吃过长寿面了,生日该有的仪式也都有了。吃完后,他去外面走了一圈,消了食,回来后先洗了个澡。

出来时,霍戎还在他的房间里没走,就坐在沙发上,腿边放了个什么东西。见他出来，霍戎就招手，唤他过来。

赵远阳低垂着头朝他走去，一边用毛巾擦着湿发。

他坐在沙发上，看了一眼那礼物盒又垂下头。霍戎接过他手里的毛巾，帮他擦着头发。

霍戎擦着擦着，低头轻轻一嗅。

"阳阳。"他声音低沉。

赵远阳没出声。

"沐浴露是奶油味的？甜的。"

霍戎个头大，一靠近，赵远阳就感觉到了拥挤。

他只好往旁边躲，顺手抓过一个抱枕，挡住脸："别闻了，不是奶油味的。"

"哦，不是奶油味的，那是什么味的？"

"西瓜。"赵远阳总觉得他在看自己笑话。自己都多大人了，没断奶吗？什么形容，还奶油味。

"那也是甜的。"霍戎笑了一声。

霍戎在空气里闻了一下，低声说："果然是西瓜。"

赵远阳慢慢地松了一口气，可还是抱着那个抱枕。

霍戎轻轻一笑，拿起腿边放着的礼物盒递给他。

赵远阳腾出手来一边拆盒子，一边抬头盯着霍戎。

盒子很大，没绑蝴蝶结。赵远阳打开盖子，差点儿没被气死——里面放着一套笔记本和一堆教辅书。

赵远阳拿起一本看了一眼，是《高中数理化公式大全》，又拿起另外一本，居然是《高中文言文赏析》。他一时语塞，谁给别人过生日送教辅的呀？这也太气人了吧！

一点儿诚意也没有！

他眼神不善地盯着霍戎。

霍戎抬了抬下巴，指着那套笔记本说："我看了你的课堂笔记，上面的字我不认识，觉得你可能也不怎么认识，就重新帮你抄了一份。"

赵远阳的字写得歪歪扭扭，好多时候还有错别字，霍戎看他的笔记觉得比看海图还伤眼睛。

赵远阳这一下无话可说了。

他动了动嘴巴，憋了半天憋出来一句："谢谢哥！"

他还是喜欢有诚意的礼物。比如，魏海送他的那条破洞牛仔裤，多有诚意啊！戎哥这个，简直就是拿刀扎他的心窝子。

赵远阳翻开笔记本看了一眼，字迹果然清晰又漂亮，比自己的不知道好看多少倍。

赵远阳的心霎时软了下来，哪怕他不爱学习，更不乐意有人送他和学习有关的东西做生日礼物，但这好歹也是戎哥的心意。他一整个学期的笔记量可不小……加上他字丑，辨认加整理肯定很花时间！

赵远阳重新把盒子盖上，礼貌地说："礼物我收下了，谢谢哥哥！"

霍戎看着他："阳阳是不是不喜欢？"

赵远阳一脸"对啊，对啊"的表情，嘴上却说："没有不喜欢，我最爱学习了。"

霍戎摇头，嘴角含笑："口是心非。"

赵远阳把那盒子放在书桌上："我没有，我很感动的。"

尽管他的表情显得很认真，但霍戎还是发现了："这份礼物是不是不合你的心意？阳阳就没有什么特别想要的东西？"

说话的时候，霍戎又往他身旁凑。

赵远阳下意识抓起抱枕挡住："没有！"

哪知霍戎抓住他的手腕，不给他挣脱的机会。

"想不想要哥哥晚上陪你一起睡觉？你害怕吗？"

赵远阳气得都发抖了，咬牙切齿般地挤出几个字来："我不需要！"他气得脸都红了，从脖子红到耳根，大喊道："哪怕小时候，我爸妈也从不抱着我睡觉！"

"我没有说抱着，我只是怕你一个人害怕。"

"我不怕，我都多大了！"

霍戎注视他两秒，接着松开他："那好吧。你要是怕，就叫我。"

赵远阳哼哼两声，走回房间，抓过被子把自己盖起来，不像之前那样霸占着床，而是把自己缩成一团，脑袋和身体全部缩到被子里去。

霍戎跟着他进房门，站在床边："阳阳，别这样睡觉，脑袋伸出来。"

赵远阳不说话，也不回应。

霍戎轻轻皱眉。

他觉得赵远阳这会儿又不听话了。他沉默了一下，手隔着被子摸摸他的头顶，沉声道："生日快乐！晚安！"

赵远阳听见他踩在地毯上的脚步声很轻，接着是关灯的声音。

确认霍戎走了，他这才从被子里探出脑袋来。

赵远阳一觉睡到中午，霍戎敲门没听见回应，就自己进来了。

"阳阳，十二点了，该起床了。"他走到赵远阳的床边。

赵远阳从睡梦里醒来，头伸出被子，打着哈欠跟霍戎说"早安"。

霍戎说了句："昨晚是不是踢被子了？"

赵远阳不解地望着他。

"你感冒了？"霍戎指了指床边的垃圾桶。

赵远阳缩进被子里："对，我感冒了，我鼻子不舒服。"他甚至还装模作样地咳嗽了两声。

霍戎给他拿了件外套来，体贴入微道："家里虽然不冷，但感冒了还是多穿一些好。"

霍戎要帮赵远阳穿外套，让他抬起手臂。

赵远阳心安理得地让他帮自己穿衣服。

又过了一天，赵远阳起床看见霍戎的第一句话就是："哥，我感冒好了，嗓子不痛了，鼻子也不痒了，全好了！"

霍戎安静地看着他。

"真好了！"他强调。以他的身体素质，很少会生病，感冒而已，一天就好有什么稀奇的？

霍戎道："虽然病好了，但还是得注意些，冬天容易着凉，不能再感冒了。"

赵远阳敷衍地点头："我知道了，知道了……"

霍戎笑了一下，揉他的脑袋："乖。"

他不知道为什么赵远阳身上会有这种反差，对别人看起来很酷，回家

269

对着自己就乖顺得不行。

　　如果仅仅是为了给自己留一个好印象而装乖,那么长时间过去了,自己对他的纵容也应该让他原形毕露才对吧?

　　可赵远阳还是很乖。

　　只有偶尔自己把赵远阳逗弄得发脾气了,把他给惹毛了,他身上那点儿不安分的因子才会乍现,变得张牙舞爪。

　　赵远阳踩着点到学校,慢腾腾地把作业交了,便开始复习。

　　这周的星期四、星期五就是期末考试,考完就等于放假了,再过一周要来学校领成绩单。

　　快中午了,魏海才姗姗来迟。

　　他穿着厚厚的羽绒服,一副病恹恹的样子。

　　"你怎么了?"赵远阳看向他。

　　魏海吸了吸鼻子,说话时鼻音浓重:"别提了,感冒了。"

　　"那你不在家好好休息,来学校做什么?"

　　"我没地方去了,昨晚我爸把我赶出来了。"他没对赵远阳说话,怕传染给他。

　　"你做什么了?"

　　"我没做什么啊!"魏海觉得自己可无辜了,"我不过是偷了家里的车来开,被发现而已。"

　　"你无证驾驶?!"

　　他的音量有些高,讲台上的老师忍不住拿尺子拍桌子提醒道:"别开小差,认真复习。"

　　"你小声点儿,不就是无证驾驶吗?你以前还开车带我飞过呢!你那时候胆子比现在大多了……"他跟赵远阳说话时,抽了本书挡住嘴,怕将病菌传染给他。

　　"不是我胆子小了……是我怕死……"赵远阳回忆噩梦依旧心有余悸,他补充道,"我无证驾驶,我哥会不高兴的。"

　　"你哥怎么会知道你干吗去了?他是不是在你背上贴了眼睛?"魏海说得激动起来,拿纸擤鼻涕。

　　赵远阳没说话,心想,还真差不多,他干什么霍戎都能知道。

魏海唉声叹气，以前那个赵远阳不知去哪儿了，是父母的死对他打击太大了吗？他听说赵远阳的母亲死后，父亲第二天就失踪了，正巧河里捞了具尸体上来，他父亲的朋友就来认领，认出来了。

尸体泡了很久的水，泡烂了，辨不出面孔，警方又想了结案子，便下了死亡通知，让家属给火化了。

后来听周淳说了些什么，赵远阳才回过味来，这尸体很有可能不是自己的父亲。

现在赵远阳知道父亲可能还活着。一个失去妻子的丈夫，会抛弃独子去自杀吗？

他不知道。

下课铃响了，魏海站起来，可怜巴巴地望着赵远阳说："我现在没地方住，我要去找个人投奔了。"

"你可以住我家……哦，不行，我家里就两个卧室，你只能跟我睡一张床了。不过，你感冒了……那你睡我的床……"赵远阳想到了什么，立刻又摇头。

他要是把床让给魏海了，他岂不是只能睡戎哥的床？这怎么行？

赵远阳说："我还有别墅，你去住吗？"

"算了，算了。"魏海摆手，"走吧，先出去吃饭。你带钱了吗？我钱都忘拿了。"

到了餐馆，赵远阳点了几个清淡的菜。魏海点了几个看名字就很辣的菜，他们都是给对方点的。

魏海没带手机，找赵远阳借了打电话，他记不了几个手机号码，先拨了薛问的。

薛问说："有人跟我住一起，我倒是可以给你腾个房间……不过我怕你听见一些声音受不了……"

魏海一脸嫌弃道："我会受不了这个？看不起谁？"

薛问："……"

"你二哥正好也在，他说他管你，包接送，管饭。"

魏海更嫌弃了："我不跟他住。"

271

"他说他送你一辆车,在我这儿呢。"薛问又说。

魏海:"……"

晚上,霍戎来接赵远阳,魏海则上了他二哥的车。

听说他要去投奔魏庭均了,赵远阳就让他不要针对魏庭均,对魏庭均好一些,做个好弟弟。

但他上了车,还是很难有个好的表情:"车呢?"

魏海对着魏庭均说话,根本不担心把病菌传染给他,专门对着他的脸,喷他一脸的口水。

就是要传染给他!

"飞机上。"

魏海闻言就要下车:"你耍我呢!"

"小海,感冒了还这么大火气。"魏庭均的语气很平和,"空运过来需要时间,明天就到了,是限量版的。"

听见"限量版"三个字,魏海一秒熄火。

不知是不是被魏海传染了,期末考试前一天,赵远阳感冒了。前两天他嘲笑魏海说话难听,眼下就遭到报应了。

真感冒和假感冒可不一样,不仅声音变难听了,鼻音很重,瓮声瓮气的,还一直咳嗽,鼻子也痒,特别难受。

头天感冒时,霍戎照顾他睡觉费了很大的功夫。

大概是生病的原因,赵远阳的脾气上来了,爱使唤人,一直说自己哪儿哪儿不舒服,要怎么怎么。

"我头疼……"他可怜巴巴地望着霍戎。

霍戎拿热毛巾给他擦脸,坐在床边给他揉太阳穴,动作轻缓:"舒服些没有?"

"没有,我还是难受,好难受。"

霍戎就继续给他揉,轻声细语地哄着他。

赵远阳病了,不想动,要喝水,让霍戎端着杯子喂;想吃东西,让霍戎送到他嘴边来。

只不过一场小感冒罢了,原本就不严重,可就是因为有人对他这么好，事事都顺着他，让他觉得自己病得太严重了，全身上下都不舒服，霍戎让他吃药的时候就更难受了。

赵远阳不喝那种深褐色的、闻着一股苦味的药，霍戎就哄着他喝姜汤，端到嘴边喂他。

赵远阳闻着难受死了，将头扭到一边，大喊："我不喝这个，不喝！"活脱脱一副没长大的样子。

霍戎耐心地哄道："喝了就好了，听话啊，阳阳。"如果他自己生了这样的小病，他根本就不会管，但赵远阳和他不一样。

在温室里长大的孩子，到底和他不同。

赵远阳坚决不喝，不喜欢那个味道，脑袋左右晃："我吃那个西药，不吃这个！"

"姜饼可以，怎么姜汤不可以了？"

"就是不！"

"不吃西药，喝了姜汤就好了。我帮你捏着鼻子，你一口喝下去，喝完再吃颗糖。"霍戎还是柔声哄着。

但赵远阳特别不好哄，哄了半天，姜汤不仅没喝，还被他打翻了。这么一来，又得换被子、床单，还得换地毯，大费周章的。

于是霍戎把他带到自己的房间里去了。

霍戎的床不如赵远阳的软，硬邦邦的，赵远阳一睡上去就嚷嚷着不舒服。

霍戎只好在床上给他铺了四五层羊毛毯，自己就站在旁边。

赵远阳往里边挪，脾气小了一些："戎哥，你别靠我太近，我会传染给你的。"

"别怕，不会传染给我的。"

他的免疫力比赵远阳的强多了，根本不用担心这个问题。

赵远阳没什么力气，眼睛都睁不开了，但他很抗拒霍戎的靠近。霍戎就拍拍他的肩说："哥在你身边，你会安心一些，病很快就会好了。"

赵远阳也懒得跟霍戎这个不讲道理的继续争下去。

他妥协道："那好吧。"

霍戎"嗯"了一声，答应了。

"我明天还要考试……你不要老看着我,你也休息吧。"

赵远阳的声音里有着浓重的鼻音,哪怕是一句警告,听起来也丝毫没有威慑力。

"好,我保证。"霍戎说。

次日,赵远阳要期末考试。

他不情愿地从被子里爬出来,一想到要考试,头都大了。

霍戎摸摸他的额头,不烫,没发烧,但他的神情非常痛苦:"我好困,不想起床……"

"不然今天请假吧?"霍戎看他那样,实在心疼,不愿让他去学校。他俯身道,"那我们不去考试了,你说好不好?"

"不好……我复习了那么久,那么认真……"早知道会生病,可以直接请假,他就不用那么卖力地复习了。

赵远阳从被窝里爬起来,坐在床上,却没有要下床的意思。

霍戎把他的衣服拿到床上来,让他换上。

看霍戎并不打算离开,赵远阳皱着眉头,满脸不高兴。他动作缓慢地拿起睡衣,钻进被子里,躲在里面把衣服换上了。

等赵远阳换好衣服从被子里钻出来,早餐已经送进来了。

虽然赵远阳以前过的也是衣来伸手、饭来张口的日子,但和现在还是有很大不同的。

以前赵远阳要吃饭,还是得下楼去餐厅,吃什么可以提要求,但没人会纵容他,送饭到他的房间,等他吃完再帮他收拾走,只有霍戎会。

他的好多坏习惯不是从小养成的,而是被霍戎惯出来的。

吃了早餐,又有一碗姜汤摆在他面前。

赵远阳表现出了极大的抗拒,瓮声瓮气地说:"哥,我感冒差不多好了,等下午我回家,肯定就好了。"

霍戎看着他那副小可怜样,就妥协了,让他吃了中成药胶囊,然后给他接了一保温杯的热水,装在书包侧袋里,叮嘱他:"多喝水,中午哥哥来接你。"

赵远阳有气无力地点头,说了句:"我状态不好,要是考差了,你不许骂我!"

这么理直气壮。

霍戎笑:"我什么时候骂过你?"

赵远阳想想也是,道:"也不许在心里骂我!说我不中用什么的!"

霍戎一脸好笑:"不会。"

赵远阳放心了。考试时他状态不好,很多题想不起来了。他想着反正情有可原,戎哥也不会骂他,就懒得想了。

上午考完,霍戎把赵远阳接回家,发现他的感冒症状丝毫没减轻。他吃了中午饭,又吞了两颗感冒药。

吃完感冒药会犯困,赵远阳下午考试时一个没扛住,就趴下了。

监考老师走下来提醒了他一次。

赵远阳脑袋也不抬,鼻音浓重道:"老师,我感冒了。"

"同学,要是不能坚持,可以去校医务室。"

赵远阳又直起身坐好,握着笔:"我可以坚持。"

他脑袋痛,昏昏沉沉的,鼻子不舒服,喉咙也不太舒服,还很困。可是他坚持考完了下午的考试,并且几乎完成了整张试卷。

那监考老师还夸了他一句,说他很有毅力。

他如同梦游一般考完试,又梦游似的走出校门,一上车就忍不住歪倒了:"我好困……下午差点儿睡着了,但我强撑着没睡,还是把试卷写完了。"

"辛苦我们阳阳了,晚上再吃点儿药。"霍戎不小心碰到了赵远阳的手。因为要写字,赵远阳不能戴手套,所以手很冷。

不仅手冷,全身也是冷僵了。

霍戎将车上的毯子盖在他身上。

车里开了空调,没一会儿,赵远阳就好多了,但越发困了,脑袋一点一点的。霍戎用手揽住他的脑袋,让他的头靠在椅背上。

赵远阳逐渐陷入了沉睡。

第二天,赵远阳仍然坚持要去考试。

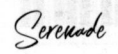

他心想：我昨天都坚持了那么久，那么厉害，为什么今天不能坚持？

再说，连监考老师都夸他有毅力，他怎么能不去考试？

一天的考试结束，也就宣告着放寒假了。赵远阳如释重负，觉得自己完成了伟大的使命。

当晚，他病情加重，发起烧来。

刚开始感冒的时候，赵远阳还有力气使唤人。等发烧的时候，他就没这个力气了，只能用眼神告诉霍戎，自己想做什么，大多时候只能艰难地吐出一两个字来。

霍戎摸他的额头，发现烧得厉害，就立刻通知了医生，又找到温度计，让他夹着。

赵远阳抬起手臂，霍戎把手伸进他的衣领里，把温度计放到他的腋窝。

"我是不是发烧了？"他抬头看着霍戎，"我要吃药吗？"这场病让他显得十分软弱，也更温顺了。

霍戎探了一下他红得不正常的脸颊温度："要吃药。"

赵远阳的脸一下子垮下来。

霍戎道："不苦的。"

赵远阳的神色还是很痛苦，生病太痛苦了，早知道病情会加重，他就不考试了。就是因为带病坚持考试，才把小感冒折腾成高烧。

霍戎柔声道："阳阳，先睡一会儿吧！"

赵远阳顺从地闭上眼。

他太累了。

赵远阳睡得很快，却睡得很不舒服。霍戎将温度计拿了出来，一看，果然是高烧。

在赵远阳睡着的时候，医生来家里给他输了液。针扎进他的血管时他并不知道，就没嚷嚷着疼。

输液输了四个多小时，输完了，赵远阳还是睡着。被子很厚，他出了一身汗，热醒了。

这会儿已经凌晨了，但霍戎还没睡，坐在旁边守着他。

赵远阳想说话，嘴巴一张，这才发现嘴里好苦，喉咙异常干燥。霍戎立即端着杯子给他喂热水喝:"阳阳,好些没有?"

他摸了摸赵远阳的额头,发现烧退了些,但还是在发低烧。

赵远阳喝了一整杯热水,嘴巴里还是好苦。他严重怀疑自己睡着时,戎哥是不是干了什么,比如,给他吃了药……但他都睡着了,戎哥是怎么让他喝药的?

赵远阳想到这里,立刻哆嗦了一下。

霍戎问他:"还喝水吗?"

"我想吃糖。"赵远阳用那双满是水汽的眼睛望着他。

霍戎看得有点儿想欺负他了,但赵远阳还生着病,他只能打消这个念头。

赵远阳把糖含在嘴里,又说:"我好热,想洗澡。"

"现在还不能洗,等烧完全退了再洗,不然会加重。"霍戎伸手抚着他汗湿的头发。

"我出了一身汗,我想洗……"赵远阳不能忍受自己身上这么多汗,还躺在被子里。

霍戎说:"就是要出汗,出汗才好,明天早上起来病就好了。你要是洗了澡,明天还会继续发烧。"

赵远阳不高兴地鼓起腮帮子,他生气时就像个长不大的孩子:"那我不洗澡了,我换个衣服,好不好?你同意吗?"

霍戎笑了笑,觉得他可爱:"好,我同意,我帮你拿过来。"

身上是汗,脑袋上也是汗,头发都是湿的,赵远阳难以忍受。他换了睡衣,挨着枕头睡觉。

或许正是因为出汗带走了身体的热度,他一觉醒来就舒服了,神清气爽,烧退了,感冒也好了。

霍戎看他有精神的模样:"阳阳,你先去洗澡吧。哥等一下把早餐给你端进来。难得放假,先好好休息几天。"

他这么一说,赵远阳这才终于想起来——他放寒假了!

他乐得差点儿蹦起来,高高兴兴地进浴室洗澡,边洗边哼歌。

通常,他洗澡的时候是不会唱歌的,今天主要是太兴奋了。等他洗完澡出来,床上用品已经全部被换掉了,早餐也端进来了。

坐在床上吃早餐的习惯不好，不过赵远阳吃饭慢条斯理，不会不小心弄到床上去。

他吃饭的时候，霍戎在身旁帮他吹头发。昨晚他才发了高烧，今天得多注意。

虽然放了寒假，可是赵远阳根本就不知道自己该干什么、可以干什么。他想去这里玩，又想去那里玩，但想来想去，还是在家好，家里暖和。霍戎说："先休息几天，等你拿了成绩单，我们去滑雪，然后去M国过冬。"

M国此时是夏季，赵远阳又是个怕冷的，霍戎体贴他，才定下这样的行程。

但赵远阳是个闲不住的，霍戎让他在家好好休息几天，他第二天就忍不住跑出去玩了。

说起来，和他关系好的朋友就只有魏海一个，但他狐朋狗友多。不过，狐朋狗友总归是狐朋狗友，不能深交。

陈雪庭买了电影票，叫上了自己的闺密，魏海又叫上赵远阳，四个人去看电影。

等到了电影院，赵远阳才知道还有陈雪庭和她的闺密。他小声道："你怎么不早说她也来？这样我就不跟你来了。"

"她？她巴不得你来。"

陈雪庭的闺密，是她的同桌，叫喻佩佩，长得很清纯，个子娇小，很容易激起男生的保护欲。

赵远阳今天戴了帽子，露出了额头，眉眼英俊，少年感十足。

喻佩佩看着他，忍不住脸红了。

赵远阳很有绅士风度，主动买了可乐和爆米花，又问两位女生："还想吃什么？薯片都吃吗？"

"这么多够了，薯片就不用了，谢谢！"喻佩佩红着脸接过去，看电影时也心不在焉，眼睛一直瞟他。

赵远阳专注地看着电影银幕。

等到电影结束，他们又去了附近的电玩城。

在赵远阳眼里，这是很落后的电玩城。

但哪怕这样，电玩城里还是有很多人，有学生，有年轻人，还有小孩子，里面非常拥挤，非常嘈杂。

女生们去玩跳舞机，魏海去玩推币机，赵远阳没兴趣，买了些币，在旁边抓娃娃。

娃娃机里的娃娃都有些丑，质量也一般，但赵远阳只是喜欢抓娃娃的那个过程罢了。他读书或许不行，旁门左道倒是无师自通，浪费了几个币后，他一抓一个准，最后总共收获了十多个娃娃。

这么多，他一个人抱不了。

陈雪庭说："你抓了这么多，送我们佩佩一个吧！"

赵远阳点头，无所谓道："行，你们自己挑吧！"

陈雪庭轻轻地推了一下一脸害羞的喻佩佩，嘴角含笑道："佩佩，快去挑一个。"

喻佩佩非常害羞，胆子也小，不敢拿："这……多不好意思啊！"

陈雪庭怒其不争："让你挑你就挑，这有什么不好意思的？他说送你的，是吧，赵远阳？"

赵远阳"嗯"了一声，眼睛瞟到别处去。他看见兑换游戏币的前台处，柜子里放着大大小小的奖品，这些东西可以拿游戏币兑换。

喻佩佩红着脸挑了个粉红色的小猪，小声地跟赵远阳道谢。

赵远阳抱着剩下的娃娃走到前台问老板："我可以用这些兑换那个吗？"他伸手指了指后面的柜子，那里放着一个大粉猪。

老板抱歉地说："不可以。那些奖品是要游戏币兑换的。"

赵远阳"哦"了一声，看着面前的十多个娃娃，有些发愁——不然丢了算了？

老板解释说："你要的那个太大了，要是给你换了就亏本了。那个小一些的可以。"

"我把这些给你，不够的再用游戏币兑换，我要那个……"

"要什么？"这时，魏海走了过来，手里端的塑料篮子里堆着大量的游戏币。

"我今天大满贯。"魏海得意道，"你要什么？我给你买，有钱。"他晃了晃篮子，那堆游戏币哐啷作响。

赵远阳登时有了底气，伸手一指："我要那个，最大的。"

他们在这边兑换奖品，不远处，陈雪庭在和同桌说话："他一个男孩子，换那么大个玩偶粉猪做什么？肯定是送给你的啊……"

陈雪庭抓起她怀里刚刚从赵远阳那里挑走的粉猪："你看，你们是不是同款？"

"可是……可是……他那样的人，应该不缺女朋友吧？我……"喻佩佩很不自信，她没有陈雪庭那么漂亮。

陈雪庭笑着捏捏她的脸："傻妹妹，不缺是一回事，得要他喜欢才行啊！"

从电玩城出去，赵远阳怀里抱了个惹眼的毛绒粉猪。那毛绒粉猪足足有一米高，他抱在怀里视线有些受阻。

魏海说："远阳啊，要不要我帮你抱一会儿？"

"不用，我自己来，这个挡风。"赵远阳把脸躲到毛绒粉猪后面去，双臂环抱着粉猪。

这粉猪兑换来干吗用，赵远阳也不知道，他就想着拿回家放着，好歹也是战利品。

冬夜寒风刺骨，地面上有刚下完雨的痕迹，空气都是潮湿的。不远处的路边摆着一排简陋的烧烤摊，烤肉的香味飘到赵远阳的鼻子里，他立刻走不动了。

魏海说："这烧烤闻着怪香的，远阳想吃吗？"

赵远阳抵抗不住香味的诱惑，想了想，道："但我得吃快点儿，早些回家。"

"这有什么？等会儿我让司机送你。"

几人朝着烧烤摊那边走。这条街是著名的吃夜宵的地方，附近有个很大的体育馆。

赵远阳怕冷，魏海就找了家有店面的烧烤店。店铺外面支着雨棚，蓝色的雨棚外面还扯了个油布帘子遮风挡雨，地扫得很干净，但桌子满是油光。

他抱着那个粉色的猪，行动很不方便，好在毛绒粉猪外面还罩着一个塑料袋，不用担心放在旁边会弄脏它。

烧烤是闻着香，味道吃着也就那样，霍戎给他发了短信，问他吃完了没。

寒冷的北风把油布帘子撩起来，赵远阳朝外头望，没看见霍戎的车。他的手指在手机键盘上顿住，没问对方为什么会知道自己在吃东西。

"快了。"他回复。

时间已经不早了，已是夜里十一点，两个女孩子也得回家了。

喻佩佩的电话响了好多次，都是她家里人催她的，说太晚了不安全。她一直在等着赵远阳跟她说话，但赵远阳仿佛只对面前的烤五花肉感兴趣。她只好主动跟他聊起晚上看的电影。

一聊电影，赵远阳就有话了，喻佩佩心里很高兴。但她等啊等，最后赵远阳也没把那个很大的毛绒粉猪送给自己。她忍不住有些失望，给陈雪庭发短信："他肯定没那个意思，我感觉得到。"

吃完烧烤，赵远阳抱着他的战利品从店里出去，就看见停在路边的打着双闪的车。

漆黑的车，融进夜色中的街道，车灯倒映在地面的水洼里，灯光被拉得很长。

魏海也看见了，忍不住凑到他耳边道："你哥这就来接你了？"

赵远阳点了一下头，有种自己是笼中小鸟的错觉。他看见霍戎下了车，人高腿长，身材挺拔，金属袖扣泛着冷光。

霍戎一眼就看见抱着一个很大的毛绒粉猪的赵远阳，也看见了旁边那个抱着同款，但要小上许多号的毛绒粉猪的女孩子。

赵远阳一瞬间有种不太妙的感觉。他有些心虚，但又忍不住挺直了腰板。

他行得正，坐得端，身正不怕影子斜！他又没有早恋，干吗这么怕？！即便如此，他还是怕怕地喊了声"哥"。

赵远阳眼神飘忽，想着要不要赶紧解释，赶紧撇开关系。

虽然霍戎表面上看起来没有生气，但赵远阳知道他不怎么高兴。

霍戎是见过魏海和陈雪庭的,为什么他们会四人一起,为什么赵远阳怀里抱着的毛绒粉猪和那女孩子怀里抱的粉猪一模一样……

答案不言而喻。

他是个占有欲非常强的人。

而且,他认为早恋没有好处,在赵远阳这样……或许还不够清楚自己到底喜欢什么、分辨能力还不够强的年纪,早恋只是一种毫无意义的行为。

赵远阳感觉自己进退两难,一边觉得应该撇清关系,一边又觉得不如让他误会。

最后他什么都没解释,抱着大型毛绒粉猪上了车。

车厢里十分安静,赵远阳不说话,霍戎也不说话。

他抱着毛绒粉猪,外面套着的塑料袋发出噪声。这东西太大,正好挡住脸,他看不到霍戎现在是什么表情。

"阳阳,你交女朋友了?"

"我……"赵远阳歪头从毛绒粉猪背后偷偷地看他,车窗外的流光从霍戎脸上闪过,他的眼睛时而发亮,时而深暗。

"如果……我是说如果,如果是的,那你会不高兴吗?"他的声音低低的。

霍戎闻言,别过头去看他,正巧和他对视上:"作为你的长辈,我当然不建议你早恋。"

"那……"赵远阳刚吃完烧烤,嘴巴干涩,他舔了一下唇,小心翼翼地看着霍戎,"那你同意吗?"

"交女朋友吗?"霍戎的声音很平静,音量也不大,却透着一种威严。

赵远阳低下头,"啊"了一声。

"如果你能弄清楚自己到底喜欢什么,我不反对。"他注视着赵远阳,"如果你不能做到,那我不希望你早恋。"

"哥……其实我已经十七岁了,都快成年了,不小了,我喜欢什么,我当然分得清了。"

赵远阳捏紧自己的手心。他没有别的意思,他现在只想学习,对谈恋爱没什么兴趣,就是想看着霍戎的反应。

霍戎笑了一声："是吗？"

他的笑容和平常不一样，看得赵远阳身上有些发冷。

到了家，赵远阳抱着那个粉猪进了房间。他拆了外面的包装，摸摸它毛茸茸的肚子，想抱到床上去。

这么大、这么软一个东西，靠着睡觉多舒服！

霍戎进来看见了，自然而然地从他床上抱走那个粉猪："这种毛绒制品有很多细菌，我拿去让人洗好再放床上。"

赵远阳"哦"了一声，没有反对，心想，拿走就拿走吧，他再去买一个。

"晚上你在外面走了多久？"霍戎突然问。

"没多久吧……"就一小段路，大部分时间都在室内。

霍戎说："你感冒刚刚好，不能再着凉了，等一下喝点儿预防风寒的姜汤。"

赵远阳皱眉道："可以不喝吗？"

霍戎微笑："不可以。"

赵远阳的脸当即垮了："你不高兴就这样折磨我啊？我身体好着呢，不需要预防风寒。我不喝那种东西，不喝！不喝！"

霍戎的表情未变："哥哥没有不高兴，也不会折磨你。"

他微微俯身，手指戳到他的鼻尖，语气里满着宠溺："你身体怎么样自己不清楚吗？看着倒是不错，就是太娇气。"

赵远阳别过头去，霍戎的手指就戳在他的脸颊上。

他抗拒道："我不喝。"

最终，这碗姜汤还是送到他嘴边。

赵远阳左右躲闪就是不肯喝，直至打翻了碗。

碗摔在柔软的地毯上，几乎未发出任何声响。

姜汤泼洒在床榻、地毯以及他的睡衣上。

赵远阳低头看着自己被打湿的衣服，难堪地想遮掩，但霍戎已经把打湿的被子掀开了："去把衣服换了，洗个澡，去我那里睡。"

衣服湿湿地贴着胸膛，那难闻的汤水还在向下淌。他眉头紧皱，受不

283

了这个气味,更别说黏在身上了。

"我不跟你睡,把床单换了就是了。"

"现在已经过了零点了。"霍戎平静地说,他的意思是没人会帮他换床单。

赵远阳沉默了一下,看向书桌前的沙发,那沙发正好能够躺下自己。

霍戎注意到了他的视线:"想睡沙发?"

赵远阳点头,接着去衣帽间拿了干净的睡衣,走向浴室。

他出来时霍戎已经不在了,床单和地毯还没收拾,沙发上则铺了一条厚厚的毛毯。

"什么嘛……"

这就走了?

赵远阳一个人坐在沙发上,直到头发干了,他才关灯躺在沙发上。

毛毯不算薄,但狭窄的空间让赵远阳觉得不舒服,哪怕这沙发坐起来柔软,也不代表它可以替代床。

那毛毯很大,比沙发宽好几倍,拖到了地上。

他蜷缩在黑暗里,心里委屈得要命,觉得戎哥现在不疼他了。空气里弥漫着让他难以忍受的姜汤的味道,他不明白,都过去这么久了,为什么味道还没散去。

他把头蒙进毛毯里,可是毛毯不像被子那样透气,他睡在里头,第一次感觉这种黑暗的环境让他喘不过气。

赵远阳想起小时候,他做噩梦了,梦到有鬼抓他的脚,要把他拉到阴曹地府里。醒来后他很害怕,去敲父母房间的门,可是家里没人。

他怕得要死,最后躲到一个他认为最安全的地方——他那时候年纪很小,身体也小,可以钻进衣柜的行李箱里。

因为害怕,他开着灯,趴在行李箱里,弓着背,将行李箱撑开一条缝隙,时刻关注外面的动静。

后来,他就喜欢把脸蒙在被子里睡觉,他认为这样就安全了。

现在赵远阳觉得这样不舒服,只好探出脑袋大口地呼吸。

这时,房间里的灯亮了,霍戎站在门边,手就放在灯的开关上:"沙发睡着舒服吗?"

赵远阳恨死他了,气呼呼道:"特别舒服!"

"真舒服啊?"霍戎走近他。

"比金子还真!"

他就是难受死、冷死,也坚决不去霍戎的床上睡!

霍戎蹲在他身旁:"在心里骂我呢,是不是?"

赵远阳闭上眼,长睫毛垂下来,不高兴地说:"你不是不管我吗?你走开,别管我了。"

"哥什么时候说不管你了?"霍戎知道他的脾性,看着乖和真的乖,是两码事。

"不是你自己说要睡沙发的吗?你想睡沙发我就由着你。"

赵远阳突然睁眼,眼里全是委屈,望着他:"你明明知道这个睡起来不舒服!"

霍戎笑了:"刚才是谁说特别舒服的?"

赵远阳不说话了,神情很倔,就是不承认。

霍戎伸手拍他的脸颊。

赵远阳觉得有些疼,可霍戎声音是温柔的:"好弟弟,去哥床上睡吧!"

"谁是你的好弟弟!我不去。"他的语气很凶。

霍戎也不生气,只盯着他:"你真的喜欢那个女孩子吗?"

"哪个?"他一时没转过弯来。

"抱着猪玩偶的那个。"

"哦……"赵远阳望着天花板,语气飘忽,"喜欢啊,她那么可爱。"

"她叫什么名字?"

"……"

"不知道?"霍戎笑了笑,没给他逃脱的机会,弯腰连人带毛毯一起拉起来。

赵远阳挣扎着,喊叫着让霍戎放开他。

霍戎把他带到床上,说:"哥哥心疼你,不让你睡沙发了,你睡床。"

赵远阳要哭了:"我不。"

"你睡床,哥哥睡沙发。"霍戎道。

285

赵远阳躺进被子里，床果然是暖过的，枕头柔软舒服，让人很快就萌生了睡意。

放了假，赵远阳当然不再早起，一连几天，他都在家里窝着。不过那天他在霍戎的床上睡了一晚后，就回到了自己的房间。

到了星期五，赵远阳要去学校拿成绩单，顺便把抽屉里的东西整理了拿回家。他抽屉里那些书当然是不能拿回家的，他打算干脆就扔在抽屉里不管了，听天由命，丢就丢了吧！

他的成绩单是单独去老余的办公室拿的。

老余看着他的分数："你是要读理科对吧？"

赵远阳点头："对。"

老余给他分析："除开政治、历史和地理的分数，你的理科总分比上次考试高了十分，但这次的期末考试整体难度很大，所以你进步了。五百分，这个分数上二本没问题，但要上一本还是有难度，不够稳妥。如果你想考个好大学，这个假期就别光顾着玩，好好补习，争取开学的时候能取得较大的进步。"

赵远阳敷衍地点头。

开什么玩笑！好不容易放假了，还建议他去补习？他才不补！

拿了成绩单，从办公室里出来，赵远阳看见了站在班级门口，似乎在等人的陈雪庭。

陈雪庭看见他，立刻急匆匆走向他："你能联系到魏海吗？他不接我电话。"

"不接你电话？"赵远阳注意到她神色恍惚，像是受了很大的打击。

"你帮帮我吧，我想跟他说话。"

赵远阳一语道破："你们吵架了啊？"

"嗯……你帮帮我吧。"她看上去都快哭出来了。

赵远阳见不得女孩子哭，帮她打了个电话过去，开了外放。

魏海不接陈雪庭的电话，接赵远阳的电话却接得很快："远阳？"

他问："我在学校拿成绩单，碰见陈雪庭了。"

电话那头沉默了一下，接着魏海"哦"了一声，声音很不耐烦："你别管她了,我跟她没关系了。"

陈雪庭抽噎:"魏海,你跟我一起去吧,跟我一起好不好……"

魏海很绝情:"远阳,我先挂了。你不用管她,直接走。"

挂完电话后,陈雪庭哭得很大声,来往领成绩单的学生不少,都诧异地望着这边。

有人窃窃私语:"高二的级花?

怎么哭成那样?"

"什么啊?我都知道了,她拿到了外国大学的预科录取通知……这是要出国读书吧!吵了一架?"

赵远阳递给她一块手帕:"别哭了。"

陈雪庭抬头看他,哭得梨花带雨。她这么漂亮的女孩子,哭成这样,任谁看了都会心软,但赵远阳没有半分怜香惜玉的想法,只是觉得她可怜。

"赵远阳,你能不能帮帮我?你知道他住在哪里吗?我想找他。"陈雪庭抽噎着说。

赵远阳摇头:"我没办法帮你。"他要是跟她说了魏海的住处,只会给魏海添麻烦。

"那……那你……"她咬咬牙,用手背抹泪,"你能不能问他,如果我不去了,我留下来,我们能不能还像以前那样?"

赵远阳点了一下头:"我会转告他的。"

说完,赵远阳就要走,陈雪庭又道:"喻佩佩也要转学了,这是她的手机号码,如果你想联系她,可以打给她……"

赵远阳看着纸条上的数字,满脑子都是问号:喻佩佩是谁?

他没有接纸条,礼貌地说:"谢谢!我想我不需要这个。"

转过身,他才突然恢复了一些记忆。那个喻什么,好像就是……那天晚上拿了他一个毛绒粉猪的女生,不过他并不在意。

赵远阳走出学校,上了车,低头给魏海发了短信,将陈雪庭让自己转告给魏海的话告诉了他。

魏海没有回复。

赵远阳回到家,炫耀似的把成绩单给霍戎看。

287

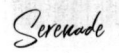

霍戎夸了他，说要奖励他，带他去滑雪。

禹海市没有滑雪场，赵远阳要坐霍戎的私人飞机去雪山，他带上了圣诞节那天霍戎送他的滑雪服和滑雪装备。

飞行时间长达十个小时，赵远阳一觉睡了过去。

等他睁开眼，已经到了山脉上空。从舷窗往外看，是被白雪掩盖的蓝色山峦。

隔着舷窗，那些叫人惊艳的雪峰近在咫尺，连山的纹理都那么清晰可见。

这座被大雪覆盖的小城，雪峰连绵不断，有着世界上最好的雪场。

赵远阳睡了很久，飞机落地时非常精神，根本不存在倒时差的问题，迫不及待要去雪地里滚一圈了。

霍戎替他披上外套："外面冷。"

下了飞机，他们直接上车，开往住处。

车从城镇街道缓缓驶过，路边都是哥特风的建筑。

他们住的地方不在镇上，而是在滑雪场里——一座雪峰的半山腰。到达住处，赵远阳下了车，一脚踩下去，脚踝没入雪地里。他家的地毯也有这样的触感，但毛毯是暖的，这个是冰冷的。

那座房子有着木制的屋脊、玻璃的墙，就建在茂密的树林中央，和冰天雪地融为一体，站在那里便能俯瞰整座仿佛还停留在中世纪时期的小镇。

他们什么都没带，只有赵远阳专门带了霍戎送他的滑雪套装。

雪地太软、太深了，他每一步都走得有些困难，但他很喜欢这种感觉。霍戎要帮他他也不肯，他就想自己走。

赵远阳一步步地走到楼梯处，霍戎伸手拉住他，把陷入雪地的他拉起来。

他仰着头，眼里闪着星光，笑容十分灿烂。

房子里暖融融的。在冰天雪地里，哪怕他全副武装，露在外面的脸还是能接触到冷冽的空气。

但进了房子后,瞬间就没有那种感觉了。

赵远阳看见自己的滑雪套装就放在门边,房子不大,像家里一样,地上铺着雪白的地毯,看着就很温暖。四周都是透明的玻璃墙,风景非常美,但隐私荡然无存。

他环顾一周,目光落在这房子里唯一的一张床上。

床很大,而且看着就软得一塌糊涂,躺着一定很舒服。

"只有一张床?"他问。

霍戎点头:"只有一张。如果你不喜欢这里,我们可以换到镇上去住酒店。"

赵远阳看着四周的风景,知道要住在这样的地方,肯定是大费周章的。住在酒店,哪里有住在这种地方舒服?

但四周的玻璃墙还是让他觉得有些不舒服,太透明了,让他有种自己被看光了的感觉。

霍戎似乎看穿了他在想什么,适时道:"外面是看不见里面的,别担心,也不会有人过来,要滑雪不用走远,就在后面。"

他伸手指了一下:"从树林穿过去,几分钟就到了,这里很安静。"

想了想,他又补充道:"你怕冷,如果冷了,我们就直接回来,这里很暖和。"

赵远阳心里不由得松动了。以前住家里好歹还有个衣帽间可以保证他的隐私,他不用担心自己看见霍戎换衣服,也不用担心自己换衣服被看见。

但……赵远阳看着那通透的浴室,心里咒骂着,居然连浴室的墙都是透明的?!

外面是冰天雪地,里面却温暖如春。

赵远阳热了起来,于是脱了外套,再摘下帽子、围巾和手套。他试图在屋子里寻觅一个可以换衣服的地方,然而并没有这样的地方。整个房子方方正正,顶上是古朴的木质房梁,四周的墙是完全透明的。

这样的房子让他没有安全感,可又不得不承认,风景的确美不胜收,仿佛到了另一个洁白、纯粹,且原始的新世界。

他站在窗户边,望着山脚的小镇。

289

霍戎又道:"想换住处吗？如果换到镇上去住,想滑雪就得坐半个小时汽车,外加半个小时缆车。"

霍戎的话成功地让赵远阳打消了换个住处的想法。他很懒,只想玩,不想把时间浪费在坐车这种毫无意义的事上。

好吧,他决定了,哪怕这里没隐私,他也要住在这里!

见他似乎豁然开朗了,霍戎便招手让他过来吃饭。

赵远阳在飞机上是一觉睡过来的,中途起来吃过一次东西,下了飞机就有些饿了。

餐桌就在玻璃墙边,房子外表质朴,里面却算得上奢华,家具和电器十分高端,餐桌旁的冰柜里还装满了各种各样的酒。

但赵远阳不能喝。

在过去,酒是当地人冬季防御严寒的必需品,这里备着这么多种类的酒,也正是这个原因。

霍戎注意到他的视线,笑着说:"阳阳,明天去滑雪前,你可以喝一点儿。"

"那今天我们不去滑雪了吗？"赵远阳目不转睛地望着外面的雪地,心里蠢蠢欲动。

霍戎却摇头:"今天不去了,太阳马上就要落山了,外面气温太低了。"

赵远阳不高兴地"哦"了一声。

"那我换上那个试试可以吧？"他指着那堆滑雪装备,"就那个板,你同意吗？"

"别出去就可以,你可以在地毯上练习姿势,我教你。"

赵远阳拒绝道:"我学过这个,虽然不专业,但是我会。"

霍戎笑笑,没说不好。

吃完饭,已经是黄昏,霞光映照下,雪地变成橘黄色,深绿色的冷杉树也被勾勒出一道金边。

赵远阳坐在霞光里,余晖在他脸上逗留片刻便溜掉了。

他已经拆了滑雪板。霍戎送给他的滑雪板里有两套双板、两套单板。他将滑雪鞋的鞋尖卡进滑雪板固定器的前端凹槽,接着脚后跟向下踩固定器的压板,只听见"啪"的一声,滑雪鞋和滑雪板便固定好了。

赵远阳跳了一下，确定滑雪鞋固定好后，便在地毯上艰难地走了几步。滑雪板的板头设计得很长很宽，板子则又大又重。穿上这个走路非常费力，一不小心就会摔倒，并且双腿一定得分开，姿势古怪而滑稽。

他双手挂着滑雪杖，弓着身子，每走一步，手上的滑雪杖也就跟着移动一步，嘴里喊着口号："一二一，一二……"

怕霍戎嘲笑，他的声音非常小，几乎是在默念。

赵远阳进行自我训练的时候，霍戎就在旁边安静地看着。阳光从他身上渐渐消失，直到天边只剩下一丝橘光。

屋子里的灯开了，外面一片黑暗，只能看见山下的小镇有零星的灯光，因为太远，显得微不足道。

因为是在温暖的室内，赵远阳没换上全套装备，只穿了黑色的滑雪鞋和滑雪板。

他训练时弯着腰，撅着屁股走，姿势很不正确，但霍戎没出声提醒他。等他自己摔了两跤，霍戎才出声："阳阳，真不要我教你？"

赵远阳挂着滑雪杖站直了，睨他："我这不是会吗？我觉得我的动作挺标准的，你觉得呢？"

霍戎说："不太标准。你这样容易受伤，可惜你不让我教你。"他摊手，一副无可奈何的模样。

他的直言不讳让赵远阳脸颊发烫，忍不住狡辩："怎么会不标准？还是有一些标准的吧……至少比很多人都厉害了。"

霍戎点头，声音里含着笑意："是比一些初学者厉害，他们连怎么穿滑雪板都不知道，阳阳很聪明了。"

赵远阳越发臊了，并不觉得他在夸自己，可又拉不下脸让他来教自己。

他丢了滑雪杖："我不练了，不练了，烦人。"

他让人宠坏了，脾气就这样。哪怕在霍戎面前，他会刻意收敛自己的脾气，但有时候还是会任性。

他累了，直接坐在地上，双腿分开，滑雪板和滑雪鞋也懒得脱了。霍戎走过来，蹲下身帮他解开鞋扣和滑雪板的固定器。

屋子里热，穿上这么厚的鞋训练了这么长时间，一脱下来，赵远阳便感觉到小腿好酸，连袜子都被汗水浸湿了，黏在脚上。

霍戎说："后面其实可以泡温泉，不过阳阳你怕水，不然可以去泡一泡，会舒服许多。"

因为对海水的恐惧，赵远阳连泡澡都不肯，更别说泡温泉了。

他感觉自己身上出了许多汗，脚上出得最多，浑身黏腻，很想洗澡。他抬头看着那透明的浴室，嘴巴动了动，却不知道要说什么。

这个浴室……

还不如不洗呢！

霍戎看出他在担心什么，站起身，拉着他的手起来："跟我过来。"

他走到浴室门边，伸手抚摸了一下那玻璃墙，回头对着赵远阳道："透明的对吧？你在这里看着，我进去。"

霍戎说着，按了一下门边的一个按钮，便进了浴室，关上门。

赵远阳就站在外头，他发现原本的玻璃墙变成了灰色的墙面。

他瞬间明白了，这又是高科技产品。

这下他放心许多，待霍戎出去后，便光着脚走进去，关上门，还开了蓝牙音响放歌。他正准备脱衣服时，却觉得有些不对，出去又确认了一眼。还好，还好，墙是不透明的，看不见里面。

浴室里面放着歌，声音很大，所以外面也能听见一些。赵远阳边哼歌边脱衣服，他的身材虽然比不上霍戎，但是比大部分弱不禁风的同龄男生都要壮实些，有肌肉，胸肌饱满，后颈很漂亮，锁骨也漂亮。

已经很晚了，到了该睡觉的时候了，但由于时差，且赵远阳在飞机上睡了十几个小时，他根本不困。

不困，就得找些什么事来做。赵远阳打开房间里的电视机，下了床，打开电视柜抽屉，看见里面摞着一堆碟片，有电影，有动画，还有音乐短片，甚至还有电玩设备。

赵远阳插好线，翻出一张街机游戏，把光盘放进去，侧头问霍戎："哥，你会这个吗？"

霍戎摇头："没玩过。"

"那正好，你不会肯定就打不过我。"赵远阳高高兴兴地丢给他一个手柄，"来，我教你玩这个。"

"好，阳阳教哥哥。"霍戎接过手柄，坐下来。

赵远阳也很久没玩了，摸了一会儿手柄才知道怎么用。他很不熟练地选了"人物"。霍戎对这个一窍不通，问赵远阳："我选什么？"

赵远阳拿着他的手柄给他调模式，选了个对打人物。

他终于遇到霍戎不懂而他懂的东西了，立刻兴致勃勃地给霍戎讲解了起来："这样，这样……这个是可以发连招的，但你的连招要是出错，就不能继续连了……这里蓝条是看血量的……还有这里……"

虽然这只是个街机游戏，但也是格斗游戏，就算赵远阳懂得多一些，有优势，但两局下来，霍戎弄明白后立刻就反杀了他。

赵远阳顿时不高兴了，戎哥居然这么快就赢过他了！

他满脸不高兴。

霍戎侧头看他，笑着说道："阳阳，需要我让你吗？"

"不要。"赵远阳拒绝，认为霍戎羞辱了自己的智商，哪怕他也知道自己是真的笨。

赵远阳又输了两次，更不高兴了："哪有你这样一直赢的？"

霍戎抚了一下他的背，给他顺毛："好，我下盘就输给你。"

"我不要你让我。"

赵远阳说着，一发狠操纵着，角色接连踢腿劈过去，霍戎操控的角色连连退败。赵远阳这下满意了，他赢了。

他很好哄，输了不高兴，霍戎让一让他，让他赢了，他就高兴了。

二人玩游戏玩到很晚，赵远阳有输有赢，但总的来说，他打游戏还是比戎哥厉害一些的，这让他心里有了一些安慰，觉得自己终于能在某个领域胜过霍戎了。

他心情愉快，他们一个睡床，一个睡沙发，因此和平地度过了一个夜晚。

睡着前，赵远阳满脑子想的都是栗子蛋糕。

在异国他乡，而且还是这样冷的季节，不是想吃什么都能吃到的。

赵远阳没想到，第二天吃早餐的时候，真的在餐桌上看见了心心念念的栗子蛋糕。

他看向霍戎："你怎么知道我想吃这个？"

"你昨晚说梦话了。"他的睡眠比一般人浅许多，赵远阳一说梦话，他就醒了。

"我睡着的时候说的你怎么听得见？"

霍戎说："那时候我刚好醒了，去抽了根烟。"

他们没住一间屋子的时候，赵远阳很少碰见霍戎抽烟。昨天他才发现霍戎的烟瘾不是一般大。虽然瘾大，但他能克制自己，定力很强。

吃完早饭，赵远阳在房间换上滑雪服，他换衣服的时候霍戎背过身去，用行动表明自己肯定不偷看。

霍戎知道他怕冷，所以衣物给他准备得很齐全，他里面是速干衣、护甲、毛衣、棉卫衣，外面还套着厚厚的滑雪服，滑雪手套和帽子也统统戴上，遮得严严实实。

他穿着厚重的滑雪鞋，抱着滑雪板下了楼梯，深一脚浅一脚地踩在雪里。

上午薄薄的日光映照在厚厚的白雪上，赵远阳眯着眼望向天边，觉得太亮了，就把滑雪镜戴上了。

霍戎从后面过来，抓着他的手臂："阳阳，这边。"

在这样的雪地上走路，每一步都走得很艰难。赵远阳干脆把滑雪板放在雪地上，扣上滑雪板，然后把手递给霍戎："你拉着我走吧！"

俨然把霍戎当成雪橇犬了。

霍戎说："这里没什么坡度，拉着你也容易翻，哥背你吧？"

他穿得比赵远阳少，赵远阳穿得像胖胖的熊，而霍戎只在里面穿了一件速干衣，外面套着一件方便行动的滑雪服。他看起来高大挺拔，在茫茫白雪的衬托下，他的皮肤显得更深了，但眉眼英俊，嘴角有浅浅的笑意。

赵远阳望了他的脸庞一秒就转过头去："不要你背，我好重的。"

他说着，撇开霍戎慢腾腾地走着，也不知一个人在别扭些什么，背影看上去真的像只熊。

霍戎寸步不离地跟着他，好在这里离坡道很近，几步路的工夫就到了。赵远阳很久没滑雪了，动作很生疏，和新手差不多。他看着眼前白茫茫一片，坡道虽很缓，但他有些不知所措。

他站在坡道口，在脑子里回忆着动作要领，双臂握紧滑雪杖，浅浅地插在雪里，微微俯身，用力一刨，滑雪板顺着坡道直冲而下。他用的力气很大，所以速度很快，只是他穿得太多了，行动不便，稳不住重心，控制不住往旁边栽去。

在这样的雪地里栽倒了，想爬起来，是很困难的事。霍戎伸手拉他，居高临下地望着他："自己来还是我教你？"

赵远阳倔强地说道："我会的，我自己来。"他借着霍戎的手臂力量站起来，重整旗鼓。

"那我看着你，只能在这一片练习，不许跑远了。"霍戎叮嘱。

赵远阳敷衍地点头："我知道，我知道。"

霍戎自己不滑，就看着他练习，免得他一会儿就不见了。

他心里忍不住想：平时看起来那么娇气的孩子，这时候怎么就倔成这样，也不怕受伤。

赵远阳一次又一次地摔倒，一次又一次地爬起来。

渐渐地，他能在新手坡道滑得很稳了，但这种坡道就是给小朋友玩的，坡度太缓，他无法体验到令他觉得舒爽的俯冲速度，他开始不满足起来，想去更陡的坡道滑雪。

赵远阳见霍戎好整以暇地靠在一棵树上，便不顾他一开始的指示，滑向没有探索过的区域。

霍戎立即跟上去。

赵远阳穿的是红色滑雪服，在冰天雪地里很显眼，无论他往哪里逃，霍戎总能看见他。

霍戎的速度比赵远阳快多了，也流畅许多，一下子就追上他了。

霍戎双腿分开，滑雪板从赵远阳穿的滑雪板两侧滑过去，反握着他的肩膀，控制他的行动。

赵远阳以为他要抓自己回去，回头瞪他："不好玩！"

霍戎的声音落在他的耳边："哥带你去玩好玩的，但前提是，你不准撒开我，山里有野狼，还有棕熊。"

一听见"狼"这个字，赵远阳果真就不动了。

虽然他也不知道是不是真的,但还是怕。他看过电影,有人独自困在雪山深处,被群狼分食。

霍戎的动作很敏捷,哪怕带着一个人,他仍能控制方向和速度,避开那些枝头落了雪的常青树木。

赵远阳被他限制着自由,觉得好没意思,但也因此体会到踩在滑雪板上向下俯冲,和大自然融为一体的快感。

风从耳边吹过,赵远阳感觉自己的烦恼仿佛真的被一扫而空。

而且这样一点儿也不累,还很快乐,他渐渐就享受了起来。

眼看着就要撞上树了,赵远阳当即大叫起来:"你!你快转弯,转弯啊!"

霍戎还没动呢,他就开始毫无章法地转动身体,以至于二人齐齐摔倒。

摔下去的那一瞬间,霍戎下意识护住赵远阳,紧抱着他,将他的头护在怀里。

在惯性的作用下,他们一起向下滚去。赵远阳感觉自己仿佛在游乐场坐海盗船,眼前天旋地转,脑子里一片空白。

直到撞上一棵树,他们才停下。

霍戎背抵着树,放开赵远阳,喘息着问道:"阳阳,有没有事?"

赵远阳摇头,茫然地望着他:"你呢?"

他的帽子不知道掉在哪里了,滑雪镜也不见了,白皙的脸上有运动后的红晕,嘴巴也是红的,眼里还透着水光。

霍戎注视着他,接着把自己的滑雪镜给了他:"哥没事,好在这里没什么障碍物。"霍戎笑着用手拍掉他头发丝上沾着的雪,"害不害怕?"

赵远阳摇头:"不怕。"他真不怕,有霍戎在,他觉得很安全。

霍戎的背包里装了水和饼干,还有巧克力和栗子蛋糕。赵远阳渴了、饿了,他们就停下来,往雪地上铺张野餐垫。

赵远阳卸下滑雪板,盘腿坐在垫子上,像松鼠似的啃食。

赵远阳吃饱了,就躺在雪地上。他穿得厚,加上运动过,只觉得热,不觉得冷。他摘下滑雪镜和手套,心中一片宁静。

返回的时候,原本是可以坐缆车的,但霍戎没跟赵远阳说。赵远阳累得不想走路,又不肯让霍戎背,只好让他拉着走。他走了一会儿,坚持不下去了,往雪地上一躺:"哥,我不想动,我想飞回去。"

霍戎再次提议:"那我背你?"

见他这么上道,赵远阳心里乐死了,做出一副勉为其难的模样:"那好吧……我吃点儿亏,就让你背好了。"

霍戎忍着笑,弯下腰,回头道:"来,上来。"

他们玩得太疯,跑了老远,霍戎却还是精力充沛,一直背着赵远阳回到住处,也没喊一声累。

赵远阳那么高一个男生,体重就不说了,还穿那么厚,熊似的,外加两副超重的滑雪板,可见霍戎的力量有多惊人。

进了暖气充足的房间,赵远阳便脱了外套和鞋,坐着休息。

让霍戎背了这么久,赵远阳觉得怪不好意思的,给他端茶递水,还给他捏肩膀:"哥哥累不累?我是不是很重啊?"

"不是很重,但挺累的。"霍戎喝了一口水。

赵远阳越发愧疚了,站在他身后更加卖力地给他捏肩膀,活脱脱一个贴心的"小棉袄":"我手重不重啊?你喜欢吗?"

霍戎其实没赵远阳想象的那么累,但看赵远阳这样殷勤,他挺乐意的,放松地靠着椅背,脸上有深深的笑意:"不重,喜欢,就这个力道吧!"

一月底放的寒假,二月初就要过春节了。

赵远阳说想回家了,霍戎就带着他赶在大年三十前到家。

可家里只有他和霍戎,两个人的年夜饭未免有些冷清。

晚上,赵远阳接到魏海的电话,那头是震耳欲聋的音乐声,魏海扯着嗓子问他:"远阳,你去哪儿了?前几天怎么打不通你电话?"

大过年的,很多店都关门了,要找个玩的地方不容易,店里面非常吵,又不能挤出人堆,否则等一下就挤不进去了,他只得尽可能地大声说话。

赵远阳说:"去了深山滑雪,没带手机。"

"哦!你现在呢?回家了吗?"

297

"回了。"赵远阳把手机拿远了些,心想魏海一面跳舞一面这样打电话,肯定丢脸死了。

"出来玩吗?"

"不了,新年快乐!"

魏海笑起来,大吼道:"新年快乐!改明儿给你压岁钱!"

赵远阳挂了电话,打开电视,窝在沙发上看了一会儿春节联欢晚会,觉得没什么意思,便拉着霍戎一起在房间里打游戏。

二人盘腿坐在地毯上,霍戎光脚,赵远阳穿着大红色的毛巾袜。霍戎知道不能总赢,所以赢一局,再输两三局,这样赵远阳就会比较满意,觉得自己碾轧了他的智商。

打了几局,赵远阳产生了一种虚荣的、谁与争锋的豪气。

霍戎边打游戏边看他穿着红色毛巾袜的脚。

赵远阳说过年就得喜庆,专门买了红色袜子和红内裤,还有红色毛衣。

霍戎入乡随俗,也买了,但是没穿。

霍戎心不在焉地陪赵远阳打着游戏,目光在他身上流连,不自觉就把他"虐"了个爽。

赵远阳输得太快,太莫名其妙了,还没反应过来,他的角色血量就见底了。这一下他终于回过味来,霍戎这么厉害,之前还在他面前假装不会玩,原来都是为了让他。

他不高兴了,丢了手柄,扭头对着霍戎道:"你之前是不是让我了?为什么要让我?"

霍戎盘着腿,注视他的脸庞,沉声道:"想让你。"

赵远阳觉得自己活像个傻瓜,恼羞成怒了,一脚踢过去:"我不要你让……"

行凶的腿却在空中被霍戎一把抓住了。

"阳阳……"他的声音低哑得可怕,深深地凝视着赵远阳。

赵远阳突然哑巴了,脸一下子变得通红。他有些不知所措,气焰也矮了下去,委屈巴巴道:"你……放开我啊,我出去。"

霍戎放开了他。

赵远阳一骨碌爬起来，穿着红袜子就飞快地跑了出去，还不忘帮霍戎把门给带上。

临近凌晨时分，远方的天际被烟火点亮，原本黑漆漆的夜空变得光华璀璨起来。

赵远阳对放烟花没兴趣，但他喜欢看。

无数烟花同时升空绽放的时候，赵远阳听见霍戎在他耳畔说了一句："新年快乐。"

五彩的光焰照亮了二人的脸庞，赵远阳嘴角微微一扬，双眼映着烟火的星光，也应了声："新年快乐！"

他的声音太轻了，在震耳的烟花爆竹声中，很容易被忽略。

空气中弥漫着焰火散去的气味。

霍戎垂首看着他的脸庞。

他比赵远阳高，能看见少年映着烟火的眼睛，和像蝶翼一样的睫毛。

那双眼里有山长水远的彷徨，也有人间焰火。

正月初一的清晨，赵远阳被一阵噼里啪啦的炮仗声给吵醒了。

他们家向来是最安静的，早上从来听不到鸡鸣狗叫的声音，更别说炮仗了。

这太反常了。

赵远阳用手捂着耳朵，皱着眉叫嚷："吵……谁啊……别放鞭炮了……啊啊啊……"

大清早的被人扰了美梦，他恨不得把自己的耳朵给缝起来。

太吵了！太讨厌了！

霍戎还在他的床边叫他："该起来了，阳阳。"

赵远阳的眼睛还闭着，嘟囔道："不要放鞭炮了，我睡不着了……这才几点啊，就起床？我不要睡觉的啊……"

"那继续睡吧！"霍戎摸摸他睡得乱七八糟的头发，好脾气地说道，"哥把压岁钱放在你枕头下了。"

赵远阳听见那句"继续睡吧"就放心了。

鞭炮声渐渐停歇了。

赵远阳一个回笼觉就睡到了中午，他虽然醒了，但仍赖在温暖的被窝里不想动。霍戎敲了一下他的门，没等到回应，就推门而入。

霍戎走到床边："醒了啊！"

赵远阳躺在床上，望着天花板："下次……哥，你能不能敲门？！"

霍戎说："我敲了门。"

赵远阳无言以对，又露出凶巴巴的表情，斤斤计较道："你那叫敲门吗？我还没说让不让你进呢！总之……你下次要是再不敲门就进来，我就……"

"就怎样？"

他凶巴巴道："就……我就要闹了啊！"

霍戎笑了笑，低头注视他："那你闹吧，最好拿脚踹我。"

"我说真的啊，我平时都跟你闹着玩呢，我要是用劲踹，能把人踹飞，你信不信？"他说话的语气一点儿也不凶，反倒让霍戎觉得这孩子真可爱。

养这么个孩子，不吃亏。

霍戎俯下身看着他，赵远阳别开头抗议："我真闹了啊！"

"闹吧！"霍戎宠溺地说，"不过闹之前，先起床把饺子吃了。"

赵远阳没动。

"如果你不起来，我就挠你了。"

下一秒，赵远阳便飞快地掀开被子爬了起来，很抗拒他的碰触似的。霍戎站在原地看了他的背影两秒，才大步追上去，又被他给甩开。

霍戎以前没在中国待过，并不太清楚春节的习俗，放鞭炮、吃饺子这些，都是问了别人才知道的。

下午，霍戎让赵远阳帮忙一起贴春联。这时候他们倒是相处融洽，忙活了一下午，将家里重新布置了一番。晚上，赵远阳捧着一本书，拿着笔靠坐在沙发上，装出认真学习的模样，等霍戎主动过来。

不出他所料，霍戎给他端了杯水进来，坐在他旁边。

霍戎身材高大，他坐在台灯那边，一下子就把光给挡住了。

赵远阳嚷着："别挡住光啊，我看书呢！"

听他这么说，霍戎反而靠得更近了，低头看着他的书："在看下学期的内容啊？真乖。"

赵远阳自己都不知道自己看的什么书，一脸防备道："说话就好好说话，你怎么一副……喂，你别靠这么近啊，行不行，哥哥？"

他忍住攻击的冲动，轻咳了一声："哥，你坐好。"

霍戎从鼻腔里"嗯"了一声，有些想笑。

那时候，赵远阳像只没人要的小奶狗，霍戎也没有家人了，所以自然而然地当起了他的家人。赵远阳那样快就依赖和信任他，让他颇觉惊喜，久而久之，便觉得理所当然了。

赵远阳洗了个澡便躺上床了。他熄了灯烦躁不安地酝酿着睡意，却突然想起什么，在枕头底下摸索了几下，摸了个红包出来。红包表面是手写的"压岁钱"三个字，看上去很厚，还硌手。

赵远阳隔着纸摸了几下，觉得有些不对劲。一般人封红包不都是塞钱吗？戎哥这个怎么摸着，像是有很多大大小小的石头？

他懒得开灯，借着窗外投进来的一丝光，打开红包看了一眼。

除了大沓的钞票，还有一大堆裸钻和鸽子蛋大小的宝石，在手中闪着微光。

女人都会喜欢的东西，赵远阳兴趣不大，但他知道，这些东西价值不菲。

戎哥可能是觉得，只放一沓钞票诚意不够，就塞了些东西进来……这诚意是有了，就是略微过头了。

赵远阳重新把压岁钱放回枕头下。

他也不知道自己是什么时候睡着的，只知道睡得很不安稳，醒来时大汗淋漓。

正月初二早上和初一不一样，很安静，没人吵他睡觉。他一觉睡到天明，霍戎也没来他的房间。

赵远阳睡醒了，就安静地躺在床上，不起来，也什么都不想。哪怕饿得肚子开始叫了，都不肯起来。他心里嘀咕着：戎哥怎么还不来叫自己起床？这都中午十二点了。

又等了一会儿，霍戎终于来敲他的门了。

赵远阳没有回应，他就没继续敲了。

他怎么不进来？！

赵远阳急了，这才突然想起来自己之前跟戎哥说过，让他敲门时记得等自己回答了才准进来，现在自己没出声，霍戎自然不会直接推门而入。

赵远阳等不下去了，直接下床，来到衣帽间。

连接二人房间的衣帽间，两边各有一道没有锁的门，只要一扭门把手，门就开了。

他极少主动去敲戎哥的门，但戎哥的门没关严实，赵远阳轻轻一推，门便开了，他又有些后悔了。

他一直知道自己不讨人喜欢，别人看着喜欢他，那都是喜欢他的表象，或者喜欢他的慷慨。那些假惺惺的喜欢，一度让他非常受用，一度让他看不清现实。

他不知道要怎么讨人喜欢，学乖、认真学习、认真听戎哥话……这些他都有做，但有时候他又忍不住暴露本性。

他在霍戎面前是不是太不乖了？

霍戎穿着外套，看着像是要出远门的模样。

听见动静，他回头，眼底浮现温柔："阳阳，醒了啊！"

赵远阳闷闷地应了一声，有些不自在，手指捏着裤子，一副局促不安的模样。

霍戎说："正想叫你呢！这几天我不在家，你一个人在家里不要乱跑。和同学出去玩可以，但是不准去不安全的地方，也不准碰来路不明的食物。"

他一番老妈子似的叮嘱，让赵远阳有些蒙。空气凝滞几秒，赵远阳出声："你要走了？你去哪里？你……是不是……"

是不是自己的原因，又把戎哥给赶走了？他焦躁起来，烦躁地挠着裤缝："那……那你什么时候回来……还回来吗？"

霍戎是什么人？赵远阳是怎么想的，他早就看出来了，是怕自己一去不复返？果然是没长大的孩子，他安慰道："别瞎想，我有事要处理，过几天就回来，你得一个人过年了。"

他的声音带着歉意："我刚刚说的，你都记住了吗？"

"嗯……"赵远阳点头，有些不安。他看见霍戎的床上，靠着一只大大的毛绒粉猪，正是之前他在电玩城兑换的那个，戎哥说拿去洗了，他还以为被戎哥丢了呢！

他盯着那毛绒粉猪发呆，霍戎注意到他的视线，笑着说道："我走的时候，你把这个拿到房间去。晚上冷了，可以抱着它睡觉。"

霍戎走到床边抱起那只毛绒粉猪，又走到他面前来："里面的填充物不太好，我已经让人换过了，现在抱着会舒服些。"

赵远阳穿着粉色的袜子，和霍戎抱着的这个粉猪倒是很相配。他想说些什么，动了动嘴唇，最后什么也没说。

霍戎离开的时候，从来不带手机，赵远阳就算是想联系他都毫无办法。他抱着大粉猪，跟着霍戎从房间一直走到门口。霍戎一边穿鞋一边说："怎么还跟着？真像个孩子似的。哥有事情要办，不是去玩，不能带你去。"

赵远阳才不想跟他出去，他知道霍戎有事情，他只是……

霍戎伸出大手拍了一下他的脑袋："别太想我，我很快就回来。"

赵远阳抬头望着他，怀里的大粉猪挡住他半张脸，他动了动嘴唇，却一句话也没说。

霍戎走了。

赵远阳抱着一米高的毛绒粉猪坐在沙发上，感觉心里空落落的。梦里，霍戎走后第三个月，他才意识到戎哥真的不会回来了，才恐慌起来。

毛绒粉猪有个大鼻子，两个大鼻孔，赵远阳捏着它的大鼻头，戳它的鼻孔，像是在跟它说话一般："他怎么可以现在走？我正想跟他说呢……"

他的声音散在空气里，没有人回应。

没了人管束，赵远阳一个人在房间里打单机游戏，睡觉睡到昏天暗地。

一开始赵远阳还会想霍戎，到第四天，霍戎还没回来，赵远阳就麻木了。算了，不回来就算了，他也有朋友，他也有自己的娱乐生活。

赵远阳给魏海打了电话。

魏海说："你哥哥终于肯放你出来玩了啊？那敢情好！"

Serenade

  街上新年的氛围浓郁,赵远阳穿了红袜子和红内裤,原本还想穿件红彤彤的外套,最后他的审美阻止了他。
  他找了件酒红色的鸡心领毛衣,穿的外套是从霍戎的衣柜里拿的,稍微大了一些,不过,冬天的外套大点儿也不碍事。最后他还翻出了香水,往身上喷了一下。
  魏海的车开进来,对着他家里这一大片花田感叹:"我老爹都不敢这么做,你这哥哥拍偶像剧呢!"
  赵远阳鄙视他:"花早谢了还偶像剧呢!夏天虫多,一点儿也不好。"
  魏海笑眯眯地转移话题:"你哥哥呢?今天怎么没见他?"
  "出差去了。"说到这个,赵远阳就来气。这都几天了,出什么差这么久,还联系不上人。
  觉察出赵远阳有些不开心,魏海便说他今天穿得帅,要把自己的风头抢走了:"你的外套怎么有些大?还有,你是不是喷香水了?一股乌木味。"
  他低头,狗似的在赵远阳肩头闻:"有股烟味。"
  "你不是不抽烟的吗?"
  赵远阳抬头:"我不抽烟,你闻错了。"
  这衣服上的烟味是霍戎留下的。
  赵远阳靠在车上听他说话,外套的领子竖立起来,他一侧头就能闻到上面的气味。
  春节人多,车流比平时多,车子在路上堵了一会儿才开到游乐场。
  赵远阳看着窗外,不远处是高高的游乐设施,刺耳的尖叫声,穿透车窗传了进来。
  "怎么来游乐场啊?"
  他跟魏海说想去玩,魏海问他要玩什么,他说随便,没想到会带他来这里。
  "你不是让我随便?"魏海开车门下车,拽着他道,"走啦!来玩这个挺好,刺激……我今天还想骑车过来接你的,路上这么堵,还是骑车方便。"
  "骑车?"赵远阳诧异地问。

魏海一副嘚瑟样:"我的机车不是被收缴了吗?有人又送了我一辆新的,限量版的!"

"谁送你的?"赵远阳下了车,关上车门。

"魏庭均送的。哦,就是我二哥。"

赵远阳闻言,表情立刻不好了:"你忘了我跟你说的了?"

"没忘啊!"魏海拉着他往售票窗口走,那里很多人在排队。魏海没有提前向熟人拿票,不想因为这种事麻烦人,只好排队。

"你不就是说他坏吗?他是挺坏的……不过腿,我看着不像装的。而且,这种事情,你是打哪儿听来的八卦?"

赵远阳知道没办法跟魏海解释明白,只能再三嘱咐他:"重型机车不能碰,太危险了,不能碰,成年了也不行。"

甚至威胁他:"以后要是再让我知道你骑车,我就……跟你爸说。"

魏海:"……"

"怕了,怕了,我不骑就是了。"魏海本来也没骑,几次要骑,都被赵远阳发现了。

游乐场这种地方,赵远阳不怎么来,比起玩游乐项目,他更喜欢在路边的商店吃些什么。

大冬天的,他却跑去买了香草冰激凌。

冬天吃冰激凌,是赵远阳的爱好之一。

到了夏天,他反而没那么爱吃这种东西。

二人在游乐场里玩,遇到了好几批来要联系方式的女生。赵远阳没给,魏海看到好看的就给了。

晚上,赵远阳说自己想放松,就跟魏海去了茶餐厅。

魏海看他一杯接一杯喝着,诧异地问:"怎么又转性了?不是家里管得严吗?"

"他能管我什么?他又不在。"一整天,赵远阳都郁郁寡欢,早就把霍戎走前的叮嘱给忘得一干二净了。

他们互相搀扶着从后门出去,魏海兜里的电话不停地响,一看来电显示,是他家二哥的大名——魏庭均。

魏庭均把魏海接走时,在车里望着赵远阳,目光带着审视。赵远阳

305

不甘示弱地瞪回去。他眼形狭长，瞪人时眼神显得颇为凌厉，却又带着忌惮，看上去有些恍惚。

等车子开远了，赵远阳站在原地吹了一会儿风，脑子才清醒了些。赵远阳对魏海叮嘱过很多次，说他二哥不是好人，是豺狼，让他待人家好一些……

根据梦里魏庭均后来崛起的速度来看，他很可能在所有兄弟身边都安插了人。

魏海身边肯定也有。魏海平时做了什么、说了什么，魏庭均保不齐知道。

赵远阳想到这里，有些晕乎的脑袋清醒了许多，只感到头皮发麻。争个家产跟宫斗似的，争来争去有什么意思。

还是自己这样的好……要跟他抢东西的人，都被踢出局了，别的麻烦，还都有霍戎帮他解决。

魏海有人接，赵远阳自然也有人接，只不过往这边走，却把人差遣到别的地方去了。

赵远阳在街口站了没多久，不见有人来接他，心里生气，自言自语地嘟囔："你再不来，我就要闹了啊！我踹人很厉害的，能把你踹飞……"

他将脚下的空易拉罐一脚踹飞："你出差去了，不要我了……"

这边街道没什么人，只有几个醉汉，东倒西歪地走着路。

醉汉，那都是眼睛长在头顶、鼻孔朝天的。

赵远阳是一个人，又戴着帽子、手套、大围巾的，身材高挑，脸庞被路灯一照，颇有几分勾人的意味。

有人不长眼睛往他身上撞的概率非常高。

只不过，那醉汉是故意撞上来的。他看起来喝了不少，眼神不善地盯着赵远阳。

赵远阳最讨厌这种眼神，只觉得恶心。他用戴着手套的手使劲把人推开，冷声道："再看？信不信把你的眼睛挖出来！"

醉汉并非独自一人，看着他被人推开了，他的同伴们捡了啤酒瓶子摔烂，手里握着半截瓶子围了上来，个个神情凶恶，看着要群殴赵远阳似的。

　　匆匆路过的行人全装作看不见似的，自己走自己的路，不去管别人的闲事。

　　赵远阳要不是这会儿困得集中不了精神，一个人打一群都不在话下，顶多挂点儿彩。

　　瞧着对方捡了啤酒瓶，他也有样学样，从地上捡了个起来，往旁边一砸。啤酒瓶没碎，一旁的汽车倒开始报警了。

　　赵远阳又使劲砸了好几下，啤酒瓶应声碎掉。他举着半截酒瓶，狭长的眼睛里透出七分狠厉："来呀，看谁干得过谁！我有的是钱，不怕赔医药费！"

　　光说不练假把式，谁怕谁！

　　赵远阳盯着自己一点儿也不尖锐的"武器"，有些不满意。

　　汽车的警报声还在响个不停。

　　醉汉里有清醒的，叫嚷着："拿个破酒瓶就想吓唬人？"

　　赵远阳眯着眼笑，对着他道："信不信我第一个弄你？"

　　他太兴奋，力气一大，握着的半截酒瓶裂开了，玻璃片割得手都出了血。

　　就在这时，一辆车突然驶过来，赵远阳的眼睛被灯光刺得受不了，抬起手臂半挡着眼睛。待看清那是什么车，他浑身的戾气和痞气一瞬间收敛了。

　　赵远阳无声地动了动嘴，看口型，似乎是在叫霍戎的名字。

　　赵远阳放了一堆狠话，还没动手，就让西装挺括、高大威猛的司机扛上了车。

　　赵远阳挣扎了几下，可他在这司机手里就像只小鸡仔。他挣扎不动，只能歪着脑袋，坐在后座，神情落寞。他手上伤口的血已经凝固，因为紧张和亢奋，并不觉得疼。

　　他嚣张地伸腿踹着司机的座椅："喂，你老板呢？"

　　司机还是那副面无表情的冷硬模样，没有吭声。直到现在，赵远阳还不知道他的名字，对方明明都接他上下学那么久了。

　　待他发泄完，司机一字不漏地转述霍戎的话，声音冷漠："老板说，

307

他回来收拾你。"

　　暖气充足的车厢里，赵远阳却突然感觉到了冷，生生地打了个哆嗦，同时手心也感觉到了疼痛。

　　可回到家，赵远阳面对的还是空无一人的房间。
　　家里没别人，他没了顾忌，说话也不用提防着被霍戎听见："收拾就收拾，你有本事倒是回来啊！"
　　回答他的，仍旧是静默的空气。床上那只毛茸茸的粉猪用它的大鼻孔对着他，像是在鄙视他只敢在没人的时候猖狂。
　　赵远阳脑子里混混沌沌的，把霍戎的外套脱了放在床上，接着进浴室冲澡。
　　他在浴室里高歌，家里没人，他洗完澡就直接光着出来了，睡衣也不穿，直接躺进被子里。
　　平时他都防着霍戎，每次睡觉都规规矩矩地穿着全套睡衣。现在他一个人在家，就不用担心了。
　　赵远阳没有抱着东西睡觉的习惯，自然不会抱那么大个毛绒猪睡。他把自己严严实实地裹在被子里，冬眠似的，被窝暖洋洋的，很快便睡着了。
　　睡得迷迷糊糊时，赵远阳感觉到有人进来了，睁开眼睛看见了霍戎，叫了他一声"哥"，又睡过去了。
　　霍戎看见他的手，眉心紧紧地皱着，出去取来医药箱，给他处理伤口。
　　赵远阳似有察觉，疼痛的时候猛地抽回手。
　　霍戎的心也跟着抽疼："是不是痛？"
　　赵远阳没有回答他。
　　霍戎注视着他，叹了一口气。他不在，这孩子就这样，连自己都保护不好。
　　"那哥哥轻一些。"虽然知道赵远阳睡着了听不见，但霍戎的动作越发地轻柔了，涂了消炎药，又用纱布缠好了手掌。
　　第二天起来，赵远阳已不记得自己迷迷糊糊睡着时发生的事了。

"他怎么还不回来……"赵远阳一醒来就开始念叨霍戎。在床上翻来覆去,生气地说道,"一个人多好,多自由!谁要他回来啊!别回来了。"他忽地顿住,自己的手……

咦,怎么回事?谁包扎的?

这时,敲门声突然响了起来。

赵远阳浑身一僵,竖起耳朵来,仔细听了听。

他心里乐坏了,霍戎可算是回来了!

赵远阳闭上眼。他想装睡,不去搭理霍戎。

但霍戎没有进来,他遵守赵远阳的规定,未经允许,绝对不会擅自进入。

真是烦人,就不会自己推开门进来吗?!

赵远阳纠结了两秒,决定不装睡了,干咳了一声:"进来吧!"他的声音不大,霍戎却听见了。

霍戎推门进来,走到床边。

赵远阳做出一副睡眼惺忪的模样,抱怨道:"你敲门声好吵,把我吵醒了。"

霍戎衣衫整洁,不像之前那几次,应该是回来后专门整理过,头发剪了,胡子也刮了,只是脸上有一道伤口,就在眼睛下方。

赵远阳有些装不下去了。脸上都挂彩了,他干吗去了?

"还困?"霍戎微微俯身,盯着他的脸,"小家伙,我不在你就给我惹事?"

赵远阳盯着他那道伤口看,打了个哈欠,想把这件事情带过去:"惹什么事?我没惹事,我乖着呢!"

他只穿了内裤,刚才又在床上滚了几圈,此时露出圆润的肩头和秀气的锁骨,被子下面是他练出来的假肌肉,看着有料,实则不顶用。

霍戎低低地笑了:"想让我怎么收拾你?"

赵远阳装糊涂:"我又没惹事,你干吗要收拾我?我还受伤了呢。"

"出去玩成那样,如果我再不回来,是不是要出大事了?嗯?"霍戎最后那声鼻音,让赵远阳哆嗦了一下。

赵远阳干咳了一声,嘟囔道:"我……哪里惹事了?"

"你是没惹事，就是差点儿伤到自己。手，给我看看。"霍戎拿起他的手，"还痛不痛？"

"是你昨晚回来偷偷给我包扎的吗？"赵远阳摇摇头，心里软了，嘴角一扬，"不疼了。"

"等下再换个药，下次别这样冲动了。你要保护自己，不是伤害自己，遇见坏人要报警，知道吗？"霍戎说话时，眼神不着痕迹地落在他的肩膀上，继而看向盖在被子上的自己的外套，"趁我不在，你还偷穿我衣服。"

赵远阳有些不自在了。偷穿霍戎的衣服，是他不对。

他移开目光："你能不能先出去？我穿衣服。"

霍戎的视线重新落回他脸上，声音低哑："睡觉不穿衣服？"

"穿了的，穿了内裤……"男人这么睡觉很正常吧？这有什么大不了的？但霍戎这么问赵远阳就是觉得不自在。要换成魏海这么问，他就没这种感觉了。

"喂，你快出去，出去，别看。"

"你又不是女孩子，在意这个干吗？我是你哥哥，你是我弟弟。"

"我……"赵远阳哑巴了。

"好孩子。"霍戎把衣服给他，笑道，"穿上吧！"

赵远阳拿着衣服，就钻进被子里了。

在被子里穿衣服，赵远阳也能穿得很快，一会儿工夫就穿好了。

赵远阳从床上爬起来，和霍戎一起吃饭。

前几天他都是一个人吃饭，没人陪。每当这种时候，他就觉得自己太可怜了，只盼着霍戎早些回来。

霍戎真的回来了，赵远阳才觉得安心。

两个人吃饭和一个人吃饭，氛围到底不一样，哪怕全程没说话，他依然觉得胃口好了许多。

下午，霍戎带他骑马。自从"闪电"上次发疯了一回，赵远阳就很久没在家里的马棚里见过它了，应该是被霍戎送去训练了。

因为那件事情在他心里留下了阴影，他也就没心思学骑马了。

"闪电"性子烈，霍戎今天没让他骑，而是换了另一匹叫温蒂的红栗色汉诺威马。脾气温不温和赵远阳不知道，但这匹马很高大，而且很听霍戎的话。

上马前,他拒绝戴头盔,也拒绝穿护甲,霍戎都没强迫他。

要是赵远阳自己骑马,这些都是必要的装备,但若是和他同乘一骑,也就没有太大的必要了。

二人共骑一匹马,赵远阳也不再像之前那样别扭了。

赵远阳双腿夹着马腹,脚踩着马镫。霍戎人更高,腿更长。

为了确保赵远阳坐得稳,霍戎两条腿向前微微弯曲,夹着他的双腿,手臂从他腰侧穿过去,抓着四根缰绳,呈保护姿态。

赵远阳也像他一样抓着四根缰绳,但不会去拽扯,对马儿的控制,就全部交给霍戎了。

温蒂的性格像它的名字一样,很温和,步伐很慢。马背上微微颠簸,人随着马的律动而动。

霍戎低着头,靠在他耳边道:"上次教你骑马说的那些,都还记得吗?"

赵远阳"嗯"了一声,答道:"还记得一些。"

"还记得啊,我以为你忘了。"霍戎的声音落在他耳边,"那阳阳今天想快一些还是慢些?温蒂很稳,跑起来不会颠得太难受。"

赵远阳微微侧过头去,看见在冬日淡淡的阳光下,霍戎浓眉入鬓,鼻挺眼深,眼睛下方的伤口结了痂。

冬天骑马,实在不是一个好的选择,赵远阳的马裤里有厚厚的绒,出汗出得厉害,以至于浑身黏腻,坐在马鞍上,都能感觉到裤子被汗给浸湿了。

葵园很大,梦里,赵远阳来这里玩过一次,他坐着观光车,逛了大半天才逛完。

温驯的马比观光车慢得多,顺着小路踱步到尽头,再慢慢返程,直到日薄西山,晚霞满天。

风拂在脸上,马儿脚下草叶翻滚,人心中无限温柔。

图书在版编目（CIP）数据

小夜曲 .1/ 睡芒著 . —广州：广东旅游出版社，2023.5
ISBN 978-7-5570-2990-6

Ⅰ. ①小… Ⅱ. ①睡… Ⅲ. ①长篇小说－中国－当代
Ⅳ. ① I247.5

中国国家版本馆 CIP 数据核字（2023）第 047350 号

小夜曲 .1
XIAO YE QU.1

出 版 人	刘志松
总 策 划	曾英姿
责任编辑	陈吉
责任校对	李瑞苑
责任技编	冼志良
选题策划	吴小波
特约编辑	唐慧
装帧设计	白茫茫
封面画手	柠檬漫游

广东旅游出版社出版发行
地　　址　广州市荔湾区沙面北街 71 号首、二层
邮　　编　510130
电　　话　020-87347732（总编室）020-87348887（销售热线）
投稿邮箱　2026542779@qq.com
印　　刷　湖南天闻新华印务有限公司
　　　　　（湖南省望城湖南出版科技园　电话：0731-88387578）
开　　本　880×1230 毫米　1/32
印　　张　10
字　　数　297 千字
版　　次　2023 年 5 月第 1 版
印　　次　2023 年 5 月第 1 次
定　　价　49.80 元

【版权所有 侵权必究】

本书如有错页倒装等质量问题，请直接与印刷厂联系换书。